CARLOS ÁVILA DE BORBA

COMMISSARIO CONTI UND DER TOTE IM SEE

CARLOS ÁVILA DE BORBA

COMMISSARIO CONTI UND DER TOTE IM SEE

KRIMINALROMAN

Immer informiert

Spannung pur – mit unserem Newsletter informieren wir Sie
regelmäßig über Wissenswertes aus unserer Bücherwelt.

Gefällt mir!

Facebook: @Gmeiner.Verlag
Instagram: @gmeinerverlag
Twitter: @GmeinerVerlag

Besuchen Sie uns im Internet:
www.gmeiner-verlag.de

© 2022 – Gmeiner-Verlag GmbH
Im Ehnried 5, 88605 Meßkirch
Telefon 0 75 75 / 20 95 - 0
info@gmeiner-verlag.de
Alle Rechte vorbehalten
1. Auflage 2022

Lektorat: Claudia Senghaas, Kirchardt
Herstellung: Mirjam Hecht
Umschlaggestaltung: U.O.R.G. Lutz Eberle, Stuttgart
unter Verwendung eines Fotos von: © MAURO / AdobeStock
Druck: CPI books GmbH, Leck
Printed in Germany
ISBN 978-3-8392-0241-8

Für Anninha

1. KAPITEL

Als er die roten Fingerabdrücke seiner Hand auf der leuchtenden Wange seines Sohnes sah, wusste er, diese Ohrfeige würde er sein Leben lang nicht mehr vergessen.

Claudia stürzte sich auf ihren Mann und umklammerte von hinten seine Arme.

»Das darf doch nicht wahr sein, Walter! Spinnst du?«, zischte sie ihm wütend ins Ohr. »Ich kann es nicht fassen, dass du unseren Sohn gerade geschlagen hast. Bist du verrückt geworden, oder was ist los, du Vollidiot!«, schimpfte sie, während sich Benni die Wange hielt und laut zu schreien anfing:

»Ich hab ihn gesehen. Es stimmt! Der Papa glaubt mir nicht, aber ich hab ihn gesehen.«

»Mein Gott, was ist hier eigentlich los? *Was* hast du gesehen, Benni?«, fragte Claudia genervt.

»Ich hab ihn gesehen, ich schwör es!«, rief der kleine Benni aus und hielt sich mit der linken Hand die pulsierende Wange. »Ich hab ihn dort gesehen. Einen Mann unter Wasser. Er ist tot. Ich hab's gesehen! Ich schwöre es«, rief er erneut und deutete mit dem Zeigefinger über das Heck des kleinen *Beluga*-Boots auf den See.

Der kühle Pelér wehte gleichmäßig aus nördlicher Richtung über den Gardasee und brachte Unruhe und starke Wellen mit sich, wodurch die unteren kälteren Wasserschichten an die Oberfläche gelangten. Claudia versuchte, auf dem Boot das Gleichgewicht zu halten, trat mit zwei unsicheren Schritten zu Benni und beobachtete nun an seiner Seite eine Gruppe größerer Wellen, denen kleinere mit gebrochenen Kämmen folgten. Die frühen Sonnenstrahlen erhellten bereits das Westufer des Sees.

»Benni, bist du dir sicher, dass du das gesehen hast?«, fragte sie erneut.

»Das ist doch nur wieder eine von seinen Fantasiegeschichten! Er soll endlich mit dem Lügen aufhören!«, warf Walter aufgebracht ein und wünschte sich, er könnte die letzte Minute ungeschehen machen. Für ihn war es unerträglich, dass bei seinem Sohn die Grenze zwischen Fantasie und Wirklichkeit manchmal nahezu nahtlos ineinander überging. Obwohl Benni schon in der Grundschule war, wurden seine Stofftiere regelmäßig lebendig, unsichtbare Freunde begleiteten ihn im Alltag und halfen ihm in schwierigen Situationen. Insgeheim warf Walter seiner Frau vor, dass sie die Fantasie ihres Sohnes zu lange gefördert und sich auf das Spiel mit den Märchenfiguren eingelassen hatte.

»Sei still, Walter!«, herrschte Claudia ihn an. »Ich will jetzt nichts mehr hören, du hast dich schon genug aufgeführt.«

»Es ist nicht gelogen, Mama, es ist wahr«, unterbrach Benni sie, den Tränen nahe. »Er war ungefähr zehn Zentimeter unter der Wasseroberfläche oder vielleicht auch ein bisschen tiefer – einen halben Meter oder so. Er hat einen grünen Pullover an, lange schwarze Haare und schaut nach unten.«

Marco, der Fahrer des Motorboots, war aufgrund seiner österreichischen Wurzeln für die deutschen Touristen zuständig. Er hatte das Gespräch verfolgt und zögerte nun. Fragend suchte er den Blick des Jungen. Dann prägte er sich mit einem schnellen Blick zwei Landmarken ein, kuppelte aus, legte das Steuerrad hart nach Backbord und führte eine langsame Kreisbewegung aus. Bereits in seiner Jugend hatte er mit seinem Vater in dessen kleinem Fischerboot viel Zeit auf dem See verbracht, und er erinnerte sich an die zahlreichen Fahrten, auf denen er an turbulenten Tagen Netze im See gesucht hatte, die die Strömung losgerissen hatte. Daher warf er sofort die kleine Boje ins Wasser, damit er in den Wellen des Sees eine Orientierungshilfe hatte. Marco, der erst seit diesem Sommer beim Bootsverleih der Ceccarellis arbeitete, versuchte zunächst, das Problem selbst zu lösen. Ohne die Stelle aus den Augen zu lassen, auf die der Junge gezeigt hatte, lenkte er das Boot dorthin, war sich aber beim Vorbeifahren nicht sicher, ob etwas im Wasser war. Ein mulmiges Gefühl beschlich ihn, als er in die dunklen Wellen blickte. Verunsichert funkte er nun doch das Büro des Bootsverleihs an.

Der Mann im Büro nahm sofort ab. »Ja, was ist los?«, tönte es am anderen Ende.

»Ich bin es, Marco, wir haben ein Problem. Hier treibt vermutlich ein toter Mann im See.«

»Was, ein toter Mann? Vermutlich? Bist du dir sicher, Marco, oder ist das ein schlechter Scherz?«

»Nein, Paolo, ich denke, da war gerade ein Mann in den Wellen, der kleine Junge hat ihn gesehen.«

»Der kleine Junge?«

»Ja«, antwortete Marco und suchte im Verhalten des Jungen nach Anzeichen, die Zweifel an seiner Aussage aufkommen lassen könnten.

»Wie alt ist der Junge?«, fragte Paolo.

»Beim Briefing vor der Abfahrt hat der Vater gesagt, er sei acht.«

Acht Jahre, dachte Paolo mit einem schelmischen Lächeln. Mit acht habe ich die größten Lügen in die Welt gesetzt, habe täglich neue Abenteuer erlebt, riesige Wellen gesurft, in zyklopischen Stürmen gesegelt und mit meinem Onkel grundsätzlich Fische gefangen, die mehr als einen oder zwei Meter groß waren. Er zögerte. »Okay«, sprach er dann ins Funkgerät, »ich hoffe, du bist dir sicher, Marco. Wir haben hier schon eine Top-10-Liste mit Fehlinformationen, auf der ein verblödeter Teenager den dritten Platz belegt, weil er geschworen hat, dass er im Wasser ein Ungeheuer gesehen hat, das wie Nessie vom Loch Ness aussah. Falls es nicht wahr ist, was der Junge sagt, gibt es gewaltigen Ärger.«

»Ich weiß, aber …«, unterbrach ihn Marco.

»Wir haben unsere Glaubwürdigkeit bei der Polizei noch nicht verspielt, aber Fehlinformationen können wir uns nicht mehr leisten.«

»Ich glaube dem Jungen, Paolo, er hat gerade eine Ohrfeige vom Vater bekommen, hält aber an seiner Story fest. Es muss ihm ernst sein, oder?«

»Okay, okay. Bleib ganz ruhig. Schick mir deine Koordinaten, ich informiere die Wasserpolizei. Und bitte, bleib, wo du bist, ja?«

»In Ordnung. Ich warte.«

Am Donnerstag hatte die Familie Schwarz in der Grundschule eine Entschuldigung für Benni abgegeben, dass er krankheitsbedingt zwei Tage fehlen würde, und sich dann von Holzkirchen in Richtung Gardasee aufgemacht, um ihre Rosenhochzeit zu feiern, das zehnjährige Bestehen ihrer Ehe. Sie wollten das verlängerte Wochenende in Garda verbringen. Inoffiziell sprachen die Schwarz' vom Lago di Monaco, dem Münchner See, wodurch sie ihn einfach eingemeindeten, denn der See mit seinem mediterranen Klima und der reizvollen Landschaft war für sie das schönste Ausflugsziel für ein verlängertes Wochenende. Die Reise führte die Familie über Innsbruck, und sie machten einen kurzen Halt am Brenner und einen längeren in Trento. Auf der Fahrt plauderten sie und hörten Bennis Hörspiele, hatten aber auch Gelegenheit, ihre Pläne für die folgenden drei Tage noch einmal durchzugehen.

Walter, der vor Jahren auf der Fahrt nach Venedig einmal einen Abstecher nach Verona gemacht hatte, war ein wenig missmutig, weil es ihnen nicht gelungen war, diesen Ausflug drei Wochen früher, genau am Hochzeitstag, zu machen, da sich Claudias berufliche Verpflichtungen nicht verschieben ließen. Denn dann wäre er in die Zeit des Opernfestivals gefallen, und sie hätten am Samstag *Aida* von Giuseppe Verdi in der Arena von Verona hören können. Claudia war eine talentierte Klavierspielerin und Liebhaberin klassischer Musik, doch besonders die Musik von Verdi hatte es ihr angetan.

Bei der Einfahrt in den Ort fuhr Walter langsamer. Die kleine Stadt stand in lieblichem Kontrast zu den schroffen Berggipfeln. Vor seinen Augen taten sich rechts der blaue See und links die unverwechselbare Silhouette Gardas auf. Die sanften Hügel mit den venezianischen Palästen und dem verwinkelten Altstadtkern fielen zu dem breiten Seeufer hin ab. Claudia ließ das Autofenster herunter. Sie atmete tief ein und spürte den Duft von süßer Myrte und Oleander. Eine sanfte, warme Brise brachte den betörenden Geruch des Südens ins Wageninnere.

Besonders auf die Sonnenuntergänge, für die Garda bekannt war, freute sich Walter. Als sie kurz vor dem Abendläuten der Santo Stefano Kirche im Zentrum Gardas in ihrer kleinen Ferienwohnung ankamen, tauchten die letzten Sonnenstrahlen die Stadt in ein sanftes Licht, und Walter wollte nach der langen Autofahrt einfach nur den Seeblick in einem der vielen Restaurants oder Cafés genießen und sich dem Nichtstun hingeben.

Hinter dem Haus plätscherte der Torrente Gusa, ein schmaler Bach, und sie beschlossen, die wenigen Meter zur Uferpromenade zu gehen. Dort angekommen, sahen sie, wie die letzten weißen Wolkenfetzen in warmes Rot getaucht wurden und unzählige Wellen des Sees das letzte Tageslicht reflektierten. Froh, endlich am See zu sein, schlenderten sie die Promenade entlang, während sich langsam die Nacht über Garda legte. Die kleinen Lichter auf der gegenüberliegenden Uferseite wurden mit jeder Minute deutlicher, und über ihnen erblühte der gewaltige Abendhimmel mit seinen funkelnden Sternen. Benni, der schon seit geraumer Zeit über Hunger klagte, drängte Claudia und Walter schließlich, nach einem Restaurant Ausschau zu halten.

Am Morgen des folgenden Tages besuchten sie gleich den Wochenmarkt von Garda. Walter spürte sofort das Flair italienischer Lebensfreude. In dem allgemeinen Durcheinander und der Vielfalt an Farben und Gerüchen versuchte er, das eine oder andere Schnäppchen zu erwischen.

Als Ausgleich zu dem Stress in seiner Steuerkanzlei, die ihn mit ihren zehn Mitarbeitern ordentlich auf Trab hielt, empfand Walter am Nachmittag den Besuch im Weingut Lenotti als sehr wohltuend. Der Familienbetrieb, der seit 1906 den bekannten Rotwein *Bardolino Classico* herstellte, wurde bereits in der dritten Generation geführt, und Walter wollte sich die Verkostung der Rotweine und die geführte Weintour durch den direkt am Ufer des Gardasees gelegenen kleinen Weinberg Santa Cristina nicht entgehen lassen. Anschließend besichtigten sie auch noch den unterirdischen Fasskeller. Er kaufte einige Flaschen *Grappa di Amerone*, um sie zu gegebenem Anlass seinen Geschäftskunden in der Steuerkanzlei zu schenken.

Für Benni war es ein Abenteuer, dass er heimlich und unerlaubt zwei Tage in der Schule fehlen durfte, und er war furchtbar aufgekratzt und redete unablässig von den Fischen, die er im See fangen wollte.

Claudia, die Landschaftsarchitektin war, sah im Besuch der Isola del Garda den Höhepunkt des Wochenendes. Diese nur wenige 100 Meter vor dem Cap San Fermo malerisch im See gelegene Insel faszinierte die Besucher durch ihre Parkanlage, die eine einzigartige Mischung aus wilden englischen und streng geometrischen italienischen Gärten war. Claudia freute sich auf die Führung durch die Villa und den Spaziergang durch die Grünanlage, doch sie wusste nicht, dass sie auf der Terrasse ein Begrüßungsgetränk erwartete und sie zum Hochzeitstag einen Ring erhalten sollte, den Walter extra für sie besorgt hatte.

So stieg die Familie Schwarz also am Samstagmorgen fröhlich und bereits etwas erholt in das schicke Boot des Bootsverleihs Ceccarelli, das sie zu der privaten Führung auf der Isola del Garda bringen sollte. Walter ließ seinen Blick über den morgendlichen See schweifen und sah in das aufgeregte Gesicht seiner Frau, deren Haare im Fahrtwind wehten. Er konnte vor Freude kaum an sich halten, und es kostete ihn Mühe, die Überraschung, die er für seine Frau geplant hatte, nicht zu verraten.

Er genoss die Überfahrt mit dem Boot, die Vorfreude und das momentane Glück seiner kleinen Familie, bis Benni, der auf der Backbordseite des Bootes mit einem Bambusstock

Angeln spielte, plötzlich aufmerksam ins Wasser starrte. Seit dem Beginn der 30-minütigen Bootsfahrt zur Isola hing Benni schon über dem Bootsrumpf, erzählte seine Fantasiegeschichten und hielt den Stock mit der Schnur ins Wasser, um die Carpione del Garda, die endemische und sehr seltene Gardaseeforelle, zu fangen, von der ihm der Bootsfahrer zuvor berichtet hatte. Walter freute sich, wie sein Sohn in der Rolle des Fischers aufging – bis zu dem Augenblick, als Benni ihn, wild mit der Hand herumfuchtelnd, am Ärmel zog und stotternd behauptete, einen toten Mann im Wasser zu sehen.

2. KAPITEL

Aus dem Nichts erschien das Rettungsboot der italienischen Wasserpolizei. Vom Hafen in Bardolino kommend, teilte es mit erhobenem Bug das Wasser.

Es näherte sich der Stelle, an der Marco mit dem *Beluga*-Boot im Leerlauf um die Boje kreiste, die er zuvor als Orientierungsmarke ins Wasser geworfen hatte. Sie war nur eine Viertel Seemeile von der imaginären Linie in der Mitte des Sees entfernt, die die Provinzen Venezien im Osten und Brescia im Westen trennte. Obwohl Marco nach außen einen ruhigen Eindruck machte, klopfte sein Herz laut, und er versuchte, die verzweifelt durcheinander diskutierende Familie Schwarz zu beruhigen:

»Bitte, bleiben Sie ruhig, die Wasserpolizei ist ja schon da. Machen Sie sich keine Sorgen, ich verspreche Ihnen, es wird alles gut!«

Benni tat zwei Schritte auf die Mittelkonsole zu, wo Marco mit einer Hand auf dem Steuerrad und der anderen auf der Gangschaltung die Fahrtrichtung des Boots kontrollierte, und schrie ihn aufgeregt an:

»Du bist so fies! Wie kannst du so was versprechen? Da liegt ein toter Mann im Wasser, und du sagst, wir sollen uns keine Sorgen machen? Und alles wird gut? Du bist gefahren und hast den Mann gar nicht gesehen! *Ich* habe ihn entdeckt! Nicht du!«

»Halt den Mund, Benni«, ging sein Vater schnell dazwischen. »Es reicht. Schau dir das Chaos an, das du angerichtet hast.«

Benni drehte sich wütend um. »Ich hasse dich, nie glaubst du mir!«, gab er zurück und bewegte sich unsicheren Schrittes auf seine Mutter zu.

Claudia empfing ihn mit beiden Händen und zog ihn in eine Umarmung. Seinen Kopf streichelnd, flüsterte sie ihm zu:

»Bleib bei mir, Benni, sei einfach still und mach dir keine Sorgen. Die Wasserpolizei ist jetzt da und kümmert sich um alles.«

»Körperumrisse südlich der Markierungsboje des *Beluga*-Boots!«, rief der kommandoführende Polizist, der auf dem Deck des Polizeiboots an der Metallbalustrade lehnte und Ausschau hielt, zum Cockpit herunter. Er bemerkte durch sein Fernglas etwas Dunkles in dem grünblauen Wasser, das knapp über oder unter der Wasseroberfläche trieb.

»Wie weit entfernt?«, fragte Guido aus dem Cockpit.

Der Polizist blickte sofort auf den Kompass und das kleine Display mit den technischen Informationen des Fernglases und nannte die Distanz: »50 Meter! Langsam, Guido!« Das Boot verlangsamte seine Fahrt und verursachte Bugwellen, die das kleine *Beluga*-Boot durchschüttelten, weshalb Claudia Benni noch fester an sich drückte.

»Der Körper schwimmt südlich der *Beluga* im Wasser. 50 Meter!«, wiederholte der Polizist, während er sich an die Taucher wandte und ihnen mit dem Zeigefinger signalisierte, dass einer von ihnen ins Wasser musste. »Pietro, du tauchst! Bei diesem Wind wird es besser sein, wir bereiten den Bergekran auf der Backbordseite vor.« Nach diesen Kommandos blickte er noch einmal auf sein Team und vernahm einen bestätigenden Chor:

»Alles klar, Chef!«

Guido schätzte den Wind ab, verlangsamte die Fahrt und leitete das Manöver ein, sodass sie behutsam an dem *Beluga*-Boot vorbeiglitten. Vom oberen Deck funkte der Polizist zur Polizeizentrale nach Bardolino: »Bestätige: lebloser Körper im Wasser.«

»Verstanden. Alles okay mit den Leuten im kleinen Boot?«

»Ich denke schon. Außer dem Fahrer vom Ceccarelli-Verleih ist es nur ein Paar mit einem kleinen Jungen. Lassen wir sie weiterfahren?«

»Nein, auf keinen Fall. Schick sie sofort zurück ins Hauptkommissariat nach Bardolino. Wir können jetzt keine Touristen brauchen, die die Nachricht verbreiten, ehe die offizielle Meldung raus ist.«

»Gut, wird gemacht. Wir holen jetzt den Mann aus dem Wasser.« Er formte die Hände vor dem Mund zu einem Trichter und rief in Richtung *Beluga*-Boot: »Alles klar bei euch?«

»Ja, ich denke schon«, antwortete Marco und blickte auf Walters verärgertes Gesicht. »Sie wollten auf die Isola del Garda …«

»Tut mir leid, aber das ist nicht möglich! Fahr sofort zurück. Ihr werdet im Hafen erwartet. Und nimm die Markierungsboje wieder mit. Nach der Befragung durch die Polizei könnt ihr wieder los. Danke, du hast einen guten Job gemacht!«

»Was, wieder zurück nach Bardolino?«, beschwerte sich Walter und gestikulierte in Richtung Marco. »Das darf doch nicht wahr sein! Wir haben seit langem eine Privatführung auf der Insel gebucht, die können wir nicht einfach verpassen.« Und er fügte in abwertendem Ton hinzu: »Wenn ihr hier tote Leute im Wasser rumschwimmen habt, ist das doch nicht unser Problem!«

Marco startete kopfschüttelnd den Motor. Er fischte die Boje aus dem Wasser, schwenkte langsam den Bug des *Beluga*-Bootes in Richtung Bardolino und fuhr los.

»Das ist nicht der Grund, Herr Schwarz, bitte beruhigen Sie sich«, versuchte Marco zu vermitteln. »Die Polizei macht doch nur ihre Arbeit, wenn sie Sie befragt. Das Beste, was wir tun können, ist, mit ihnen zu kooperieren. Und ich verspreche Ihnen, nach der Befragung bringe ich Sie wieder auf die Insel.«

»Was! Was soll der Sch…«

»Sei still, Walter!«, unterbrach Claudia ihn verärgert. »Wie führst du dich nur wieder auf! Du benimmst dich wie ein totaler Egoist. Das ist kein Witz hier. In so einem Fall hast du als Bürger die Pflicht, auszusagen.« Sie schüttelte den Kopf, entsetzt über Walters Benehmen.

»Mama, ich will nach Hause!«, jammerte Benni. Er umklammerte die Hüfte seiner Mutter. Die Frau sah ihren Mann enttäuscht an. Walter wusste keine Antwort, schüttelte nur ebenfalls den Kopf und starrte aufgewühlt ins dunkle Wasser, als das Polizeiboot vorsichtig auf den Schatten im Wasser zufuhr.

»Mach dir keine Sorgen, mein Schatz!«, beruhigte Claudia ihren Sohn. »Ich verspreche dir, dass wir gleich heimfahren, wenn wir an Land mit der Polizei gesprochen haben.«

Walter war außer sich. Statt sich zu beruhigen, machte er es noch schlimmer, weil er Benni auf eine Art anstarrte, dass dieser sich absolut schuldig fühlte. Frustriert ließ er sich auf die kleine Bank im Boot fallen und fragte:

»Und jetzt, Claudia? Was machen wir?« Claudia verdrehte die Augen. Sie antwortete nicht und gab Marco mit einer beruhigenden Handbewegung zu verstehen, dass Walter nicht ernst zu nehmen sei. Dann umarmte sie Benni, der sich wortlos auf ihren Schoß gesetzt hatte.

»Oh Mann«, stöhnte Walter auf, als er seine beleidigte, ihn völlig ignorierende Frau sah. »Auch das noch!«

Auf dem Boot der Wasserpolizei zog der Taucher den Reißverschluss des Anzugs zu, setzte seine Flasche und die Vollmaske auf und postierte sich auf dem Bootsrand. Sein Partner klickte mithilfe eines Schraubkarabiners die gelbe Leine ein und befestigte das freie Ende am Boot. Als der Motor des Boots stoppte, gab der Taucher seinem Signalmann, der ihn vom Boot aus an der Leine führte, ein Zeichen und rollte sich vorsichtig rückwärts ins kalte Wasser ab. Die Wucht des Aufpralls wurde von der Taucherflasche gut abgefangen, weshalb er sich kontrolliert und mit langsamen Schwimmbewegungen im See fortbewegen konnte. Kurz war er noch unter der wogenden Oberfläche zu sehen, dann tauchte er im Dunkel des Sees ab. Während der Signalmann aufmerksam das Abtauchen überwachte und anhand der Luftblasen den Aufenthaltsort des Tauchers überwachte, kontrollierte Guido vorsichtig die Bewegung des Boots.

Für einen Samstagmorgen war auf dem See wenig los. Der Polizist auf dem oberen Deck verfolgte gespannt die Bergung und war froh, dass sich die Wellen ein bisschen beruhigten, denn so konnten sie ungestört vorgehen. Doch plötzlich vernahm er von oben ein leises Summen. Er richtete seinen Blick zum Himmel und sah eine silberglänzende Drohne näher kommen, die ganz leicht im Wind hin und her schwankte. Frustriert sah er sich um und griff dann zum Funkgerät:

»Zentrale, bitte kommen!«

»Ja, hier Zentrale. Was gibt es?«

»So ein Mist. Über unserem Boot fliegt eine Drohne und macht bestimmt Bilder, Videos oder sonst was. Der Taucher ist gerade im Wasser. Kannst du dich darum kümmern? Aber sofort, bitte!«

»Ach du Scheiße!«, entfuhr es dem diensthabenden Polizisten im Kommissariat. »Okay, gut. Alles klar. Mach weiter und sei vorsichtig. Ich kümmere mich darum!«

»Aber pronto! Beeil dich!«, rief der Polizist nochmals in sein Gerät. »Wir haben jetzt keine Zeit für so was!«

Luigi, der den Funkspruch in der Zentrale entgegengenommen hatte, sprang auf und winkte seinen Partner heran. »Übernimm hier bitte und halte die Stellung! Ich muss kurz weg.«

Der Kollege nickte erstaunt: »Kein Problem! Wann kommst du …«, doch Luigi hörte die zweite Hälfte des Satzes schon nicht mehr. Er rannte aus der Zentrale auf den Parkplatz zum Einsatzwagen, zögerte kurz, drehte dann um und entschied sich lieber für seinen blauen Fiat. Er wusste, dass man für die Steuerung einer Drohne eine gute Übersicht brauchte, und mit diesem Wissen stieg er ins Auto und fuhr eilig los. Die Punta Cornicello, etwas nördlich von Bardolino gelegen, war ein solcher Platz mit hervorragendem Ausblick über den See, und während er über die Seestraße bretterte, hoffte er, dass er mit seiner Vermutung richtiglag. Als er wenige Minuten später auf den Parkplatz an der Punta Cornicello einbog, bemerkte er den kleinen Golf, der am hinteren Rand parkte und auf dessen Tür in geschwungenen Lettern ›Il Gazzettino di Garda – Sempre informato!‹ stand.

Wusste ich's doch! Die Journalisten, dachte Luigi und freute sich, dass ihn seine Intuition nicht getäuscht hatte. Diese Plagegeister ließen sich immer neue Tricks einfallen. Er stellte seinen Wagen ab und rannte zur Aussichtsplattform. Dort sah er einen lässig gekleideten, eher unsportlich wirkenden Mann, der sich über eine kleine Konsole beugte. Sein Rücken zeigte Anzeichen einer beginnenden Verkrümmung. Luigi verlangsamte seinen Schritt, bis sein Gang einem gemütlichen Schlendern glich. Vorsichtig näherte er sich dem Unbekannten.

»Hi. Was für ein toller Vormittag!«, sprach er den Mann an. Der blickte nur kurz auf, nickte zustimmend und konzentrierte sich dann wieder auf seine Konsole.

»Und die Aussicht ist überragend, nicht wahr?« Luigi ließ sich nicht beirren: »Wow! Die Konsole sieht ja gut aus. Ich habe mir auch schon überlegt, so was zu kaufen, zum Fotografieren. Es ist schon toll, was man heutzutage alles machen kann.«

Der Mann verzog sein Gesicht zu einem kurzen Lächeln: »Das ist eine *DJI Mavic 2 Pro*. Coole Sache!«

»Ist die schwer?«, hakte Luigi nach.

»Nein, die ist federleicht!«, entgegnete der Mann und betrachtete Luigi über die dicken Gläser seiner Brille hinweg. »Sehen Sie!«, fuhr er stolz fort und bewegte den Kontrollkasten leicht auf und ab.

»Tatsächlich. Das gibt's doch nicht, und wo steuert man?«, fragte der Polizist und deutete auf den linken Joystick.

»Nein, der linke ist für die Kamera!«, entgegnete der Fremde. »Mit dem rechten steuert man.«

»Gut zu wissen«, antwortete Luigi. Er erkannte auf dem kleinen Display das perfekte Bild vom Einsatz der Wasserpolizei. Mit einer schnellen Bewegung griff er nach dem

Kontrollkasten und drückte den rechten Joystick komplett nach unten durch.

»Hey!«, brüllte der Mann vom *Gazzettino* und versuchte, Luigi die Konsole zu entreißen. Doch der Polizist sah ihm direkt in die Augen, umfasste den Joystick fester und riss ihn komplett heraus.

»Figlio di puttana! Bist du völlig übergeschnappt?«, schrie der Mann. »Ich werde dich verklagen! Bastardo! Die Drohne gehört der Redaktion, was mach ich jetzt? Bist du verrückt geworden?«

Luigi grinste: »Du bist hier der Drecksack. Deine Sensationsgier kennt wohl gar keine Grenzen, was?«

»Pezzo di merda! Dir werde ich's zeigen!«, rief der Mann vom *Gazzettino* und stürzte sich auf Luigi, der jedoch ausweichen konnte.

»Hau ab, du Idiot!«, fauchte Luigi. »Und wenn du mich verklagen willst, dann nur zu!« Er warf die Konsole auf den Boden, holte eine Polizei-Visitenkarte aus der Tasche und drückte sie dem anderen in die Hand. »Genieß weiter die Aussicht und hab einen schönen Tag!« Mit diesen Worten wandte er sich um und lief zurück zu seinem Auto.

Auf dem Boot der Wasserpolizei hievte inzwischen der Bergekran ein schweres, merkwürdiges Gebilde an Bord. Der Tote krümmte sich um eine Alufelge, an der man ihn festgebunden hatte. Zusammen mit der Alufelge machte er einen trostlosen Eindruck, als er triefend an Bord geholt wurde. Betroffen sahen sich die Männer an.

»Was zum Teufel …«, verschlug es dem leitenden Polizisten die Sprache.

»Sollen wir ihn losbinden?«, fragte der Signalmann unsicher. Der leitende Polizist auf dem Deck schüttelte den Kopf.

»Nein, legt ihn hier auf der Plastikfolie ab und fasst ihn nicht weiter an. Alles bleibt, wie es ist. Das ist sicher kein Selbstmord!«, sagte er und betrachtete die beiden merkwürdigen Löcher am Hals des Toten. »Das muss sich die Forensik anschauen.«

»Chef!«, meldete sich Guido. »Ich glaube, ich kenne ihn!«

»Was?«, fragte der leitende Polizist ungläubig.

»Ja, ich weiß, wer das ist«, sagte der Fahrer. »Das ist Fabrizio. Fabrizio Leone. Wir spielen zusammen in der Fußball-Hobbyliga. Er ist der Linksaußen vom *FC Tignale*. Ich weiß, dass er mit seinem kleinen Boot immer zwischen dem Porto di Tignale und Navene hin- und herpendelt, da er drei- oder viermal die Woche als Ranger im oberen Naturpark arbeitet.«

»Woher weißt du das alles?«, forschte der leitende Polizist.

»Er lässt sich gern in Garda mit Touristinnen in den Kneipen sehen, und auch im Nachtleben von Verona ist er ein bekanntes Gesicht. Ein paar meiner Freunde hatten schon Missverständnisse mit ihm.«

»Verstehe«, nickte der leitende Polizist. »Dann kommst du nachher mit mir ins Kommissariat, okay?«

Der Fahrer des Boots nickte betroffen und betrachtete den leblosen, um die Felge gefesselten Körper, bevor er den Motor startete und das Boot auf den Weg nach Bardolino brachte. Wer hat ihn nur so zugerichtet? Was mag da passiert sein, dass er so sterben musste, fragte er sich entsetzt. Ein unheimliches Gefühl beschlich ihn, als ihm bewusst wurde, wie wenig er über die Menschen aus seiner Heimat wusste.

Familie Schwarz fuhr gleich nach der Befragung nach Hause zurück, auf der E45, ohne eine Pause einzulegen und ohne in Trient oder am Brenner anzuhalten. Claudia saß mit dem schlafenden Benni, der nicht mehr mit Walter hatte reden wollen, auf der Rückbank. Walter war frustriert. Dieser Ausflug zum Hochzeitsjubiläum war anders verlaufen als geplant.

3. KAPITEL

Mit seinem milden, eigentlich schon maritimen Klima gilt der Luftkurort Tignale mit der sagenumwobenen Wallfahrtskirche Madonna di Montecastello als eine der angenehmsten Ortschaften der Provinz Brescia. Die Aussicht von der 500 Meter über dem See gelegenen Ebene ist atemberaubend. Für die rund 1.500 Einwohner, die inmitten unberührter Natur in absoluter Ruhe über dem Westufer des Sees leben, ist das spätsommerliche Trüffelfestwochenende – besser bekannt als *La Sagra del Tartufo* – der Höhepunkt des Jahres.

Doch dieses Jahr war am letzten Sonntag des Festes, am 29. September, alles anders. Statt der geplanten Wanderung mit dem Trüffelsucher, die sonst im Zentrum des Interesses der Touristen stand, zog die Sonntagsausgabe des *Gazzettino di Garda* sämtliche Aufmerksamkeit auf sich. Auf der Titelseite prangte links ein Bericht über das renommierte Restaurant *La Traviata* aus Verona, das zum zweiten Mal am Trüffelfest teilnahm und mit seiner ambitionierten Aufmachung alle anderen schlug. Und rechts war eine gestochen scharfe Luftaufnahme des toten, um eine Alufelge gewickelten Fabrizio Leone zu sehen, der gerade triefend von einem Bergekran der Wasserpolizei aus dem Gardasee gezogen wurde. Das Foto war überschrieben mit der Schlagzeile »Toter ins Netz gegangen«.

Dem Besitzer des *La Traviata* war es gelungen, den Hauptweg des Trüffelfestes mit einem roten Teppich um 25 Meter zu verlängern, der, flankiert von goldenen Messingständern und roten Absperrkordeln, durch einen doppelten Rosenbogen führte und in dem raffiniertesten 200-Mann-Partyzelt endete, das jemals im Norden Italiens aufgestellt worden war. Nur wer eine Einladung oder Reservierung hatte, wurde eingelassen. Die edle Atmosphäre und der elegante Service waren wie aus vergangenen Zeiten: Die Köche trugen weiße Kochjacken mit Doppelknopfleiste und steife Kochmützen, und die Kellner schwirrten in dunklem Frack und roter Fliege beflissen um die perfekt eingedeckten Tische herum. Das Restaurant gehörte dem bekannten Marco Casella, einem ehemaligen Sänger und Prominenten aus der zweiten Reihe, dessen Berühmtheit seit vielen Jahren auf seinem einzigen Schlager »Pizza, Pasta e Mamma mia« gründete. Die Einwohner regten sich darüber auf, dass das neue Zeltrestaurant, das sich im ersten Jahr noch recht bescheiden als Verkaufszelt in die Reihen der anderen Zelte eingefügt hatte, nun im zweiten Jahr mit übertriebenem Glanz und Pomp auftrumpfte. Es gab das Gerücht, dass es nur durch den Zuspruch Maurizio Scalis gelungen sei, dem Restaurant aus Verona die Tür zum Trüffelfest zu öffnen. Der war nämlich ein Tignalesi, lebte aber in Verona und arbeitete dort als Geschäftsführer für die Brüder Montavani in deren renommiertem Feinkostladen *Fratelli Mantovani – Italien Gourmet*. Maurizio Scali hatte seine Beziehungen zum Bürgermeister spielen lassen. In einem Vieraugengespräch und mit einem profitablen Angebot hatte er ihn davon überzeugt, dass ein professionelles Restaurant wie das *La Traviata* mit seinem guten Service und dem national bekannten Sänger Marco Casella unbedingt ein Mehrwert für das Trüffelfest und den Bürgermeister wäre.

Mit einem Auftrag des Kommissars Manchini aus Bardolino stiegen die beiden Streifenpolizisten der Gemeinde Tignale am letzten Tag des Festes in ihren kleinen weißgrünen Fiat. Sie fuhren eine kurze Strecke und parkten ihren Dienstwagen pünktlich um 8 Uhr in der Via Giovanni Tonoli am Straßenrand. Der Beifahrer stieg aus, sah sich kurz um und klingelte schließlich zweimal am Haus von Fabrizio Leone. Dann wartete er. Nach einer kurzen Weile kurbelte der Fahrer des Polizeifahrzeugs sein Fenster herunter und bedeutete dem Kollegen, es noch einmal zu versuchen. Dieser klingelte erneut, doch es rührte sich nichts. Offensichtlich war niemand zu Hause. Die beiden Polizisten schauten sich ratlos um und wollten schon aufgeben, als sich ein kleines Fenster im Nachbarhaus öffnete und ein Frauengesicht im Rahmen erschien.

»Signora Lucia ist nicht zu Hause.«

»Guten Morgen«, entgegnete der Polizist freundlich. »Haben Sie eine Ahnung, wo wir sie finden können?«

»Ja, das ist ganz einfach. Sie ist auf dem Trüffelfest und arbeitet am Stand Nummer fünf. Man kann ihn nicht verfehlen. Es ist der einzige Stand, der keine Trüffel verkauft, sondern andere Produkte aus der Region.«

»Vielen Dank für die Auskunft!« Nach einem fragenden Blick zum Fahrer des Polizeiwagens, der zustimmend nickte, fuhr er fort: »Darf ich Sie noch etwas fragen? Wann haben Sie Herrn Leone das letzte Mal gesehen?«

Die Nachbarin der Familie Leone überlegte ein paar Sekunden, knöpfte den obersten Knopf ihres Schlafanzugs zu und antwortete, während sie das Fenster bereits schloss und damit jede weitere Frage unterband: »Ich weiß es nicht. Er ist wie der Wind. Manchmal ist er hier und manchmal in Garda. Haben Sie noch einen schönen Tag!«

Die Vorbereitungen für den letzten Tag des Trüffelfests waren in vollem Gange, als der Polizeiwagen auf Höhe des Standes Nummer fünf, über dem ein Schild mit der Aufschrift »Pelucci – salumeria regionale« prangte, auf der anderen Straßenseite anhielt. Die Polizisten stiegen aus. Einer von ihnen blieb neben der geöffneten Beifahrertür stehen, während der andere sich durch die Menschen auf der Straße schlängelte, auf den Stand zuging und sich der Frau näherte, die mit lustlosem Gesichtsausdruck verschiedene Waren auf der Ausstellungsfläche ausbreitete.

»Guten Morgen!«, begrüßte der Polizist sie. »Sind Sie Signora Lucia Leone?«

»Ja, das bin ich!«, antwortete sie überrascht. »Ist etwas passiert? Wenn es wegen der Lizenz für den Stand ist, dann warten Sie besser auf meinen Chef, der müsste gleich hier sein.«

»Nein, das ist es nicht.« Er zögerte. »Hätten Sie ein paar Minuten Zeit? Es ist wichtig.«

»Zeit hätte ich, aber wer bleibt dann hier am Stand und passt auf die Sachen auf? Bald kommen auch schon die Leute und wollen bedient werden.«

»Ja, ich verstehe, aber …«

»Es tut mir leid, aber bevor mein Chef nicht da ist, kann ich hier nicht weg«, sagte sie in etwas spitzem Ton. »Worum geht es überhaupt?«

So vorsichtig und höflich, wie er nur konnte, schlug der Polizist vor: »Wenn es für Sie in Ordnung wäre, würde mein Kollege hierbleiben und aufpassen.«

Lucia warf einen prüfenden Blick auf den Polizisten, der am Dienstwagen lehnend im *Gazzettino* blätterte, und schüttelte den Kopf.

»Maria!«, rief sie laut zum Nachbarstand Nummer vier hinüber, wo weniger los war. »Kannst du bitte kurz ein Auge auf meine Sachen werfen? Ich bin gleich wieder da.«

»Kein Problem«, war die Antwort. »Nimm dir die Zeit, die du brauchst! Aber was ist denn los?«, fragte Maria.

Doch ihre Frage blieb unbeantwortet.

Der Besitzer des Standes, ein stattlicher Mann mit Schnurrbart und rundlichem Bauch, der die Gabe besaß, seine regionalen Produkte mit unaufdringlicher Überzeugungskraft anzupreisen, bemerkte den Streifenwagen vor seinem Zelt, beschleunigte seinen Schritt und mischte sich laut reklamierend ein:

»Was ist hier los? Das darf doch nicht wahr sein. Es tut mir leid, aber so früh am Morgen ist das nicht die richtige Zeit für eine Lizenzüberprüfung. Sie sollten lieber am Abend kontrollieren, wenn unsere gute Ware nur noch Gottes Schutz untersteht.«

»Guten Morgen, der Herr!«, antwortete der Polizist und las erneut den Namen »Pelucci« auf den Schildern des Stands. »Herr Pelucci, das ist keine Lizenzüberprüfung. Aber nur für den Fall, dass Sie es noch nicht wissen: Wir stellen hier auf dem Markt von 21 bis 7 Uhr eine Nachtwache auf, und wenn ich mich recht entsinne, ist dieses Jahr auch noch nichts gestohlen worden.«

»Dieses Jahr – Gott sei Dank – nicht, aber letztes Jahr …«

»Okay. Lassen wir es gut sein, Herr Pelucci. Wir wollen uns kurz mit Signora Lucia unterhalten.« Er richtete seinen Blick auf Lucia. »Kommen Sie bitte mit.«

Der Polizist am Wagen faltete die Zeitung zusammen, klemmte sie sich unter den Arm und half Lucia auf der Beifahrerseite beim Einsteigen, während sein Kollege in dem kleinen Zweitürer auf der Rückbank Platz nahm. Er fragte Lucia, die nervös auf ihrem Platz hin und her rutschte:

»Sie sind die Ehefrau von Fabrizio Leone, nicht wahr?«

»Ja, das bin ich. Was ist los?«

Ohne zu antworten, fragte der Polizist weiter: »Wann haben Sie Ihren Mann zuletzt gesehen?«

Verunsichert ließ sich Lucia für die Antwort etwas mehr Zeit, als eigentlich nötig war. »Gestern!« Sie zögerte. »Gestern Abend.«

Der Polizist bemerkte die Verlegenheit und die Schweißtropfen, die sich auf ihrem rundlichen Gesicht bildeten. »Gestern Abend? Überlegen Sie bitte ganz genau. Sind Sie sich da sicher?«

»Nun ja, vielleicht war es nicht gestern … sondern eher am Donnerstag. Ja, am Donnerstagvormittag war es«, antwortete sie bestätigend und atmete lange aus, wodurch die Anspannung ein wenig aus ihrem Körper wich. »Ist etwas passiert?«

»Nun«, sagte der Polizist auf dem Fahrersitz und verlangsamte sein Sprechtempo. Er senkte den Blick. »Es tut mir leid, dass ich Ihnen das mitteilen muss. Ihr Mann ist tot. Wir haben ihn gestern im See gefunden.«

Ein Moment der Stille trat ein, den Lucia mit einem plötzlichen Schrei unterbrach. »Neiiiiiin!« Der verzweifelte Schrei war so laut und durchdringend, dass er die Aufmerksamkeit der Touristen auf sich zog, die sich in der Nähe des Wagens befanden.

»Es tut mir wirklich leid«, sagte der Polizist betroffen. »Aber Sie müssen mit uns kommen, wir haben eine Anweisung von Kommissar Manchini erhalten, Sie müssen Ihren Mann identifizieren. Die Wasserpolizei wartet.«

Lucia knetete an ihren gefalteten Händen herum, ohne die Stille zu unterbrechen, die wieder entstanden war. Sie nickte stumm. Der Polizist verließ den Wagen erneut, trat auf den Standbesitzer zu und informierte ihn ohne weitere Erklärung, dass sie Lucia mitnehmen und später zurückbringen würden.

Sie fuhren mit dem Polizeiwagen die steile Straße und durch den Tunnel hinunter zu dem kleinen Fischerhafen Porto di Tignale, wo ein Boot der Wasserpolizei aus Bardolino mit seinem 200 PS starken Motor wartete, das die Fahrt nach Bardolino in kürzester Zeit zurücklegen würde. Doch Lucia lehnte es ab, mit dem Boot zu fahren: »Nein. Auf keinen Fall. Nur über meine Leiche.«

»Bitte, kommen Sie doch an Bord«, sagte der Fahrer, »unser Boot ist sicher, und das ist die schnellste Möglichkeit, nach Bardolino zu kommen.«

»Nein, das mach ich nicht«, rief sie laut aus. »Nie im Leben!«

»Bitte, machen Sie jetzt keine Schwierigkeiten. Es dauert doch nur 15 Minuten. Nach der Besprechung im Kommissariat bringe ich Sie wieder hierher zurück.«

»Bringen Sie mich bitte wieder ins Dorf hoch!«, schrie Lucia.

Da sie sich so resolut weigerte, hielt der Polizist kurz Rücksprache, ob er sie die 75 Kilometer nach Bardolino mit dem Auto bringen sollte, was sofort bestätigt wurde. So fuhren sie also die Strecke Richtung Süden um den halben See herum, bis sie 90 Minuten später das Polizeikommissariat in Bardolino erreichten. Die Polizisten aus Tignale begleiteten Lucia Seite an Seite auf die Wache, wo ein absolutes Durcheinander herrschte, und brachten sie in das Büro des leitenden Kommissars. Dieser lief gerade hektisch in seinem Büro auf und ab und schrie:

»Haben wir diese Drohne jetzt runtergebracht oder nicht?«

»Ja, schon, aber …«, sagte der Assistent.

»Was, aber? Wie kann es sein, dass die Idioten vom *Gazzettino* die Bilder haben? Wer kann mir das erklären?«

Ein junger Polizist sah von seinem Laptop auf und gab schüchtern zurück: »Ich kann mir gut vorstellen, dass das alles schon in der Cloud war, als Luigi das Gerät versenkt hat, Kommissar.«

»In der Cloud? Was soll das?« In diesem Moment klingelte das Telefon. Er ging ran. »Du schon wieder, Sabbione!«, rief er in den Hörer. »Ja, genau so! Stichpunktartige Kontrollen aller Verdächtigen und Überprüfung jedes 100. Autos! Mann, gibt's da oben bei euch an der Grenze nur Neulinge oder was? Man könnte meinen, ihr macht das zum ersten Mal. Habt ihr den Lehrgang über Rauschgift, Sprengstoff und Geruchsspuren etwa nur angenommen, damit ihr den Zuschuss vom Staat bekommt?« Er bemerkte Lucia.

»Und ruf nur wieder an, wenn ihr was Wichtiges habt!«, befahl er und warf das Handy auf den Schreibtisch, auf dem Lucia das Titelbild des *Gazzettino* erblickte und in einen Sessel sank.

»Wasser! Wasser! Bringt schnell Wasser! Na los!«, schrie der Kommissar die beiden Polizisten aus Tignale an, die wie angewurzelt stehen geblieben waren. »Bewegt euch! Steht hier nicht rum wie die Ölgötzen!«

Schließlich rannte einer nach Wasser und brachte es Lucia. Nur ein paar Minuten später bestätigte sie nochmals, dass sie ihren Mann zuletzt am Donnerstagvormittag gesehen hatte.

»Wissen Sie, wer etwas gegen Ihren Mann haben könnte?«, fragte der Kommissar und versuchte, seinen momentanen Frust zu verbergen.

»Nein. Seine Freunde habe ich immer nur zu heiteren Anlässen getroffen. Ich weiß wirklich nicht, wer ihm Böses wollte. Er hatte da seine Sachen am Laufen, aber im Grunde seines Herzens war er kein schlechter Mensch.«

»Was meinen Sie genau mit ›Sachen am Laufen‹?«

Lucia schluckte trocken und erwiderte: »Na ja, seit drei Jahren blieb er manchmal nach der Arbeit im Naturpark in Garda über Nacht.«

»Hmm«, brummte der Kommissar verwundert, ohne sie zu unterbrechen.

»Am Anfang hatte ich keine Ahnung, was los war, aber da ich keinen Streit wollte, habe ich seine Ausreden gelten lassen. Eine Freundin, die in Garda arbeitet, hat mir dann berichtet, dass er da Affären mit Touristinnen sucht und sich im Nachtleben rumtreibt«, gestand sie, und Tränen traten in ihre Augen.

Der Kommissar schob ihr das Wasserglas zu. Nachdem sie kurz ihre Lippen befeuchtet hatte, ohne zu trinken, fuhr sie fort: »Er war kein schlechter Mensch. Und in letzter Zeit wirkte er sogar sehr zufrieden mit seiner Arbeit und schien froh zu sein, dass er mit dem Extrajob im Restaurant *La Traviata* am Trüffelfest etwas Geld dazuverdienen konnte. Bis auf unsere Probleme sah es in letzter Zeit sogar sehr gut aus.«

»Was meinen Sie mit ›unseren Problemen‹?«

»Na ja, wissen Sie, wir haben keine Kinder, und ich bin acht Jahre älter als er. Ich habe mich in den vergangenen

zwei Jahren etwas gehen lassen und bin in Traurigkeit ver-
fallen, ohne Kinder, so ganz allein«, sagte sie. »Kein Wunder, dass er mit der Zeit das Interesse an mir verlor.«

»War er Ihnen gegenüber aggressiv?«, fragte der Kommissar überraschend.

»Was meinen Sie mit ›aggressiv‹?«, fragte sie verunsichert
zurück. »Er hat mich schon mal mit Worten runtergemacht,
aber geschlagen hat er mich nur ein einziges Mal.«

»Und was war der Anlass?«, hakte der Kommissar nach.

Sie zögerte: »Ich weiß es nicht mehr, aber mein Vater hat
danach mit ihm geredet, und dann ist es nie wieder vorge-
kommen«, entschuldigte sie ihn.

Der Kommissar bemerkte, dass diese Frage ihr unange-
nehm war, und wollte vorerst nicht weiterbohren. Diese
Art Fragen mussten zu einem späteren Zeitpunkt weiter-
verfolgt werden.

»Und Sie haben nie über eine Trennung nachgedacht?«,
fragte er deshalb.

»Trennung, wieso? Damit wir noch mehr Probleme
bekommen? Wir haben gelernt, damit umzugehen. Ich kann
Ihnen sagen, viele Leute zeigen nach außen hin eine heile
Fassade, obwohl sie große Probleme haben.« Lucia konnte
ihre Tränen nicht mehr zurückhalten und wiederholte: »Er
war kein schlechter Mensch. Ich weiß, dass er kein schlechter Mensch war. Er hat es nicht verdient, so zu sterben.«

Der Polizist reichte ihr ein Papiertaschentuch und sagte:
»Es tut mir leid, dass Ihnen das passiert ist, und bestimmt
werden wir in den nächsten Tagen noch ein paar Fragen an
Sie haben, aber jetzt würde ich Sie bitten, mir in die Forensik zu folgen, um Ihren Mann zu identifizieren«.

Sie verließen das Büro, traten durch einen Bogen in einen
langen, dunklen Korridor, der an einer metallenen Tür

endete. Auf einem länglichen Seitentisch lag, in einen Plastiksack verpackt, die Alufelge. Von dem Tisch in der Mitte des Raums hingen seitlich Fabrizios Haare herab und gaben den Blick auf sein Tattoo an der linken Schulter frei. Lucia tat zwei Schritte auf den Tisch zu und erkannte über dem vertrauten Schriftzug ›per sempre il tuo‹ das dunkelrote Herz mit dem Namen ›Lucia‹ in der Mitte. Sie schwankte, trat einen Schritt zurück und brach ohnmächtig auf den kalten Fliesen des Raums zusammen.

Wie jeden Sonntag drängten sich die Autos vom Gardasee in langen Schlangen Richtung Deutschland. Doch diesmal schien es besonders langsam voranzugehen. Wie ein langer, in der sonntäglichen Sonne glitzernder Wurm schlängelten sie sich den See entlang, um auf die nach Norden führende E45 zu gelangen. Am Grenzübergang Brenner wurde der Auftrag des Kommissars aus Bardolino bereits ausgeführt und jedes verdächtige Auto angehalten sowie jedes 100. Auto kontrolliert. Eine Sechs-Mann-Besatzung überprüfte mit zwei Polizeiwagen die Fahrzeuge. Luca Conti war der Einzige, der nervös war. Der Neffe von Kommissar Manchini absolvierte im Zuge seiner Ausbildung zum Kommissar dort gerade den Lehrgang für den Einsatz von Spürhunden. Es war seine letzte Station als Kommissar Anwärter, die er noch zu meistern hatte. Das Ende der Ausbildung war in Sicht, doch sein Dienst hatte erst begonnen.

4. KAPITEL

Kurz nach Mittag nahm der aus dem Süden kommende Verkehr vom Gardasee zu. Autos, Lastwagen, Motorräder und Wohnwagen wurden langsamer und drängelten sich über die Europastraße 45 auf die vier Fahrspuren, die für die Grenzkontrollen reserviert waren. Für die ungeduldigen Touristen war die öde Wartezeit im Stau am Grenzübergang ein Ärgernis und Grund für Streit und Diskussionen. Für Bruno Sabbione aber, den Polizeichef, der den Einsatz leitete und inzwischen mehr Stunden an der Grenze verbrachte als zu Hause bei seiner Familie, war die Order des Tages einfach: »Stichpunktartige Kontrolle aller Verdächtigen und Überprüfung jedes 100. Autos.«

»Conti!«, rief Sabbione Luca zu, der gerade liebevoll einen schwarzen Schäferhund mit rotbrauner Zeichnung tätschelte, der speziell für Geruchsspuren ausgebildet war. »Du bleibst bei mir!«

Luca antwortete nicht. Er steckte seinen Ausweis in die linke Hemdtasche und dachte, dass er diese spezielle Betreuung durch den Chef seinem Onkel Mauro Manchini zu verdanken hatte, dem Leiter des Polizeikommissariats in Bardolino. Er zog den Hund, der auf den Namen Rosso hörte, auf circa ein Meter Leine zu sich heran und ging zur Kontrollstelle.

Der Wagen, der als Nächstes an der Reihe war, hatte ein

österreichisches Kennzeichen und wurde von einem älteren Herrn gefahren. Er hatte die ruhige Ausstrahlung eines Menschen, der sich gut auskannte in der Gegend und vielleicht in der näheren Umgebung wohnte. Polizeichef Sabbione schüttelte den Kopf, und Luca winkte den Wagen durch. Im nächsten Wagen, der kontrolliert werden sollte, saß ein älteres Ehepaar. Die Frau fuhr den Wagen, ihre eine Hand lag auf dem Lenkrad und mit der anderen gestikulierte sie wild zu dem neben ihr sitzenden Mann, der sein Kinn auf den Griff eines Gehstocks stützte und sie einfach ignorierte. Luca hob die Hand, der Wagen wurde langsamer, doch der Hund, der bis zu diesem Moment ruhig gewesen war, zog an der Leine in Richtung des nächsten Fahrzeugs. Es handelte sich um einen olivgrünen Mercedes Benz Sprinter 313 CDI, einen Kastenwagen mit italienischem Kennzeichen. Sabbione, der die Reaktionen des Schäferhunds gut kannte, gab dem Fahrer des Transporters ein Zeichen zum Anhalten und sagte:

»Conti, kontrolliere du den Mercedes da drüben, ich kümmere mich um den hier.«

Der Hund, der heftig an der Leine zerrte, zog Luca bis zu dem Mercedes. Luca lotste den Wagen ein Stück weiter an den Straßenrand. Der Fahrer kurbelte das Fenster zur Hälfte herunter und grüßte gleichgültig:

»Guten Morgen.«

»Guten Morgen«, antwortete Luca und betrachtete den Transporter von außen. »Öffnen Sie das Fenster bitte vollständig und schalten Sie den Motor ab.«

»Wird gemacht. Gibt es ein Problem?«

Luca ignorierte die Frage und sagte:

»Ihre Papiere, bitte!«

Der Fahrer beugte sich hinüber auf die Beifahrerseite, öffnete das Handschuhfach und holte die Fahrzeug- und Versicherungsunterlagen heraus. Er reichte Luca die Dokumente und blickte verächtlich auf den Hund, der immer noch an der Leine in Richtung des hinteren Teils des Wagens zog.

»Haben Sie auch Ihren Personalausweis und den Führerschein dabei?«

Der Fahrer zog sein Portemonnaie aus der Hosentasche und präsentierte Luca die Unterlagen. Der Personalausweis in digitalem Format war unauffällig, aber der Führerschein erregte, obwohl er noch gültig war, Lucas Verdacht. Es war ein alter. Das verblichene Foto in dem Dokument schien zu jemand anderem zu gehören. Darunter war der Name ›Salvatore Contesti‹ zu lesen, und bei der Rubrik Geburtsdatum und Geburtsort stand 19.1.1983 in Verona.

»Könnten Sie bitte Ihre Sonnenbrille abnehmen?«

»Klar. Entschuldigung.«

Luca bemerkte, dass der Name von Führerschein und Fahrzeugpapieren nicht übereinstimmte. Doch er sagte nichts. Er fragte: »Führen Sie Waren mit sich?«

Nach einem kurzen Zögern antwortete der Fahrer: »Ja ... Ich meine, ja. Aber ...«

»Würden Sie bitte aussteigen und den Laderaum öffnen?«, unterbrach Luca ihn und stemmte sich gegen den Hund, der ihn immer noch zur Rückseite des Kastenwagens zog.

Der Fahrer war etwa einen Meter achtzig groß, trug ausgewaschene Jeans, ein weißes Tank Top und hatte kurzes, maschinengeschnittenes Haar. Auf den ersten Blick sah er aus wie eine billige Kopie von Eros Ramazzotti. Er stieg aus und schlurfte träge nach hinten zum Laderaum, drückte mit der rechten Hand auf den Autoschlüssel und entriegelte widerwillig eine Tür. Luca ließ den ungeduldigen Rosso von der Leine und öffnete auch die linke Tür. Der Hund sprang augenblicklich in den Laderaum und erkundete mit seinen 230 Millionen Geruchsrezeptoren sofort jeden Zentimeter des Wagens um die darin befindlichen Boxen herum. Das Geräusch seines aufgeregten Schnüffelns war deutlicher zu hören als das Brummen der Motoren im Hintergrund. Nach knapp einer Minute setzte Rosso sich auf seine Hinterbeine und legte sich dann ganz auf dem Boden ab, mit der Schnauze auf den Vorderbeinen. Ein Moment der Stille trat ein. Luca verstand sofort das Signal, dass die Spurensuche abgeschlossen war und er die Ware durchsuchen sollte.

»Was transportieren Sie?«, fragte Luca, während er weiterhin den Namen und die Adresse auf den Fahrzeugpapieren betrachtete: Fratelli Mantovani – Italian Gourmet – Piazza Cittadella 23, Verona.

»Lebensmittel«, antwortete der Fahrer mit sicherer Stimme. Als er sah, dass sich der Hund beruhigt hatte, fügte er hinzu: »Das muss der Grund sein, weshalb sich der Hund vorher so aufgeregt hat!«

Betrachtete man die Werkzeuge, die seitlich über dem linken Hinterrad des Wagens mit einem Gummiband befestigt waren, bekam man den Eindruck, der Transport hätte eher mit Gartenarbeit als mit Lebensmitteln zu tun. Luca zog eine der im Laderaum aufgereihten Schachteln heraus, die auf den ersten Blick nicht nach einem typischen Lebensmitteltransport aussahen. Er hob sie an und schätzte das Gewicht auf etwa fünf Kilo. Er stellte fest, dass die Schachteln neu und sehr sauber waren und dass sie über keinerlei schriftlichen Aufdruck verfügten.

»Welche Art Lebensmittel transportieren Sie?«

»Nun ja, wissen Sie, das ist eine Fahrt, die ich für einen Freund mache. Um ehrlich zu sein, musste ich mich sehr beeilen. Daher weiß ich gar nicht genau, was da drin ist.«

»So, Sie transportieren also Waren, ohne zu wissen, was?«
Luca sah den Fahrer zweifelnd an, zuckte mit den Schultern
und fügte hinzu: »Wenn Sie es nicht wissen, dann lassen Sie
es uns herausfinden!« Er holte ein kleines Klappmesser aus
der Hosentasche und zog die Klinge durch das Klebeband,
das den Deckel des Kartons verschloss. Er stieß auf eine
Isolierbox aus Styropor. Dann hob er den Deckel an und
erblickte ein weißes Blatt, auf dem von Hand ›Tuber Magnatum Pico – 5kg‹ geschrieben stand. Sofort stieg ihm das
intensive Aroma in die Nase, chemisch eine Mischung aus
Methangas und Knoblauch, unverwechselbar und äußerst
kostbar: der Geruch von Trüffeln.

Luca war kein wirklicher Trüffelliebhaber, aber er kannte
den Wert dieser kostbaren Gabe der Natur. Die seltenen
schwarzen oder weißen Knollen gehörten zu den Edel-
pilzen, deren besonders große Exemplare wie Diaman-
ten gehandelt wurden und Händlerpreise von mehreren
1.000 Euro pro Kilo erzielten. Da die Nachfrage zehnmal
größer war als das Angebot, zählten sie zu den teuersten
Lebensmitteln der Welt.

»Haben Sie einen Lieferschein zu diesen Boxen?«

»Hm, ich fürchte, nein. Wie gesagt, diese Ware gehört
nicht mir. Ich tue nur einem Freund einen Gefallen.«

»Wie bitte? So einfach ist das nicht. Denken Sie etwa,
der Transport von Waren für einen Freund, ohne jegliche
Dokumente, sei eine normale Sache? Auf welchem Planeten
leben Sie?« Luca zählte in Gedanken die Kisten im Laderaum. »Ist in den Boxen überall das gleiche Produkt drin?«

»Nun, das weiß ich doch nicht«, entgegnete der Fahrer
ausweichend.

»Gut, dann werden wir auch das herausfinden!« Luca zog
die Klinge durch den Deckel der zweiten Box, öffnete sie

und fand wieder das Blatt: ›Tuber Magnatum Pico – 5kg‹. Als er gerade die dritte Schachtel öffnen wollte, unterbrach ihn der Fahrer:

»Nein, nein, tun Sie das nicht. Das Produkt ist in jeder Box das gleiche!«

»Ich kann einfach nicht glauben, dass Sie das alles ohne Lieferschein transportieren. Sind Sie sich sicher, dass Ihr Freund keinen Lieferschein dazugepackt hat?«

Der Fahrer atmete tief aus. Schweißtropfen perlten von seiner Stirn. Er schaute sich verzweifelt um, zuckte mit den Schultern und antwortete nicht. Luca zog sein Diensttelefon aus der Tasche, machte Bilder vom Laderaum des Transporters, den Styroporboxen und eines von dem Inhalt einer Kiste. Dann wählte er die Informationszentrale der Polizei. Er gab die vollständigen Identifikationsdaten des Fahrers durch und erhielt nach ein paar Sekunden die Antwort: »Kein Eintrag.«

Bleib ganz ruhig, sagte sich Luca, als er im Geiste den Wert der Ware errechnete und sich fragte, ob er Polizeichef Sabbione um Hilfe bitten sollte. Da er sich jedoch bei seinem ersten Einsatz nicht blamieren und auch keine abfällige Bemerkung riskieren wollte, die womöglich seinem Onkel im Kommissariat von Bardolino zu Ohren käme, fuhr er fort:

»Wohin transportieren Sie die Ware? Wie Sie sehen, ist die Menge der von Ihnen transportierten Trüffel nicht gerade für den Eigenbedarf bestimmt, oder? Es kann doch nicht sein, dass Ihr Freund Ihnen den Transport von circa einer Viertelmillion Euro anvertraut, ohne irgendwelche Dokumente dafür zu haben. Vergewissern Sie sich bitte, ob Ihr Freund den Lieferschein nicht im Handschuhfach liegen gelassen hat.«

»Wie gesagt, ich weiß nichts über diese Lieferung, und ich kenne auch die Lieferadresse nicht. Ich soll die Person, die die Trüffel erhält, an einer Tankstelle in der Nähe von München treffen.«

»Und wie lautet der Name der Person? Ist es eine Firma?«

»Ich weiß es nicht.«

»Haben Sie einen Kontakt, eine Telefonnummer?«

»Nein, habe ich nicht. Er hat gesagt, dass er mich anruft. Ich weiß nichts.«

»Wie kommt es, dass Sie nichts wissen? Langsam verliere ich die Geduld!«, rief Luca wütend aus und bemerkte, dass Sabbione entrüstet in seine Richtung blickte. Und um den Anschein zu erwecken, dass er die Situation im Griff hatte, atmete Luca aus. Er gab sich entspannt und fuhr fort: »Sie fahren also mit diesem Wagen von Verona nach München, haben eine Ladung Trüffel im Kofferraum, die ausreicht, um eine ganze Stadt zu versorgen, und wissen nicht, wohin Sie fahren? Und das soll ich Ihnen glauben? Das gibt's doch nicht!«

»Es tut mir leid, aber ich weiß wirklich nichts«, wiederholte der Fahrer.

Luca zog sich hoch in den Laderaum, schob verschiedene Kisten beiseite und öffnete die hinterste, die sich an der Rückseite des Beifahrersitzes befand. Das Ergebnis war das gleiche: Ein weißes Blatt, auf dem von Hand ›Tuber Magnatum Pico – 5 kg‹ geschrieben stand. Und wieder stieg ihm der feine Geruch von nasser Erde, Heu, Honig und Moschus – das unverwechselbare und äußerst kostbare Aroma der Edelknolle – in die Nase. Er kletterte aus dem Wagen, legte Rosso die Leine an und sagte zu dem Fahrer:

»Nun, es sieht so aus, als müsste ich Sie und den Transporter hierbehalten. Schließen Sie bitte den Kofferraum und geben Sie mir den Schlüssel.«

»Nein, bitte nicht. Ich muss das unbedingt in ein paar Stunden liefern. Ich will gar nicht daran denken, was mir passiert, wenn ich die Ware nicht rechtzeitig abliefere. Warten Sie einen Augenblick.«

Der Fahrer ging zum Handschuhfach des Wagens und kehrte einige Sekunden später mit einem Umschlag zurück, den er Luca zögernd reichte. Luca öffnete das Kuvert und zuckte zusammen. Sein Blick fiel auf das geometrische Gebilde, das in leuchtendem Violett auf einem nagelneuen 500-Euro-Schein aufgedruckt war. Er zog den Schein aus dem Umschlag und konnte es nicht fassen. Dann blickte er sich unschlüssig um und hielt den Umschlag eine Armlänge von sich weg, als brauchte er die Helligkeit der Sonne, um glauben zu können, was er da in der Hand hielt.

Tief in seinem Innern regte sich ein Gedanke, der ihm Ereignisse aus seiner jüngsten Vergangenheit in Erinnerung rief. Sein feiner Sinn für Ungerechtigkeit machte sich bemerkbar, als er die Absicht des Fahrers erkannte. Aus einer Mischung aus Ärger und Wut fasste er einen Entschluss.

»Alles in Ordnung da drüben, Conti?«, rief Sabbione.

Luca hielt noch immer den Umschlag in der Hand und antwortete:

»Ja, alles in Ordnung, Chef!« Dann steckte er den Umschlag ein, sah dem Fahrer fest in die Augen und sagte:

»Du kannst gehen. Gute Fahrt!«

5. KAPITEL

Als Polizeichef Sabbione sah, wie der Fahrer mit einem verschmitzten Lächeln seine Sonnenbrille aufsetzte und in den Transporter stieg, um seine Fahrt fortzusetzen, war seine Empörung groß. Träum ich, oder was ist hier los, dachte er. Ist dieser Luca Conti unfähig? Das schreit ja zum Himmel! Er wusste, dass Rosso in seinen zehn Dienstjahren noch nie einen falschen Hinweis gegeben hatte. Und wenn er sich den Hund ansah – er hatte einen niedergeschlagenen Blick, als wäre er gerade aus einem Albtraum erwacht –, dann schien Rosso es kaum glauben zu können, dass es nichts Verdächtiges an dem Mercedes Sprinter gab.

Mit einem mulmigen Gefühl im Magen sah Luca Conti zu, wie der Lieferwagen langsam wegfuhr.

Sabbione befahl einem der Hilfspolizisten, eine Umleitung des Verkehrs von der Fahrspur eins auf die Fahrspur zwei zu veranlassen, und ging eiligen Schrittes zu Luca hinüber, der ihm sofort die Leine des Hundes in die Hand drückte und sagte:

»Entschuldigen Sie, Chef, aber würden Sie bitte den Hund kurz halten? Ich muss ganz dringend wohin.«

Das hat mir gerade noch gefehlt, dachte Sabbione. Was ist das denn für ein Typ, der die Inspektion beendet und dann gleich aufs Klo rennt, ohne sich zu erklären? Der ist entweder ungewöhnlich nervös oder es stimmt was nicht mit ihm. Als er den verwirrten Rosso ansah, dachte er zum ersten Mal in seinem Leben, wie gut es doch wäre, wenn Hunde sprechen könnten.

Nur fünf Minuten später, Sabbione war inzwischen wieder zu den Fahrspuren zurückgegangen, um nach dem Rechten zu sehen, schreckte er aus seinen Gedanken auf. Luca startete gerade mit Vollgas seinen Nissan Pick-up. Die Reifen drehten durch. Es sah aus wie der Start eines *Drag Race*, als der rote Wagen auf der E45 in Richtung Norden davondüste.

Als Sabbione, vor Wut und Anstrengung schnaufend wie eine Lokomotive, polternden Schrittes in der Kommandozentrale ankam, verstummte augenblicklich das Gemurmel, und die Grenzpolizisten taten so, als wären sie beschäftigt und als wäre nichts passiert.

»Was zum Teufel ist hier los?«, schrie Sabbione. »Gibt es hier noch jemanden, der nicht kapiert, was es mit Lucas komischem Verhalten auf sich hat, oder geht es nur mir so? Ich fasse es nicht, dass Conti nicht nur ein Auge zudrückt, sondern auch noch einfach so verschwindet. Kann mich bitte jemand aufklären?! Hat er zu euch was gesagt?«

Die diensthabenden Beamten tauschten Blicke aus. Niemand rührte sich. Absolute Stille trat ein.

»Also sagt jetzt endlich jemand was? Bin ich hier der Einzige, der verarscht wird, oder was?«

Sabbione schäumte vor Wut, trat gegen den Mülleimer, schlug mit der Faust auf den Tisch und brüllte:

»Ich kann es kaum glauben, dass der hochgeschätzte Kommissar Mauro Manchini aus Bardolino nicht weiß, was für einen Trottel von Neffen er da hat! Erst das Jurastudium aufgeben, um dann zur Polizei zu gehen, das riecht doch nach völliger Verblödung. Was für ein Schlamassel der uns wieder einbrockt, ist der noch ganz dicht?«

»Beruhigen Sie sich, Boss. Es ist nicht ganz so, wie es ausschaut!«, warf Angelo ein, der nicht draußen kontrollierte, sondern am Kommando- und Kontrollpult saß und sechs Monitore vor sich hatte.

»Hast du es etwa nicht gesehen?«, schnaubte Sabbione. »Mit all den Bildschirmen vor deiner Nase wie in einer Raumstation? Erzähl mir nicht, du hättest nicht gesehen, was da passiert ist. Sind hier alle blind, oder was?«, brüllte Sabbione, rot vor Wut.

»Beruhigen Sie sich, Boss. Das ist den ganzen Ärger nicht wert. Sie glauben doch nicht wirklich, dass Luca etwas Kriminelles macht, oder?«

»Ich habe keine Ahnung, was Luca macht oder was passiert ist. Heutzutage ist alles möglich, Angelo. Wirklich! Man kann niemandem mehr trauen!«, rief der aufgelöste Polizeichef, als wollte er sich den Kummer von der Seele schreien.

»Vielleicht sollten Sie einen Blick auf den Monitor hier werfen, die Kameras haben doch alles aus verschiedenen Winkeln aufgezeichnet, Boss!«, schlug Angelo vor, als er sah, dass Sabbiones Wut sich steigerte.

»Okay, okay. Wir schauen uns die Videos an. Kommt alle hierher!«, schrie der Polizeichef den Polizeibeamten, die gerade Pause machten, zu.

»Zeig mir den Monitor von der Kontrollzone an Fahrspur eins!«

»Sofort, Boss«, antwortete Angelo, der bereits das dritte Jahr am Brenner-Grenzübergang im Einsatz war und den Kommissar noch nie so verärgert gesehen hatte.

Das Bild auf dem Monitor hätte nicht deutlicher sein können: Der Fahrer öffnete den Laderaum, Rosso sprang hinein und wieder heraus, Luca hatte nach der Inspektion der Ware einen Wortwechsel mit dem Fahrer, machte ein paar Bilder, stieg wieder in den Laderaum, der Fahrer ging zum Handschuhfach, holte einen Umschlag heraus und kam zurück zu Luca.

»Stopp, stopp!«, befahl Sabbione. »Geh ein Stück zurück. Stopp! Heranzoomen bitte!« Das Bild auf dem Monitor vergrößerte sich, bis nur noch die beiden zu sehen waren. »Und jetzt in Zeitlupe, bitte. Vergrößern, vergrößern!«, rief Sabbione und steckte seinen Kopf fast in den Bildschirm. »Ah, ah! Seht ihr? Seht ihr dasselbe wie ich?« Er schlug mit der Hand auf den Tisch, wodurch alles erzitterte und ein Glas mit Stiften zu Boden fiel. »Seht ihr dasselbe wie ich?«, wiederholte er, völlig außer sich. »So ein Drecksack! Fünfhundert Mäuse, mein lieber Schwan! Fünfhundert! Wenn da nicht ein 500-Euro-Schein weitergereicht wird, heiße ich nicht Sabbione.«

»Beruhigen Sie sich, Boss!«, sagte Angelo und wischte mit seinem Hemdsärmel über den Bildschirm.

»Ich kann es immer noch nicht glauben. Was hier passiert, darf einfach nicht wahr sein. Das ist mir noch nie passiert. Eine Frechheit sondergleichen. Was denkt sich der verdammte Kerl? Warum ist er hierhergekommen? Will er mit den Händlern gemeinsame Sache machen, vor meiner Nase dreckige Geschäfte? Ich habe keine Ahnung, wie ich ihn nennen soll. Falsch? Kriminell? Einen Trottel? Einen Banditen? Am besten rufe ich gleich seinen Onkel an. Verbinde mich augenblicklich mit dem Kommissariat in Bardolino!«, befahl er Angelo. »Der unfehlbare, berühmte Onkel Kommissar Mauro Manchini. Er wird die Wände hochgehen, wenn er erfährt, was für einen missratenen Neffen er da hat!«

»Beruhigen Sie sich, Chef. Der Stress bringt doch nichts«, schlug einer der älteren Polizisten vor, der gerade Kaffee trank und sich wünschte, er wäre zu Hause.

»Ich soll mich beruhigen? Ihr versteht den Ernst der Lage nicht. Was ist los mit euch?«

»Herr Sabbione!«, unterbrach ihn einer der neuen Auszubildenden, der den immer noch verwirrten Rosso an der Leine hielt, mit einer gewissen Beklemmung. »Behalten Sie doch einen kühlen Kopf und denken Sie nach.«

»Einen kühlen Kopf? Denken? Was gibt es da zu denken? Das ist simple Korruption, und zwar Korruption pur. Anscheinend ist hier nur ein Haufen von Idioten versammelt.«

Nachdem er einmal tief durchgeatmet hatte, als wollte er sich Mut machen, fuhr der Neuling fort:

»Also, Sie haben uns heute Morgen doch das Sicherheitssystem und die Position aller Überwachungskameras gezeigt, oder?«

»Ja, das ist Teil des Protokolls, und weiter?«, erwiderte Sabbione genervt und musterte den Neuankömmling mit einer gewissen Arroganz.

»Aber dann sehen Sie doch, dass Luca genau wusste, was er tat!«

»Was meinst du damit?«, brummte Sabbione.

»Er hat recht, Boss. Schauen Sie hin!«, ergänzte Angelo und zeigte auf dem Bildschirm noch einmal den Moment, in dem Luca den Umschlag erhielt. »Hier. Genau hier. Sehen Sie, hier wird Luca geschmiert, aber wenn Sie genau hinschauen, sehen Sie, dass er sich eigens bewegt, um der Kamera zu zeigen, dass er geschmiert wird. Sie wissen doch, dass er den Standort der Kamera genau kannte, und sehen Sie noch mal hier, da dreht er sich mit Absicht und hält die Hand noch etwas weiter weg, um zu zeigen, dass er einen Umschlag und das Geld erhält, oder? Seine Absicht ist doch sonnenklar, Boss. Das sehen Sie jetzt doch auch, oder?«

»Na ja, vielleicht. Schon. Jetzt, wo du es sagst, wirkt es irgendwie so. Hm, könnte schon sein. Aber das rechtfertigt doch nicht, dass er das Geld einsteckt und den Gauner weiterfahren lässt und die Straftat nicht anzeigt.«

»Möchten Sie es noch einmal sehen?«, fragte Angelo, als würde er den Moment genießen.

»Nein. Nicht nötig. Aber wer kann mir erklären, warum er hier rausläuft, als würde er flüchten wollen? Wie ein Verbrecher!«

»Das weiß ich nicht. Und um ehrlich zu sein, es geht mich auch nichts an«, entschuldigte sich Angelo. »Aber der Umschlag, der ist hier.«

Als wollte er eine Fliege fangen, riss Sabbione Angelo den Umschlag aus der Hand. Er öffnete ihn und konnte es nicht fassen, als sein Blick auf einen nagelneuen 500-Euro-Schein fiel.

6. KAPITEL

Luca Conti war nun 23 Jahre alt. Betrachtete man sein markantes Gesicht, so verrieten die dunklen Augen die Rastlosigkeit eines nicht ganz sorgenfreien Lebens. Inzwischen war er zu einem großen, eleganten Mann herangewachsen.

Früh schon hatte Luca sich in die Freiheit verliebt, die ihm sein Surfbrett gab, wenn er, vom Wind getrieben, mit voller Geschwindigkeit den Unsicherheiten des Lebens entfloh. Luca Conti war ein entschlossener junger Mann, der die traurigen Tage seiner Kindheit und die Herausforderungen der Jugend überwunden hatte. Es gab keinen Tag in seinem Leben, an dem er sich nicht an den plötzlichen Tod seiner Eltern erinnerte. Er war damals sechs Jahre alt gewesen. Sie waren bei einem Autounfall ums Leben gekommen. Der betrunkene Fahrer eines Lkws war auf die Gegenfahrbahn geraten, war geflüchtet und nie gefasst worden. Doch durch seine Großmutter Theresia, die bereits verwitwet war und ihn stets wie einen Sohn behandelt hatte, lernte er eine positive Lebenseinstellung kennen, bei der es darauf ankam, sich an das Gute zu erinnern. Nach seinem Bachelor-Abschluss beschloss er, sein Jurastudium auf Eis zu legen. Großmutter Theresia versuchte zwar, ihn mit allen Mitteln zum Weitermachen zu bewegen, doch das Studentenleben langweilte ihn fürchterlich. Er hatte in den letzten Jahren einige Momente erlebt, die ihn sehr aufgeregt hatten. Es ärgerte ihn, dass die »Gerechtigkeit« häufig auf Seiten der Reichen und Mächtigen zu finden war und dass in vielen Fällen durch das Recht keine Gerechtigkeit erlangt wurde. Er verlor Studienfreunde an Drogen, und einer von ihnen beging schließlich sogar Selbstmord, indem er sich an der Uni aus einem Fenster im fünften Stock stürzte. Es war schrecklich, seinen besten Freund inmitten von Glasscherben und Blut zerschmettert auf dem Betonboden liegen zu sehen. Das war im zweiten Semester gewesen.

Die Bewunderung, die Luca immer schon für seinen Onkel Mauro empfand – nicht nur wegen der spannenden Geschichten, die er zu erzählen wusste, sondern auch wegen seiner Entschlossenheit und seines Muts, für die Gerechtigkeit einzutreten –, half ihm bei der Entscheidung, das Studium abzubrechen und sich bei der Polizei zu bewerben. Er wollte zudem herausfinden, warum die kleinen Leute in den Netzen der großen Händler gefangen und ihnen völlig ausgeliefert waren. Warum gelang es ihnen nicht, den Teufelskreis der Abhängigkeit zu durchbrechen? Und warum machten die großen Händler auch das große Geschäft, während die kleinen immer hilfloser wurden. Irgendetwas trieb ihn auch dazu an, den Puls krimineller Handlungen aus nächster Nähe erspüren zu wollen.

Onkel Mauro Manchini leitete seit drei Jahrzehnten das Kommissariat in Bardolino. Er hatte nur noch drei Wochen bis zu seiner Pensionierung, auch wenn er sich schon auf den Ruhestand und das Segelboot freute, auf dem er mit Frau und Freunden viel Zeit verbrachte. Der Onkel war schon immer Lucas erste Anlaufstelle für alle Fragen gewesen. Er hatte dem Neffen immer gesagt: »Sei mutig! Pack die Chancen und Herausforderungen des Lebens an und zögere nicht! Wir haben nur dieses eine Leben.« Genau diese Worte kamen Luca in den Sinn, als er sich aufmachte, dem Transporter zu folgen.

Sabbione verwarf die Idee, Luca Contis Onkel zu informieren. Er wollte lieber Luca selbst anrufen. Er wusste, dass es falsch war, was Luca tat, obwohl es vielleicht mit den besten Absichten geschah. Und er konnte auf keinen Fall zulassen, dass ein Neuling einfach eine solche Entscheidung traf.

Luca drückte ihn beim zweiten Klingeln weg. Als der Polizeichef es das dritte Mal versucht hatte, wählte Luca die Nummer seines Onkels Mauro, um der Situation vorzugreifen, dass Sabbione seinen Onkel anrief:

»Manchini«, meldete sich der Kommissar von Bardolino, ohne Lucas Nummer zu erkennen.

»Hallo, Onkel Mauro. Hier ist Luca. Bitte sag Sabbione, wenn er dich gleich anruft, nicht, dass ich dich angerufen habe.«

»Ganz ruhig, mein Junge. Was ist denn passiert?«

»Mach dir keine Sorgen. Es gab da eine schwierige Situation an der Grenze. Ich verfolge den Wagen eines Händlers, der nach München fährt. Ich bin mir sicher, Sabbione ist total sauer und ruft dich gleich an.«

»Wie bitte? Und dann? Was ist das Problem? Hast du dich in irgendwelche Schwierigkeiten gebracht?«

»Na ja, ich weiß nicht. Vielleicht. Ich erzähle dir später alles. Mach dir keine Sorgen. Mir geht's gut.«

»Pass auf, Luca, worauf du dich einlässt. Ich habe hier gerade genug mit dem Toten im See zu tun und brauche keinen weiteren Stress, verstanden?«

»Was für ein Toter im See? Was ist passiert?«

»Hast du es noch nicht gehört? Es ist die Titelstory im heutigen *Gazzettino di Garda*.«

»Nein. Ich habe keine Ahnung.«

»Aber deshalb gibt es doch die vielen Kontrollen heute an der Grenze! Mann, hat man euch nicht über die Gründe aufgeklärt?«

»Nein, ich habe es nicht mitbekommen. Was war los?«

»Kurz zusammengefasst, wir wissen im Moment nur, dass ein Kind, das mit seinen Eltern auf einem Taxi-Boot in Richtung Isola del Garda unterwegs war, mit einem Bambusstock im Wasser gespielt und dabei einen toten Mann im See entdeckt hat.«

»Oh, nein! Heilige Scheiße. Wirklich? Haben sie die Leiche schon identifiziert?«

»Ja, der Tote ist Fabrizio Leone. Das war nicht schwer. Einer der Taucher kannte ihn sogar. Seine Frau war gerade hier, das arme Ding. Als sie ihren Mann in dem Zustand unten bei der Obduktion sah, fiel sie in Ohnmacht.«

»Und was ist passiert?«

»Es ist grausam, wirklich grausam!«, seufzte der Kommissar und schüttelte den Kopf, als wollte er das Bild vergessen. »Laut unseren letzten Informationen hat der Tote als Ranger im Naturpark Gardesana östlich des Gardasees gearbeitet und jetzt beim Trüffelfest in Tignale im Restaurant *La Traviata* von Verona ausgeholfen.«

»Von Verona?«

»Ja, von Verona. Es ist ein riesiges Zelt, voller Luxus, und jeder fragt sich, wie es in die *Sagra-del-Tartufo*-Messe reingekommen ist. Wir wissen, dass dieses Restaurant einem gewissen Maurizio Scali gehört, der auch in dem italienischen Gourmetladen der Brüder Mantovani in Verona arbeitet. Eine grausame Sache. Ich schicke dir das Foto.«

»Ja, okay, aber schick es mir an dieses Handy hier.«

»Mach ich. Aber ruf du mich doch besser von deiner Privatnummer aus an. Ich weiß dann, dass du es bist«, bemerkte Mauro.

»Ich weiß, Onkel Mauro, es ist nur so, dass mein Handy jetzt im Schmugglertransporter liegt.«

»Im Schmugglertransporter? Jetzt hast du mir immer noch nicht gesagt, was dieser Schmuggler bei sich hatte, dass du ihm einfach so folgst.«

»Trüffel. Ein Mercedes-Transporter voll mit Trüffeln.«

»Wirklich? Und sie hatten keine Dokumente? Lieferschein oder so?«

»Nein, nichts. Ein Mann nur. Nach meiner Berechnung müssen sie etwa eine Viertelmillion Euro wert sein.«

»Ach du Scheiße. Weiß Sabbione, was in dem Transporter ist?«

»Nein, er hat keine Ahnung. Aber mach dir keine Sorgen. Ich erkläre es ihm später.«

»Bist du verrückt geworden? Sabbione kocht bestimmt vor Wut!«

»Der Fahrer wusste nichts oder tat wenigstens so, als wüsste er nichts. Und ich bin mir sicher, dass nicht der Fahrer von diesem Schmuggelgeschäft profitieren wird. Es ist doch immer das Gleiche. Die Ware geht von A nach B, und der Mittelsmann muss es ausbaden. Tut mir leid, aber ich konnte nicht anders. Ich wusste, Sabbione würde nur mit seinem ganzen bürokratischen Mist anfangen.«

»Alles klar. Relax. Und woher kam der Fahrer?«

»Aus Verona.« Und kaum hatte er es ausgesprochen, fiel es ihm auf: »Du hast doch vorher was über den italienischen Gourmetladen und die Brüder Mantovani gesagt, oder?«

»Ja, habe ich. Nach den Informationen, die wir haben, ist dieser Maurizio Scali Teilhaber des Restaurants *La Tra-*

viata, und zusätzlich arbeitet er in diesem Gourmetladen. Warum fragst du?«

»Weil die Zulassung des Transporters, den der Schmuggler fährt, auf den Namen *Fratelli Mantovani – Italian Gourmet*, Piazza Cittadella 23, Verona läuft.«

Ein paar Sekunden lang herrschte Stille, in denen Lucas Onkel Mauro Manchini die Schlussfolgerung zog, dass dieser Transport irgendetwas mit dem Toten im See zu tun haben könnte. Ein Schauder durchlief seinen Körper, als würde eine alte Erinnerung geweckt. Ihm schwante, dass sein Neffe, der gerade erst bei der Polizei angefangen hatte, sich mit der gleichen Entschlossenheit wie er damals in den Kampf um Gerechtigkeit stürzte.

»Hallo. Bist du noch da?«

»Ja, das bin ich«, antwortete Mauro Manchini mit einem stolzen Lächeln.

»Und? Sieht doch so aus, als könnten es dieselben Leute sein. Was meinst du?«

»Gut möglich. Aber sei vorsichtig. Und jetzt, wo dein Handy im Transporter ist, was wirst du tun?«

»Keine Sorge. Das war Absicht.«

»Absicht? Wie kann man sein Handy absichtlich verlieren? Du bist nicht ganz bei Trost, Luca.«

»Doch. Das war der einfachste Weg, um herauszufinden, wo er hinfährt. Du weißt doch, dass die neuen Handys so eine App haben, die uns bei einem Verlust auf einem anderen Gerät ihren Standort anzeigen, oder?«, erklärte Luca. »Ich habe mein Tablet dabei, und das war das Einfachste, was mir eingefallen ist, und es scheint zu funktionieren. Der Info nach, die ich vom Tablet erhalte, hat der Transporter einen Vorsprung von sieben Kilometern.«

7. KAPITEL

Nach 60 Kilometern hatte Luca den Mercedes Sprinter eingeholt. Salvatore, der Fahrer des Transporters, unterbrach die Fahrt in Schwaz, auf halber Strecke zwischen dem Brenner und dem Grenzübergang Kufstein-Kiefersfelden, an der ersten Tankstelle, die er hatte finden können. Er rannte regelrecht in die Raststätte, sprang, zwei Stufen auf einmal nehmend, die Treppe zur Toilette hinunter und übergab sich.

Er wusch sich das Gesicht, blickte in den Spiegel und erkannte sich fast nicht wieder. Die Anspannung der letzten Tage wegen dieser unerwarteten Fahrt, die nur deshalb zustande gekommen war, weil Klaus Eckstein, der Mitarbeiter im Trüffelgeschäft Jakob Feldmers, sein Versprechen in letzter Minute gebrochen hatte, steckte ihm noch in den Knochen. Das alles hatte ihn so nervös gemacht, dass seine *Neurexan*-Tabletten nicht mehr wirkten. Bei jeder Fahrt, die er in Scalis Auftrag unternahm, sagte er sich, dass es seine letzte wäre. Doch dieser Deal lief ganz anders, und er fand sich nun in einer Situation wieder, in der das Gegenteil von dem eingetreten war, was er erwartet hatte. Irgendwie begann er an seinem Verstand zu zweifeln.

Verdammt! In was habe ich mich da bloß reingeritten, dachte er. Salvatore fuhr sich mit den nassen Händen übers Gesicht und durch die Haare. Er riss die Augen auf und schnitt Grimassen, als könnte diese Albernheit die Verzweiflung, die ihm im Gesicht geschrieben stand, lindern. »Dieser Bastard Eckstein hat kein Recht, seine Pläne in letzter Minute zu ändern und die ganze Verantwortung auf meinen Schultern abzuladen!«, rief er dem Fremden zu, der ihn aus dem Spiegel anstarrte, während er gleichzeitig den Seifenspender von der Wand riss und mit voller Wucht gegen den Spiegel schmetterte, der in tausend Stücke zerbarst.

Luca wartete hinter dem Steuer seines Pick-ups, bis Salvatore die Tankstelle wieder verließ. Salvatores Einkaufstüte war durchsichtig, und Luca konnte sehen, dass Salvatore Chips, *Red Bull* und eine ganze Menge Schokolade gekauft hatte. Er sah sich misstrauisch um, öffnete die Tür des Sprinters, warf die Plastiktüte auf den Beifahrersitz und startete den Transporter. Dann zündete er sich eine Zigarette an, und der Mercedes rollte von der Tankstelle.

Für den Moment hatte Luca die Situation unter Kontrolle. Er achtete darauf, einen ausreichenden Abstand von mindestens drei Autos zu lassen, damit Salvatore den auffälligen roten Pick-up, der ihn verfolgte, nicht bemerkte. Er fragte sich nur, was an der Grenze in Kufstein passieren würde.

Als in Salvatores Sprinter das Telefon klingelte, nahm er den Anruf von Eckstein nicht entgegen. Er brüllte wütend: »Fick dich, du Hurensohn!« Dann rief er sofort Maurizio Scali an, der in diesem Moment gerade eine hitzige Diskussion mit dem Bürgermeister von Tignale über das Zeltrestaurant und den Tod Fabrizio Leones führte und nicht ranging. Nach ein paar Kilometern beruhigte er sich allmählich. Salvatore trank sein *Red Bull* in einem Zug aus und verschlang seinen *Mars*-Riegel mit zwei Bissen. Er merkte, dass das Tempolimit von 120 auf 100 und von 80 auf 60 Stundenkilometer herabgesetzt worden war. Also verringerte er die Geschwindigkeit des Transporters, zündete sich noch eine Zigarette an und öffnete das Fenster. Die frische Luft tat ihm gut, aber seine Beine zitterten immer noch vor Aufregung.

In Kufstein war an der Grenze nicht so viel Verkehr wie am Brenner. Die Autos wurden langsamer, aber es sah so aus, als wären die Grenzpolizisten Kaffee trinken gegangen oder gönnten sich eine kleine Pause. Lediglich am Eingang zum Grenzgebäude stand einer und winkte mit der Hand den Verkehr durch. Er schien jedoch mehr damit beschäftigt zu sein, mit den Kollegen im Grenzhäuschen zu plaudern, als sich auf die vor seiner Nase vorbeifahrenden Autos zu konzentrieren. So kam der Mercedes durch, ohne dass man ihm die geringste Aufmerksamkeit schenkte.

Als Luca sich näherte, stand der Polizist, der den Autos bedeutet hatte weiterzufahren, nicht einmal mehr an der Tür.

8. KAPITEL

Ob mit oder ohne Lieferschein, Salvatore Contesti lieferte seit zwei Jahren teure Köstlichkeiten wie Trüffel, Kaviar, Austern, Olivenöl und Wein für Maurizio Scali aus – hinter dem Rücken der Brüder Mantovani, der Besitzer des *Italian Gourmet*-Ladens in Verona. Die Brüder führten das Familienunternehmen bereits in der dritten Generation. Während Francesco mit seinen 73 Jahren alles daransetzte, die Familientraditionen zu bewahren, versuchte der jüngere Alberto, ihn aus dem Geschäft zu vertreiben. Alberto war Vater dreier Kinder von unterschiedlichen Frauen, an denen er aber keinerlei Interesse hatte. Er machte im Moment gerade seine zweite Scheidung durch. Sein alleiniges Interesse galt schon immer dem Geld. Maurizio Scali, der seit einem Jahrzehnt als Leiter der Logistik in der Firma arbeitete, hatte gelernt, den älteren Bruder zu umgehen und die Skandale und Laster des an Alkohol, Autos und Frauen interessierten Jüngeren zu decken und gleichzeitig zu bedienen. Im Austausch dafür stellte Alberto nicht zu viele Fragen, was das Geschäft betraf, und übte sich im Wegschauen.

Die speziellen Lieferungen erfolgten meist an das Restaurant *La Traviata*, das an der Piazza Brà im historischen Zentrum Veronas direkt an der Arena lag, oder an extravagante Restaurantköche von Michelin-Sternerestaurants und an Luxus-Privathäuser. Bei ein oder zwei Fahrten pro Woche belieferte Salvatore auch Kunden außerhalb der Provinz Venedig. Die Fracht wurde von Scali immer unter strengster Geheimhaltung abgewickelt, und meistens musste Salvatore nicht einmal aus dem Transporter steigen, wenn die Empfänger ausluden. Er fuhr mit dem Auto oder manchmal auch mit seiner Vespa zu dem Landhaus, das Maurizio Scali in Val di Sogno, südlich von Malcesine, besaß. Dann stieg er in den Transporter, der schon beladen und abfahrbereit in der Garage stand, und lieferte die Waren an die Adresse, die auf einem Umschlag im Handschuhfach notiert war. Scalis Landhaus war groß. Zu dem Haus gehörten zwei Garagen, es verfügte über einen großen Keller und hatte nach hinten einen Garten, von dem aus man einen Wald überblickte. Salvatore war nie ins Haus gebeten worden. Er begnügte sich nach der Auslieferung der Sendungen damit, den Lieferwagen wieder dort abzustellen und den Umschlag mit dem vereinbarten Geldbetrag für die Fracht mitzunehmen. Maurizio Scali zahlte immer pünktlich und überraschte ihn manchmal sogar mit 100 oder 200 Euro extra. Wenn Salvatore den hölzernen Deckel des alten Briefkastens anhob, der hinten in der Garage an der Wand hing, fand er dort stets den Umschlag mit dem Geld.

Die Trüffel-Bestellung aus München war groß, deshalb bat Scali Salvatore diesmal, beim Abholen der nötigen Menge zu helfen, was ungewöhnlich war. Doch da sein Einsatz gut bezahlt wurde, ließ er sich leicht überreden und ging mit Scali kurz nach Sonnenuntergang in ein Waldstück, um die Knollen abzuholen. Der Ranger Simone Palermo, der schon lange für den Naturpark arbeitete und das Trüffelfeld vor kurzem entdeckt hatte, hatte mit seinen Hunden die Delikatesse aufgespürt und ausgegraben. Salvatore stellte keine Fragen. Nach allem, was er mit Scali erlebt hatte, ahnte er, dass es besser war, nicht alles zu wissen. Da die Zeit knapp war, bat Scali ihn, auch beim Waschen der Trüffel zu helfen, und Salvatore willigte mit der Aussicht auf eine finanziell sehr einträgliche Woche ein. Seine Hände schmerzten von dem kalten Wasser, mit dem die Edelknollen von der Erde befreit wurden. Aber er fand Gefallen daran, mit einem weichen Pinsel den Sand von den Trüffeln zu entfernen, die zuvor zum Trocknen in feinsten Sand gelegt worden waren. Schließlich wog er sie aus und verpackte die Delikatesse vorsichtig in Styropor-Boxen, die er in den Kühlraum stellte. Salvatore war erleichtert, dass er nicht auch noch beim Beladen des Transporters helfen musste und so zu einer Pause kam.

Es schien niemand dauerhaft in dem Landhaus zu wohnen, doch ab und zu hatte Salvatore das Gefühl, dass Scali da war, wenn er mit dem Lieferwagen zurückkam. Manchmal waren in den Fenstern Licht und Schatten von Menschen zu sehen. Einmal war sogar eine große Party mit Live-Musik und allem Drum und Dran im Gange gewesen. Ihre Zusammenarbeit verlief grundsätzlich gut. Salvatore tat, was man von ihm verlangte, Scali zahlte zuverlässig, und mehr war da nicht. Aber bei dieser Lieferung hatte es zum ersten Mal einen Streit zwischen ihnen gegeben. Für den Transport nach München war Klaus Eckstein zuständig, ein Angestellter des renommierten Betriebs *Feinkost Jakob Feldmer* in München, der seit Jahren eine Geschäftsbeziehung und Freundschaft mit dem Delikatessenladen der *Fratelli Mantovani* pflegte. Eckstein rief am frühen Sonntagmorgen an, um mitzuteilen, dass der Fahrer, ein gewisser Olli Nebel, der gelegentlich Waren in Verona abholte, krank sei und er die Fahrt selbst machen werde. Als Eckstein eine Stunde später wieder anrief und sagte, dass ihm etwas dazwischengekommen sei und er die Fahrt nach Italien zum Abholen der Trüffelladung unmöglich übernehmen könne, blieb nur Salvatore übrig, um die Lieferung zu machen. Er hatte noch nie eine Auslandslieferung gefahren, und eigentlich wollte er das auch nicht tun.

»Ich bitte dich, Salvatore, du wirst mich doch heute nicht im Stich lassen!«, flehte Maurizio Scali am Telefon.

»Verdammt noch mal, Maurizio. Ich habe heute was mit meiner Freundin ausgemacht!«

»Hab dich nicht so. Nach allem, was wir schon zusammen gemacht haben, sind wir doch Partner, oder etwa nicht? Das bringt dir gutes Geld ein. Ich habe das Gefühl, dass gute Tage kommen. Nun mach schon, mein Freund. Ich verspreche dir, du wirst es nicht bereuen!«

Salvatore zierte sich noch ein wenig, wog die Situation ab und stimmte schließlich zu, die Lieferung zu übernehmen.

»Okay, aber nur dieses eine Mal. Ich hab keine Lust auf deine Auslandsgeschäfte. Um 9.30 Uhr bin ich da!«

Scali ließ sich immer wieder neue Tricks einfallen, um Salvatore zu den Fahrten zu überreden. Und diesmal hatte er zusätzlich zu dem Versprechen von 3.000 Euro, die er bei seiner Rückkehr erhalten sollte, zwei Umschläge mit je 500 Euro in das Handschuhfach des Transporters gelegt, die Salvatore behalten konnte, falls er das Geld nicht anderweitig benötigte. An der Brennergrenze hatte der 500-Euro-Schein ihn gerettet. Doch nun, da er die Grenze bei Kufstein ohne Probleme hatte passieren können, war sein Lohn um 500 Euro aufgebessert.

»Schwein gehabt! Verdammt noch mal!«, rief Salvatore aus, als er sich im Rückspiegel vergewisserte, dass hinter ihm kein Schatten eines Polizeiwagens zu sehen war. Er beschleunigte den Transporter und fuhr mit Vollgas zum ersten Rastplatz, den er finden konnte. Dort stieg er aus dem Mercedes Sprinter und lief mit wackligen Knien zu dem Rasenstück und legte sich mit ausgebreiteten Armen auf das Gras am Rand des Rastplatzes. Salvatore holte mit zitternden Händen seine Zigaretten heraus, zündete sich eine an, nahm ein paar hastige Züge und wartete darauf, dass das Nikotin wirkte. Die Komplikationen an der Grenze und der ganze Druck hatten ihn sehr angegriffen, und er fragte sich, ob Scali ihn mit all seinen Manipulationen und Erpressungen irgendwann noch in den Wahnsinn trieb.

Salvatore rauchte die Zigarette zu Ende, stand auf und klopfte sich das Gras von der Hose. Er warf den Zigarettenstummel auf den Boden und dachte, dass es am besten sei, nicht weiter darüber nachzudenken. Die Operation war erfolgreich verlaufen, und jetzt musste er nur noch in München die Lieferung an Eckstein übergeben. Seiner Berechnung nach würde er nach der Rückgabe des Lieferwagens an Scali im Val di Sogno noch vor Mitternacht in der Wohnung eintreffen, die er mit seiner Freundin in Bussolengo teilte, auf halbem Weg zwischen Garda und Verona.

Dieses Geld kommt mir wie gerufen, ich kann es wirklich gut gebrauchen, dachte er. Aber wenn ich erwischt würde, wäre es mir das wert? Und wieder gelobte er sich, dass es das erste und letzte Mal war, dass er so eine Fahrt machte. Er zündete sich eine weitere Zigarette an und beschloss, noch einmal bei Maurizio Scali anzurufen.

Ganz Tignale war in Aufruhr wegen der Nachricht von Fabrizio Leones Tod. Nach einem Gespräch mit dem Bürgermeister über die Situation gab Scali die Anweisung zum Abbau des Zeltrestaurants *La Traviata*. Die Leute im Dorf tuschelten, Fabrizio habe Selbstmord begangen. Böse Zungen sprachen bereits davon, dass es einen Streit wegen der Frau eines Touristen gegeben habe, der zu Besuch in Garda war. Es wurde sogar behauptet, dass es das Beste wäre, was seiner Frau passieren konnte. Lucia hinge schon eine Weile wie eine streunende Katze herum. Ihr Vater, hieß es, habe Leone schon ein paar Ohrfeigen verpasst, aber es hatte anscheinend nicht viel geholfen.

Als Luca Conti auf den Parkplatz fuhr und seinen Pick-up neben einem Wohnwagen anhielt, der Salvatores Mercedes Sprinter verdeckte, lief dieser gerade nervös auf und ab und brummte unzufrieden vor sich hin, weil Maurizio Scali nicht ans Telefon ging. Nach ein paar Sekunden leuchtete Salvatores Handy mit der folgenden Nachricht von Scali auf: »Lieferung an Seestraße 18, 82335 Berg. Eckstein wartet.«

»Verdammter Bastard!«, schimpfte Salvatore. »Erst überredet er mich zum Fahren und dann geht er nicht mal mehr an sein Handy. Elender Mistkerl!«

Salvatore stieg in den Transporter ein und erwog die beiden Möglichkeiten, die ihm das GPS für die von Scali gesendete Adresse anbot. Die schnellste Route führte über die Autobahn A8. Aber um nicht durch München fahren zu müssen, entschied sich Salvatore für die langsamere Strecke, die ihn über Holzkirchen und Wolfratshausen in einer Stunde und 23 Minuten zur Seestraße am Starnberger See bringen würde. Er startete den Motor, legte den Rückwärtsgang ein und drehte die Musik voll auf. Luca Conti hatte schon öfter Headbanging gesehen: in Konzerten, Filmen und Musikshows, aber die Wucht, mit der Salvatore nun zu *AC/DCs* »Hells Bells« seinen Kopf schüttelte, war wirklich erstaunlich.

Der Typ tickt doch nicht richtig, dachte Luca, als er sich anschickte, dem Mercedes Sprinter zu folgen.

Salvatore unterbrach die Fahrt nun nicht mehr. Und auch wenn Luca Conti sich des Ernstes seiner Situation bewusst war, bemerkte er doch, wie zauberhaft die Landschaft war. Am Horizont verschwamm die eindrucksvolle Bergkulisse mit den sattgrünen Wiesen. Spätsommerlich präsentierte sich die Hügel- und Seenlandschaft unmittelbar vor München im warmen Licht der Nachmittagssonne. Wälder, Felder und Wiesen rauschten vorbei, und ab und an erhaschte Luca einen Blick auf einen der zahlreichen Seen und Weiher.

Als es schließlich zum Starnberger See hinunterging, erstrahlte der große See breit und majestätisch in der Sonne. Dahinter erstreckte sich das flache Ufer, und darüber erkannte Luca in der Ferne ein paar Höhenzüge der Alpen, tausenderlei Formen in Blau. Auf dem See herrschte ein buntes und fröhliches Treiben: Fähren, die Touristen zwischen den acht Schiffsanlegestellen hin und her transportierten, Segelboote und Windsurfer, die in der sanften Brise dahinglitten. Luca lächelte, als er die Windsurfer sah. Er wusste, wie es sich anfühlte, mit dem Wind und den Wellen zu ringen, eins zu werden mit den Kräften der Natur und ganz im Moment aufzugehen. Wenn der Wind auf dem Wasser sein Segel antrieb, schien die Welt stillzustehen, und er empfand ein unbeschreibliches Gefühl von Freiheit und purem Glück.

9. KAPITEL

Salvatore Contesti brachte den größten Teil der 100 Kilometer langen Fahrt von Kufstein bis zum Starnberger See damit zu, dass er mit seiner Freundin telefonierte, die auf dem Balkon ihrer Wohnung im Zentrum von Bussolengo saß. Sie rauchte eine Zigarette nach der anderen und starrte auf die Uhr am Turm des Stadtpalastes auf der Piazza XXVI Aprile. Sie hatte nicht die geringste Ahnung, dass Salvatore in Deutschland war. Es war Sonntag, und er hatte ihre Pläne in letzter Minute abgesagt, um die Lieferfahrt zu erledigen. Sie wusste, dass ihr Freund für die Mantovani-Brüder arbeitete und Waren auslieferte, aber sie wusste nichts von Salvatores Beziehung zu Maurizio Scali und auch nicht, dass es sich bei den Lieferungen um Schmuggelware handelte. Sie war es leid, dass Salvatore ihr immer sagte, die Arbeit im Gourmet-Laden sei nur ein Hobby und eine Art Mini-Job, um besser über die Runden zu kommen. Am Ende jeden Monats brach er dann sein Versprechen, sich um eine bessere Arbeit zu kümmern.

Während Salvatore am Steuer saß und den Wagen lenkte, stritten sie sich permanent. Sie regte sich fürchterlich auf, dass er keiner Arbeit mit festen Arbeitszeiten nachging, nannte ihn einen Lügner und ein Arschloch und gab ihm zu verstehen, dass ihre Beziehung den Bach runtergehen würde, wenn er nicht endlich Vernunft annähme und sein Leben ein für alle Mal in den Griff bekäme.

Salvatore hängte auf und ließ seinem Frust freien Lauf. Er versuchte durch wildes Headbanging, seine Unzufriedenheit abzuschütteln, gleichzeitig zitterte er vor Nervosität, als würde er einen Lkw voller Sprengstoff lenken, der zu explodieren drohte, wenn er vor dem gewünschten Zielort angehalten würde. Die Angst, von der Polizei bei einem weiteren Halt erwischt zu werden, verstärkte sich.

Salvatore bog von der Hauptstraße in die Waldstraße ab, und als er die kleine Mühlgasse in Richtung Seestraße hinunterfuhr, war das, was ihm am Ende sofort auffiel, nicht die atemberaubende Schönheit der Landschaft und des Sees und auch nicht die sechs Meter hohe zweistöckige extravagante Fassade mit den Marmorsäulen, auf denen neben den großen Kacheln in goldenen Lettern ›*HelenaMed* – Ästhetische Chirurgie‹ prangte. Es war ein circa zwei Meter großer Mann, der in Anzug und Krawatte vor einem schwarzen BMW X3 hin und her lief und sich auf den kleinen Bildschirm seines Mobiltelefons konzentrierte. Auf Türen und Motorhaube des BMWs prangte in silbernen Lettern der Name ›Jakob Feldmer‹.

Das muss Klaus Eckstein sein, dachte Salvatore, als er das GPS ausschaltete. Nachdem Eckstein Scalis Transporter erkannte, gab er sofort Handzeichen und Anweisungen, wo Salvatore den Lieferwagen anhalten sollte. Der befolgte sie mit größter Sorgfalt und parkte den Wagen so, dass man die Waren von der Küche aus problemlos entladen konnte. Er hielt es für das Beste, im Wagen sitzen zu bleiben und zu warten, bis die Angestellten die Kisten ins Haus getragen hatten. In unnötige Gespräche wollte er nicht verwickelt werden, um so schnell wie möglich wieder zurück nach Italien fahren zu können. Doch Eckstein forderte ihn mit einem beharrlichen Winken auf auszusteigen. Salvatore sah sich im Auto-Cockpit um, öffnete die Tür und stieg widerwillig aus. Steif von der langen Fahrt, stemmte er die Hände in die Hüfte, dehnte seinen Rücken und schüttelte die Beine. Er hatte noch keine drei Schritte gemacht, da brüllte Eckstein ihn schon an.

»Warum gehst du nicht an dein Telefon, ha? Ich stehe hier draußen und mache mir Sorgen, weiß nicht, wo du bist, und du gehst nicht mal an dein verdammtes Telefon, du Idiot!«

Salvatore blieb überrascht stehen. Die unerwartete Reaktion dieses Fremden und die für einen Mann hohe, helle Tonlage von Ecksteins Stimme verblüfften ihn. Er starrte in das beleidigte Gesicht, das sich mit jeder Sekunde mehr rötete. Aus der Nähe betrachtet, war Eckstein trotz seiner Größe viel weniger beeindruckend. Salvatore erkannte genervt, dass er im Grunde nur ein aufgeblasener, aber langweiliger Typ war. Sein aufbrausendes Getue wirkte fast schon lächerlich. Er war der verwöhnte Typ, der es gewohnt war, jedem respektlos Befehle zu geben und andere herumzukommandieren. Salvatore tat zwei weitere Schritte auf Eckstein zu und sagte höflich:

»Es tut mir leid, ich verstehe Sie nicht. Würden Sie das bitte wiederholen?«

»Wiederholen? Welchen Teil hast du nicht verstanden? Du hättest schon vor einer Stunde hier sein sollen. Kannst du nicht fahren, oder was?«, schimpfte Eckstein wütend mit überschnappender Stimme.

»Wenn Sie gewollt hätten, dass der Service schneller geht, hätten Sie die Ware selber abholen müssen. So wie eigentlich geplant!«, entgegnete Salvatore.

»Werd nicht frech!«, rief Eckstein, den Zeigefinger auf Salvatores Stirn gerichtet. »Ich will nicht, dass du noch irgendeine Fahrt für mich machst, du Trottel! Ich rufe Scali an und beschwere mich, dass man sich auf dich nicht verlassen kann.«

»Also entschuldigen Sie mal! Sie haben Ihr Wort gebrochen und die Lieferung nicht wie vereinbart abgeholt. Wir haben Tag und Nacht geschuftet, um alles vorzubereiten, und jetzt bin ich derjenige, auf den man sich nicht verlassen kann? Passen Sie auf, was Sie sagen, denn meine Geduld ist begrenzt!«

»Ich bin ganz froh, dass ich nicht gefahren bin!«, lachte Eckstein fies. »Wenn es schiefgegangen wäre, ist es besser, wenn es einem heruntergekommenen Typen wie dir passiert und nicht mir. Und wenn du es genau wissen willst, ich bin nicht gefahren, weil ich keine Lust hatte! Soll Scali, der das größte Geschäft macht, doch auch das größte Risiko tragen! Er findet schon Drecksäcke wie dich, die den Job für ihn erledigen!«, sagte Eckstein mit einem hämischen Lachen.

»Was glauben Sie eigentlich, wer Sie sind, Sie Armleuchter?«, beleidigte Salvatore ihn.

»Es macht keinen Sinn, mit dir zu reden. Wir sind fertig. Mehr gibt es nicht zu sagen. Du kannst gehen!«, befahl Eckstein und wedelte mit der Hand, als würde er eine Fliege verscheuchen.

Salvatore schäumte innerlich. Er ging auf Eckstein zu, schaute ihm in die grünen Augen und auf die vor Nervosität zitternden Wangen und überlegte nicht lange. Er schlug ihm mit einem rechten Haken in die Magengrube und verpasste ihm einen Faustschlag ins Gesicht, der Eckstein so hart traf, dass er nach hinten taumelte. Er fiel gegen den BMW, stöhnte laut auf, reagierte aber nicht. Salvatore setzte nach, packte ihn mit einer Hand am Kragen und mit der anderen am Ärmel seines Sakkos und schleuderte ihn zu Boden. Die Angestellten, die den Lieferwagen entluden, sahen sich verunsichert an. Ihre vielsagenden Blicke hatten etwas Spöttisches, vermutlich dachten sie, dass es längst mal an der Zeit war, Eckstein in die Mangel zu nehmen. Schließlich besann sich einer, trat zwischen die Kämpfenden und versuchte, den Streit zu schlichten. Eckstein stand auf und hielt sich das Gesicht. Blut rann ihm aus der Nase und über die Finger.

»Du Scheißkerl!«, stöhnte er winselnd auf. Er wandte sich an die umstehenden Mitarbeiter: »Sehen Sie sich das an. Was soll ich jetzt machen? Die Party fängt gleich an.«

»Ganz ruhig! Es ist doch nur die Nase!«, tröstete einer der Mitarbeiter ihn und dachte daran, wie oft er schon Lust gehabt hatte, Eckstein die Nase zu brechen.

»Er hat ja offensichtlich Glück, er ist ja eh schon in einer Klinik«, rief Salvatore in gebrochenem Deutsch grinsend den Mitarbeitern zu. »Bringen Sie ihn zu einem der Ärzte. Der soll die Blutung stoppen. Es ist bestimmt nichts Ernstes. Das vergeht wieder. Diese verdammten Arschlöcher, die es gewohnt sind, über alles und jeden zu herrschen, als gehörte ihnen die Welt, erholen sich meistens schnell!« Salvatore lachte triumphierend und ging nachsehen, ob der Lieferwagen entladen war. Das war er nicht. Er half, die letzten Kisten in die Küche zu tragen, wo ein Team von zehn Köchen etwas vorbereitete, das aussah wie ein Bankett für die *Oscar*-Verleihung in Hollywood.

Luca Conti hatte mit seinem Mobiltelefon den Streit zwischen Salvatore und Eckstein gefilmt. Er saß mit laufendem Motor in seinem Pick-up, den er auf dem Parkplatz vor der Klinik *HelenaMed* geparkt hatte. Die kleine Schlägerei überraschte ihn.

Wie im Film, dachte er. Fast hätte er vergessen, dass er sich auf einer Verfolgungsjagd befand, für die er nicht autorisiert worden war. Jetzt aber gab es kein Zurück mehr, er musste weitermachen und hoffte, dass sein Chef Sabbione später verstehen würde, warum er die Entscheidung getroffen hatte, die er nun traf. Er legte den Rückwärtsgang ein, fuhr langsam auf den Parkplatz neben der Küche und brachte den Pick-up direkt vor Salvatores Sprinter zum Stehen. Fünf Zentimeter entfernt. Er stieg langsam aus dem Wagen und ließ die Fahrertür angelehnt. Die Mitarbeiter, die beim Entladen des Transporters geholfen hatten, waren in die Küche gegangen. Luca sah sich um, stieg in Salvatores Transporter, der nun bis auf die Gartengeräte leer war, und holte das *iPhone* heraus, das er in die Ablage der Beifahrertür gelegt hatte. Er machte damit ein paar Fotos vom Inneren des leeren Lieferwagens und von der Stelle, wo der Transporter geparkt war. Bevor er in die Küche ging, schoss er ein Panoramafoto vom gesamten Parkplatz.

Das Küchenpersonal war so mit dem Öffnen der Kisten und dem Reinigen und Abwiegen der Trüffel beschäftigt, dass es ihn gar nicht bemerkte. Er ging in den nächsten Raum und konnte nicht glauben, wie edel die Geschenk- und Auktionskörbe waren, die er sah. Es handelte sich um gemischte Arrangements von Gourmet-Produkten rund um die Trüffel, die in unterschiedlichen Mengen in den Körben präsentiert wurden. Weine, weißer Kaviar, Olivenöl, Aceto Balsamico, Käse- und Wurstspezialitäten sowie Oliven aus Italien umrahmten die in der Mitte arrangierten Trüffel. Vor jedem Korb befand sich ein kleines Schild mit der Startsumme für die Versteigerung, abhängig von der Exklusi-

71

vität der Produkte und dem Gewicht der zu versteigernden Trüffel. Die Preise reichten von 10.- bis 20.000 Euro. Meine Fresse, staunte Luca. Dieser Raum ist im Moment wohl einer der teuersten Räume für Gourmetprodukte auf diesem Planeten! Von Salvatore war keine Spur zu sehen.

Luca ging an dem aufwändig dekorierten Festsaal vorbei. Die Tische waren für fünf Gänge gedeckt, und die funkelnden Gläser und Schälchen warteten darauf, mit den besten Vorspeisen, Weinen und Digestifs Italiens gefüllt zu werden. Im Hintergrund machte eine Musikgruppe den letzten Soundcheck. Er folgte dem Stimmengewirr und tat einen Schritt hinaus auf die Terrasse, die den Blick auf den majestätischen See freigab. Ruhig lag er in der glänzenden Nachmittagssonne da, in der Ferne die Berge – eine prächtige Kulisse. Luca sah sich um. Einige der prominenten Gäste, die zur Trüffelauktion gekommen waren, meinte er aus *Chi*, dem italienischen Klatschblatt, zu kennen. Da spazierte zum Beispiel der bekannte Spezialist für plastische Chirurgie aus München, den man häufig in Talkshows sah, neben prominenten Persönlichkeiten aus Kunst, Politik und Sport mit einem Champagnerglas in der Hand auf und ab. Außerdem flanierte die geschönte High Society vorbei: Brüste in allen Größen, Frauen mit einer Vorliebe für voluminöse Hyaluron-Lippen, Entenschnäbel und Botox-Gesichter. Luca sah modellierte Bäuche und verkleinerte und begradigte Nasen, die die modernen Techniken der Rhinoplastik bezeugten. Ehemals abstehende und nun korrigierte Ohren, straffe Lider und wieder in Form gebrachte Hüften belegten das enorme Potenzial der gängigen Schönheitsoperationen. Männer, die früher vermutlich eine Glatze hatten, trugen nun modische Frisuren. Einige hatten wohl im orthopädischen Zentrum auf den *SpinMed*-Maschinen Extensionsbehandlungen hinter sich gebracht, um die Halswirbelsäule zu strecken, damit sie sich auf der Party ein paar Zentimeter größer präsentieren konnten. Hässliches war schön und dicke Menschen schlank gemacht worden.

Luca blickte sich suchend um in dem bunten Gewirr an Menschen, weil er Salvatore finden wollte. Doch der hatte sich schon längst vom Partybetrieb entfernt und schlenderte langsam hinunter zum See, um sich vor der Rückreise noch ein wenig auszuruhen. Er trank am See ein kaltes Bier und machte sich Sorgen, wie seine Zusammenarbeit mit Maurizio Scali in Zukunft aussehen würde. Ob er Ecksteins Nase wirklich gebrochen hatte?

Luca hatte Salvatore entdeckt und war ihm nachgegangen. Nun näherte er sich langsam der Stelle, an der Salvatore, in seine Gedanken versunken, den See betrachtete. Er umkreiste ihn und machte ein paar Fotos mit dem Handy, bis er sich direkt neben Salvatore stellte. Der Polizist blickte in die Landschaft und sagte, als würde er zu dem See vor sich sprechen:

»Ein schöner Tag, nicht wahr?«

Salvatore drehte sich weg, um zu zeigen, dass er gerade keine Lust auf eine Unterhaltung hatte, und starrte weiter auf den See. Doch dann wandte er sich plötzlich zur Seite und rief erstaunt aus:

»Verfluchte Scheiße, was machst du denn hier?«

Luca ließ sich ein paar Sekunden Zeit, bis er direkt in Salvatores betroffenes Gesicht blickte.

Salvatore stammelte: »Ich kann es dir erklären, es ist nicht, was du denkst. Ich habe das nur gemacht, um einem Freund zu helfen.«

»Und wer ist dieser Freund?«

»Ist doch egal. Meiner Meinung nach ist Eckstein der Einzige, der für das Ganze hier verantwortlich ist.«

»Tut mir leid, aber deine Meinung oder deine Version der Geschichte interessiert mich jetzt wenig.«

»Was meinst du damit?«

»Du hast mich an der Grenze schon mehr als genug belogen. Du kannst dir noch so viele Ausreden ausdenken, aber deine einzige Chance, aus dieser ganzen Scheiße herauszukommen, ist, dass du mit mir zusammenarbeitest und die Wahrheit erzählst.«

»Oh Mann, was mache ich jetzt?«, lamentierte Salvatore.

»Die Wahrheit sagen wäre keine schlechte Idee.«

»Wahrheit, Wahrheit. Ich bin mir nicht mal mehr sicher, was die Wahrheit ist.«

»Aber ich bin mir sicher. Und bis jetzt ist sie nicht auf deiner Seite. Mann, du steckst in echten Schwierigkeiten. Erst der illegale Transport von Trüffeln. Dann das Belügen der Polizei. Ganz zu schweigen davon, dass du den Typen dort drüben tätlich angegriffen hast und gar nicht weißt, wer er eigentlich ist. Das Einzige, was dir bleibt, ist, dass du mit mir zusammenarbeitest. Ein Anruf genügt, und du sitzt hinter Gittern. Und mit dieser ganzen Bürokratie weiß ich nicht, wann du je wieder aus dem Gefängnis rauskommst.«

10. KAPITEL

Luca Conti beschloss, die Nacht in der Münchner Innenstadt zu verbringen und gleich am nächsten Morgen das Feinkostgeschäft von Jakob Feldmer aufzusuchen. Die Adresse hatte er von Tony Ganser bekommen, dem Geschäftspartner von Eckstein, der für diesen bei der Trüffelversteigerung eingesprungen war. Denn die Diagnose für Klaus Eckstein war katastrophal: ein Bruch des rechten Schlüsselbeins, was dazu führte, dass er gleich vor Ort in der *HelenaMed*-Klinik erstversorgt und dann ins Krankenhaus nach Starnberg gebracht wurde.

Im *Augustiner Biergarten* genehmigte sich Luca eine Maß Bier und eine deftige Brotzeit. Luca spürte das Knirschen des aufgeschütteten Kieses unter seinen Füßen, was schon beim Gang von der Schänke zurück zum Tisch für eine wohltuende Gemütlichkeit sorgte. Hier tickten die Uhren langsamer, und im kühlen Schatten der alten Kastanienbäume fiel die Anspannung der letzten Stunden von ihm ab. Er schaute sich um. Eine bunte Mischung war das: Es kamen die unterschiedlichsten Leute mit Kindern, Freunden, Dackeln. Solche, die Decken auf den Tischen für das mitgebrachte Essen ausbreiteten und den Feierabend mit den Arbeitskollegen begossen, und solche, die sich ohne Scheu zu Fremden an den langen Tisch setzten. So einfach kann es sein, dachte Luca, wenn alles im Gleichgewicht ist.

Die Münchner hatten eben einen Hang zum Leben und leben lassen.

Er entschied sich recht schnell für die *Pension Seibel*, mitten in der Stadt am Viktualienmarkt gelegen, da er keine Lust hatte, lange zu suchen.

Am nächsten Morgen ging Luca nach einer Tasse Kaffee und einer Butterbrezel in der Bäckerei hinüber zum Feinkostladen von Jakob Feldmer, der in der Burgstraße lag, nur ein paar Schritte vom Marienplatz entfernt. Das Gefühl, seine Mission nicht erfüllt zu haben, plagte ihn. Er schlenderte über den Viktualienmarkt, wo an den einzelnen Ständen schon reges Treiben herrschte. Von einem einfachen Bauernmarkt hatte sich der Viktualienmarkt zum kulinarischen Zentrum Münchens und einer Flaniermeile für Touristen entwickelt. Als Luca zum Pferdemetzger kam, dachte er sich, dass wohl nicht alle Besucher diesen traditionellen Laden lieben würden. Hinter der Metzgerzeile bog Luca nach links zum Marienplatz ab, wo sich auch bereits eine erste Traube von Touristen gebildet hatte, den Blick nach oben zum Turm des neuen Rathauses gerichtet. Sie betrachteten den Spielwerkserker mit dem Glockenspiel, das aber erst später, um 11 Uhr, läuten würde.

Luca war überhaupt nicht zufrieden, wie das Gespräch mit Salvatore am Vortag verlaufen war. Salvatore hatte so getan, als wäre das Gespräch für ihn nicht wichtig. Er antwortete schwerfällig, fast so, als hätte er etwas genommen und stünde nun unter dem Einfluss von Substanzen, die ihn benebelten. Er schwor, dass er nichts mit dem Trüffelgeschäft zu tun hatte, und bestätigte, dass er den Auftrag zur Lieferung von Maurizio Scali erhalten habe. Als Luca ihm drohte, dass die paar Informationen, die er herausgerückt hatte, ihn nicht davor bewahren würden, wegen Korruption und illegalem Warentransport vor Gericht gestellt zu werden, erklärte Salvatore, dass in der Reserva Gardasena eine große Trüffelstelle entdeckt worden sei und dass die Mantovani-Brüder nichts von den Absprachen wüssten, die Maurizio Scali mit dem Park Ranger, der die Entdeckung gemacht hatte, traf. Salvatore reagierte schockiert, als Luca ihn mit dem Bild von Fabrizio Leone konfrontierte, der triefend und am Kran hängend auf der Titelseite des *Il Gazzettino di Garda* prangte. Aber er wusste von nichts. Salvatore sagte, als erinnerte er sich gerade erst daran, dass der Name des Park-Rangers, mit dem Scali die Geschäfte machte, seines Wissens ein Mann namens Palermo sei. Mehr wisse er nicht. Und dass er mit ihm nicht in Kontakt stehe. Aber der auf dem Titelblatt, das war nicht der Ranger vom Trüffelfeld, da sei er sich ganz sicher. Salvatore war sichtlich nervös. Er rieb sich die Augen. Die Geschichte, wie er die Trüffel verladen hatte, klang nicht überzeugend. Er bestätigte, dass er schon seit geraumer Zeit Lieferdienste für die Mantovani- Brüder machte, aber dieser sei der erste außerhalb Italiens gewesen und auf Geheiß von Scali erfolgt. Salvatore gestikulierte wild und redete schnell. Luca zweifelte am Wahrheitsgehalt der Antworten, hielt es aber für besser, Salvatore auf seiner Seite zu wissen, um in der Sache weiterzukommen. Er ließ ihn laufen, nachdem er gejammert hatte, er müsse so schnell wie möglich nach Hause zurück, um sich um seine kranke Mutter zu kümmern. Luca glaubte ihm eigentlich kein Wort, dazu war diese Geschichte zu glatt, aber er wusste auch, dass er ihn nicht verhaften konnte. Er ließ ihn ziehen unter der Bedingung, dass sie sich in Verona treffen würden, um weitere Informationen auszutauschen.

Um 9.30 Uhr stand die Tür zum Feinkostgeschäft halb offen. Luca warf einen Blick hinein, bevor er eintrat, und fand einen fein dekorierten, mit raumhohen Regalen ausgestatteten Laden vor, der Delikatessen aus Italien anbot. Da er niemanden sah, wagte er sich vor und sagte in einem lauteren Ton als sonst:

»Hallo!«

Aus dem Hintergrund des Ladens tauchte ein Mann mittleren Alters mit grauem Haar und der ruhigen Ausstrahlung eines Mannes auf, der viele Stunden am Schreibtisch verbrachte. Er rührte den Zucker in einer dampfenden Tasse Kaffee um und grüßte:

»Guten Morgen. Kann ich Ihnen helfen?«

»Hallo, guten Morgen. Sind Sie der Besitzer des Geschäfts?«, fragte Luca in seinem besten Deutsch mit auffälligem italienischem Akzent.

»Ja, das bin ich. Jakob Feldmer, zu Ihren Diensten. Was kann ich für Sie tun?«

»Entschuldigung, ich habe gesehen, dass der Laden erst um 10 Uhr aufmacht, aber …«

»Kein Problem«, unterbrach ihn Jakob Feldmer. »Ich kann Ihnen noch nichts verkaufen, bevor er nicht für die Öffentlichkeit zugänglich ist. Aber sagen Sie mir doch, wie kann ich Ihnen helfen?«

»Nun, Sie haben hier wirklich eine Menge köstlicher Produkte, aber der Grund für mein Kommen ist ein anderer.«

Jakob Feldmer nippte an seinem Kaffee, musterte Luca von oben bis unten und sagte scherzhaft:

»Soso, dann erzählen Sie mal. Aber sagen Sie mir nicht, dass Sie vom Finanzamt oder von der Polizei sind. Ich habe keine Zeit für so etwas.«

»Nein, keine Sorge. Ich bin nicht hier, um Ihr Geschäft zu

kontrollieren. Aber arbeitet hier für Sie zufällig ein gewisser Klaus Eckstein?«

»Ja, natürlich arbeitet Klaus hier. Normalerweise ist er sehr pünktlich und kommt um 9 Uhr. Ich bin überrascht, dass er heute ein bisschen zu spät dran ist. Aber wenn ich irgendetwas tun kann, um Ihnen zu helfen, dann lassen Sie es mich einfach wissen. Wie heißen Sie noch mal?«

»Entschuldigung. Luca. Luca Conti.«

Luca gab ihm die Hand und Jakob fragte weiter:

»Sie sind Italiener?«

»Ja, das bin ich.«

»Und woher kennen Sie Klaus?«

»Ich kenne ihn nicht. Zumindest nicht persönlich.«

»Ist etwas mit ihm passiert?«, fragte Jakob Feldmer und vermutete nach Lucas zögerlicher Reaktion, dass etwas nicht stimmte.

»Na ja, ich glaube nicht, dass Klaus heute zur Arbeit kommt.«

»Es tut mir leid, aber ich verstehe Sie nicht. Wie kommen Sie darauf?«

»Ich erklär es Ihnen gleich. Aber es wäre besser, wenn Sie ihn anrufen würden.«

»Anrufen? Und warum? Klaus hat keine festen Zeiten. Wir haben hier eine moderne Art zu arbeiten, und Klaus weiß genau, was er zu tun hat. Seit er hier arbeitet, hat er die Freiheit, seinen eigenen Zeitplan zu erstellen. Ich denke, er wird bald hier sein.«

»Glauben Sie mir. Er kommt heute nicht zur Arbeit. Rufen Sie ihn lieber an«, beharrte Luca, weil er sehen wollte, wie Feldmer reagieren würde, wenn er hörte, dass Eckstein im Krankenhaus lag.

»Wer sind Sie eigentlich? Was machen Sie?«

»Es ist jetzt nicht wichtig, was ich tue oder was ich nicht tue. Bitte rufen Sie ihn einfach an. Sie werden sehen, dass ich richtigliege.«

»Na ja, dann wollen wir mal sehen«, und ohne weitere Fragen rief Jakob Feldmer Klaus Eckstein auf dem Handy an.

Nach dem fünften Klingeln meldete sich die Mailbox und Jakob Feldmer legte auf, ohne eine Nachricht zu hinterlassen.

»Versuchen Sie es noch einmal«, schlug Luca vor.

Jakob Feldmer schüttelte den Kopf und atmete tief ein. Er schien langsam die Geduld zu verlieren mit dem Wichtigtuer, der aus heiterem Himmel in seinem Laden aufgetaucht war, als wäre er ein Polizist oder so etwas. Er drückte die Wahlwiederholung und rief erneut an.

»Aber bitte, sagen Sie mir doch endlich, warum Sie hierhergekommen sind. Sie kommen sicher nicht ohne Grund, wenn Sie Klaus suchen?«, bemerkte er, als er das Telefonsignal hörte.

Luca antwortete nicht. Er legte den Zeigefinger an die Lippen, als würde er um Ruhe bitten.

»Hallo?«, meldete sich Eckstein mit einer Stimme, die zeigte, dass er gerade wach geworden war. Er wartete einen Augenblick und wiederholte: »Hallo?«

»Hallo, Klaus. Guten Morgen. Ich bin überrascht, dich nicht im Laden zu sehen. Was ist los? Ist etwas passiert?«

»Hallo, Jakob«, antwortete Eckstein etwas unsicher. »Ja, tut mir leid, dass ich dich nicht vorgewarnt habe, aber ich kann heute nicht zur Arbeit kommen.«

»Was? Du kannst heute nicht zur Arbeit kommen?«, wiederholte Jakob Feldmer und schaute Luca an, der ihm vielsagend zunickte.

»Bist du krank? Ist dir was passiert?«

»Ja. Ich bin im Krankenhaus, mit kaputter Nase und gebrochenem Schlüsselbein. Habe etwas Pech gehabt.«

»Im Krankenhaus? Aber was ist denn passiert?«

Eckstein ließ ein paar Sekunden verstreichen und legte sich wieder hin.

»Es ist zu Hause passiert. Ich bin über den Hund gestolpert, als ich die Treppe runterging, und das Nächste, was ich weiß, ist, dass der Krankenwagen vor der Tür stand.«

»Das kann doch nicht wahr sein. Du bist über den Hund gestolpert und die Treppe runtergefallen?«

»Ja. So war es, Jakob. Boss, der verdammte Hund, kommt mir gerne zum Spielen auf der Treppe entgegen. Ich hab …«

»Ist das dein Ernst oder willst du mich verarschen?«, unterbrach ihn Jakob Feldmer.

»Nein, das ist absolut wahr. Er macht das immer, der dumme Hund.«

»Und was nun? Wie lange bleibst du im Krankenhaus? Ist es schlimm?«

»Nein, bestimmt nicht sehr lang. Aber ich weiß es noch nicht. Wenn der Arzt um 11 Uhr zur Visite da war, weiß ich mehr.«

Jakob Feldmer blickte zu Luca Conti. Dieser zuckte lächelnd mit den Schultern und begann, mit den Händen in den Taschen durch den Laden zu schlendern, als betrachtete er die Ware.

»In welchem Krankenhaus bist du?«

»In Starnberg.«

»Okay, ich komme gegen 14 Uhr vorbei.«

»Nicht nötig. Alles wird gut.«

»Wir sehen uns um 14 Uhr!«, rief Feldmer, bevor er auflegte.

»Für jemanden, der Ihr volles Vertrauen hat und seine Arbeit so gestalten kann, wie er es sich wünscht, ist dieser Klaus Eckstein ein großer Lügner!«, kommentierte Luca und holte sein Handy aus der Tasche.

»Aber was soll das alles?«, fragte Jakob Feldmer unwirsch. »Mein Mitarbeiter liegt im Krankenhaus, und Sie machen ihn immer noch schlecht. Was stimmt bei Ihnen nicht, oder was geht in Ihrem Kopf vor?«

»Sie können mir sagen, was Sie wollen, aber Ihr Mitarbeiter oder Angestellter, oder wie auch immer Sie ihn nennen wollen, ist nicht die Treppe heruntergefallen. Und er sollte für seine schändlichen Ausreden nicht auch noch den Hund benutzen. Sehen Sie hier!«

Das Video war dreieinhalb Minuten lang, doch die ersten paar Sekunden genügten Jakob Feldmer, um zu wissen, dass Eckstein ihn angelogen hatte und dass er eigentlich verprügelt worden war.

»Was ist hier los? Was ist das? Das darf doch nicht wahr sein.«

»Wie Sie sehen, ist es wahr. Und ein Sturz die Treppe hinunter war es sicher nicht. Kennen Sie zufällig den Mann, der Eckstein verprügelt hat?«, fragte Luca und vergrößerte ein Bild von Salvatore.

»Nein. Ich weiß nicht, wer das ist. Ich habe diese Person nie gesehen in meinem Leben. Wo ist das?«

»Kennen Sie den Ort auch nicht? Schauen Sie genau hin.«

Jakob Feldmer schaute sich das nächste Foto an, das Luca auf seinem Handy hatte, und war hin- und hergerissen.

»Ist das die *HelenaMed*-Klinik am Starnberger See?«

»Sieht so aus.«

»Und was zum Teufel macht Klaus dort?«

»Nun, das sollten Sie eigentlich wissen. Der Wagen Ihrer Firma steht auch da.«

Auf dem nächsten Foto konnte man deutlich den BMW mit dem Firmenlogo an der Tür erkennen. Feldmer war außer sich und rief:

»Was ist hier los? So ein Scheißkerl! Ich werde ihn auf der Stelle entlassen.«

»Nun, ich schätze, das Beste ist, Sie fragen ihn heute mal bei dem Besuch, den Sie um 14 Uhr im Krankenhaus machen. Lassen Sie ihn die Situation erklären.«

»Welche Erklärung? Es gibt nichts zu erklären. Nach dem Video und den Fotos, die Sie mir gezeigt haben, will ich Klaus am liebsten eine reinhauen. Was macht er da im Namen meiner Firma?«

»Okay, das verstehe ich. Aber bevor Sie ins Krankenhaus gehen, rufen Sie doch bitte Toby Ganser an. Sie kennen Toby Ganser, oder?«

»Natürlich kenne ich Toby. Er arbeitet mit uns bei den Veranstaltungen zusammen, die wir ausrichten.«

»Genau der. Er wird Ihnen sicher bestätigen können, was Eckstein hinter Ihrem Rücken alles so anstellt.«

»Hinter meinem Rücken?«

»Ja. Hinter Ihrem Rücken. Aber Toby, so vermute ich, denkt, Sie sind über alles auf dem Laufenden gehalten worden.«

»Oh mein Gott. Was für eine Situation! Wo bin ich da nur reingeraten?«

»Im Moment ist alles noch sehr undurchsichtig. Was aber vor sich geht, und das müssen wir herausfinden, ist, dass Eckstein im Namen Ihrer Firma Waren verkauft und Veranstaltungen organisiert, und Sie wissen nichts davon.«

»Was für ein Dreckskerl. Wie kommt es, dass ich diesem Lügner geglaubt habe?«

»Wie viele Jahre haben Sie dieses Geschäft schon?«

»Fünfzehn. Es gehörte meinem Vater, und als er in Rente ging, hat er es mir übergeben.«

»Und Eckstein? Wie viele Jahre arbeitet er schon für Sie?«

»Das ist das dritte Jahr. Aber wir sind Freunde geworden, und er hat sich immer als vertrauenswürdiger Mann gezeigt. Wie konnte ich nur so dumm sein?«

Jakob Feldmer ließ sich auf einen Stuhl fallen und sah Luca mit dem Blick eines Menschen an, der sich geschlagen und ausgeliefert fühlt.

»Ich habe nur noch eine Frage«, sagte Luca, als er auf die Ladentür zuging. »Wer ist Ihr Partner in Verona für das Geschäft mit den Trüffeln?«

»Das ist eine sehr vertrauenswürdige Firma«, versicherte Jakob Feldmer sofort. »Wir arbeiten schon seit langem mit den Mantovani-Brüdern zusammen. Soll ich Ihnen die Kontaktdaten geben?«

»Nein, danke. Das ist nicht nötig. Das alles tut mir sehr leid. Ich habe mir erlaubt, eine Visitenkarte von Ihnen zu nehmen, die dort auf der Ladentheke lag. Hier ist meine Handynummer. Wir bleiben in Kontakt. Ich muss jetzt los. Ich wünsche Ihnen einen schönen Tag.«

In Jakob Feldmer brodelte es. Er hatte nicht vor, bis 14 Uhr nachmittags zu warten, um Klaus Eckstein zu besuchen. Er schloss die Ladentür ab und fuhr direkt zum Krankenhaus.

11. KAPITEL

Auf der Polizeiwache in Bardolino war Mittagszeit, und Kommissar Manchini beschloss nach zwei gescheiterten Versuchen, erneut bei Luca anzurufen. Er hatte die ganze Nacht nicht geschlafen. Zwar wusste er, dass er der Intuition seines Neffen vertrauen konnte, doch er wusste auch, dass Situationen manchmal überraschende Wendungen nahmen und eine Sache die nächste nach sich zog. Eigentlich weiß man nie, was passiert, wenn man sich auf eine Verfolgungsjagd einlässt, dachte er sorgenvoll. Als er nach dem zweiten Klingeln Lucas Stimme vernahm, atmete er auf und schickte ein stilles Dankgebet an die Heilige Maria.

»Hallo, Onkel Mauro.«

»Hallo, Luca. Wie geht es dir? Alles okay?«

»Alles klar. Ich wollte dich gerade anrufen.«

»Jaja. Das sagen Neffen immer, wenn sie erst nicht zurückrufen und dann den besorgten alten Onkel beruhigen wollen!«, sagte Manchini in scherzhaftem Ton. »Aber trotzdem schön, von dir zu hören. Ich habe mir schon Sorgen gemacht. Wo steckst du?«

»Ich schwöre, ich wollte dich anrufen. Mir geht es gut, ich fahre gerade zurück nach Italien und brauche deine Hilfe.«

»Was ist los? Ist wirklich alles in Ordnung?«

»Na ja, mehr oder weniger. Aber dieser illegale Trüffeltransport hat es in sich.«

»Was meinst du damit?«

»Es ist nicht ganz das, wonach es aussieht. Ich gelange immer mehr zu der Überzeugung, dass der Tote, der im See gefunden wurde, eine Folge dieses illegalen Geschäfts ist.«

»Ich hatte auch schon so ein Gefühl. Aber wie soll das zusammenhängen? Erklär!«

»Dieser Kerl, den ich verfolgt habe, heißt Salvatore Contesti. Er ist irgendwie verwirrt und kann sich nicht wirklich erklären. Vielleicht wollte er auch nicht, aber seiner Aussage konnte ich entnehmen, dass diese riesige Menge an Trüffeln, die wie aus dem Nichts aufgetaucht ist, aus dem Naturpark Gardesana stammt.«

»Tatsächlich? Und wie kommt er darauf?«

»Es gibt einen Park-Ranger, sein Name ist Palermo, er hat ein großes Trüffelfeld gefunden und will sich nun lieber eine goldene Nase verdienen, als die richtigen Personen zu informieren. Offenbar beliefert er einen gewissen Maurizio Scali, der Miteigentümer des Restaurants *La Traviata* ist und für die Mantovani-Brüder bei *Italian Gourmet* in Verona arbeitet. Dieser Scali wiederum macht hinter dem Rücken von Jakob Feldmer, dem Besitzer eines der bekanntesten Gourmetgeschäfte in München, Geschäfte mit dessen Angestelltem Klaus Eckstein.«

»Oh, du überraschst mich. Hast du herausgefunden, wer dieser Eckstein ist?«

»Mehr oder weniger. Ich habe gefilmt, wie Salvatore ihn verprügelt hat.«

»Wie das?«

»Als ich ankam, habe ich mit meinem Pick-up auf dem Parkplatz angehalten, wo ich den Eingang zur Klinikküche sehen konnte. Da haben sich die beiden gestritten. Und letztlich kam heraus, dass Salvatore von Maurizio Scali gezwungen wurde, den Trüffeltransport zu machen, eine Art emotionale Erpressung oder so. Salvatore hat dann erzählt, dass Eckstein eine Entschuldigung vorgebracht hätte, weshalb er die Lieferung nicht in Italien abholen konnte. Aber es kam dann heraus, dass es eine Ausrede war, weil er Angst hatte, erwischt zu werden. Und als Salvatore mit den Trüffeln eintraf, gab es eine Diskussion zwischen den beiden, deren Ergebnis war, dass Eckstein nun mit einer gebrochenen Nase und einem gebrochenen Schlüsselbein im Krankenhaus liegt.«

»Oh Mann, was für eine Geschichte.«

»Ich habe das alles auf dem Handy. Ich schicke es dir. Die Lieferung ging an eine Schönheitsklinik am Starnberger See. Ich erklär dir das später genauer. Du musst dir unbedingt die Dekoration für die Trüffelparty anschauen. Die ist nicht von dieser Welt! Die Trüffel wurden zu gigantischen Summen versteigert. Es sah aus wie im Schlaraffenland. Die Gäste waren alle so perfekt, dass sie wie Fantasiegestalten wirkten, als wären sie alle Models und gar nicht real. Fast wie in einem Traum.«

Manchini strengte seine Fantasie an, konnte Lucas Beschreibung aber nicht ganz folgen und fragte nach:

»Und woher weißt du, dass Eckstein im Krankenhaus ist?«

»Nun, das war der Grund, warum ich in München geblieben bin. Heute Morgen habe ich Jakob Feldmer besucht. Ein netter Kerl, aber er hatte keine Ahnung, was Eckstein hinter seinem Rücken so treibt. Ich habe ihm gesagt, dass Eckstein heute nicht zur Arbeit kommen wird, und ihn überredet, ihn anzurufen. Als der dann mit der Ausrede kam, er sei zu Hause über seinen Hund gestolpert und die Treppe runtergefallen, hat Feldmer kapiert, dass er lügt.«

»Hm, offenbar macht Scali hinter dem Rücken der Mantovanis illegale Geschäfte mit Eckstein, der wiederum Jakob Feldmer hintergeht. Das klingt zu einfach, um wahr zu sein. Aber Vertrauensmissbrauch nimmt manchmal komische Formen an. Schick mir die Videos, bitte. Ich habe in ein paar Minuten eine Pressekonferenz und muss die Journalisten mit irgendwas füttern.«

»Mach ich sofort«, sagte Luca.

»Gute Fahrt, und vergiss nicht, Oma Grüße von mir auszurichten, sobald du angekommen bist. Sie hat mich schon angerufen und nach dir gefragt.«

»Ja, das mache ich. Aber ich habe noch eine Frage: Was machen wir jetzt mit Eckstein?«

»Da warten wir noch ab. Mal schauen, was für Informationen Jakob Feldmer aus ihm rausholen kann.«

»Okay. Ich rufe Feldmer später an.«

»Luca!«

»Ja?«

»Dieses Abenteuer, Salvatore einfach so zu jagen, war leichtsinnig, und du solltest so etwas nie wieder ohne die Erlaubnis eines Vorgesetzten tun, schon gar nicht allein.«

»Es tut mir leid. Ich wollte keinen Ärger provozieren.«

»Ich weiß. Du bist einfach deinem Instinkt gefolgt. Aber damit kannst du dir eine Menge Probleme einhandeln. Und eines muss ich dir sagen, du hast mich wirklich beeindruckt mit deiner Idee, das iPhone in Salvatores Transporter zu legen.«

»Das war kein großes Ding. Dieser Trick ist so alt, den hat in den 60er-Jahren sogar schon *Batman* mit einem Sender gemacht, um Flüchtige bei Verfolgungsjagden aufzuspüren. Man könnte fast meinen, du hast zu wenig ferngesehen, als du klein warst, Onkel Mauro.«

»Hey, verlier nicht den Respekt, mein Junge«, sagte Manchini schalkhaft. »Ich bin fast im Ruhestand, aber ohne meine Hilfe wüsstest du nicht mal, wie man den Köder an einem Angelhaken wechselt.«

»Das ist wahr«, lachte Luca. »Und wo wir gerade dabei sind, ich vermisse irgendwie unser gemeinsames Angeln.«

»Ich auch«, erwiderte Manchini mit einem Lächeln auf den Lippen. »Ich wünsche dir eine gute Rückfahrt. Die Situation an der Brennergrenze und mit Sabbione ist schon geklärt.«

»Danke.«

Luca atmete erleichtert auf, weil er wusste, dass er sich Sabbione gegenüber nun nicht mehr erklären musste. Seine Gedanken schweiften umher, und es kam ihm so vor, als gingen in diesem Augenblick Vergangenheit und Gegenwart ineinander über, da er sich zurückerinnerte. Er legte eine CD ein und fuhr los, auf dem Lenkrad den Rhythmus von Laura Pausinis *La Solitudine* mittrommelnd.

Auf der Fahrt zum Krankenhaus rief Jakob Feldmer von seinem Autotelefon aus Toby Ganser an, der gleich beim ersten Klingeln abnahm:

»Hallo, Herr Feldmer, was für eine Überraschung.«

»Überraschung? Mehr haben Sie mir nicht zu sagen?«, brüllte Feldmer wütend in das in der Sonnenblende seines Wagens installierte Mikrofon.

»Es tut mir leid, aber ich verstehe Sie nicht. Stimmt irgendwas nicht?«

»Ob irgendwas stimmt oder nicht, werden Sie mir erklären müssen! Was haben Sie gestern in der *HelenaMed*-Klinik am Starnberger See gemacht?«

»Wir … äh … wir haben gearbeitet. Warum? Ach so, die Sache mit Klaus, das war ein großer Mist, aber ansonsten lief alles gut. Wir haben ein super Geschäft gemacht.«

»Wollen Sie mich auf den Arm nehmen, oder was?«, rief Jakob Feldmer aus und schlug aufs Lenkrad.

»Es tut mir leid, aber ich verstehe Ihre Wut nicht. Habe ich was falsch gemacht?«

»Wie erklären Sie sich, dass Sie eine Trüffellieferung in die Klinik bekommen, und ich weiß von nichts?«

»Das ist mir in der Tat unerklärlich. Ich habe wie immer Ecksteins Anweisungen befolgt.«

Dieser Drecksack, dachte Feldmer wütend. »Wann war die letzte Veranstaltung vor dieser gestrigen?«

»Die war erst vor kurzem, am ersten Sonntag im September. In Schwabing, im Haus eines Schauspielers, an dessen Namen ich mich jetzt nicht mehr erinnern kann. Warum fragen Sie mich das? Sie haben doch die Kontrolle über diese Veranstaltungen, oder?«

»Ich habe überhaupt keine Kontrolle darüber, verstehen Sie? Ich habe keine Kontrolle und weiß von nichts!«, rief Feldmer wieder aus. Er fühlte sich, als würde er gleich den Verstand verlieren.

»Nun, da sagt Klaus aber was anderes!«

»Was sagt Klaus?«

»Er lobt uns in den höchsten Tönen und sagt, Sie hätten absolutes Vertrauen in uns und das Geschäft und würden sich keine Sorgen machen.«

»Das sagt dieser Mistkerl?«, knurrte Jakob Feldmer. »Hören Sie, ich weiß wirklich von nichts. Kommen Sie bitte morgen früh im Laden vorbei. Und sagen Sie Klaus nicht, dass wir dieses Gespräch hatten. Und falls er Sie anruft, dann gehen Sie nicht ran. Ist das klar?«

Toby Ganser antwortete nicht, und Jakob Feldmer legte ohne ein weiteres Wort auf.

Im Krankenhaus angekommen, fragte Jakob Feldmer an der Rezeption nach der Nummer von Klaus Ecksteins Zimmer. Es lag im dritten Stock, Zimmer Nummer 21. Aber es war Mittagszeit, und Besuche waren erst wieder zwischen 14 und 15 Uhr erlaubt. Ohne auf den Hinweis des Angestellten zu achten, nahm Jakob Feldmer die Treppe in den dritten Stock. Er suchte das Zimmer 21 und trat, ohne anzuklopfen, ein.

»Oh, was für eine Überraschung, Jakob.« Eckstein blickte von dem Mittagstablett auf, das er auf seinen Knien balancierte. »Ich dachte, du kommst erst um 14 Uhr. Aber schön, dich zu sehen, Chef!«

Was für ein Clown, dachte Jakob, als er Klaus mit seinem Nasenpflaster auf dem Bett sitzen und eine Suppe löffeln sah.

»Wie fühlst du dich?«, fragte er.

»Schon besser. Es tut mir leid, dass ich dir nicht früher gesagt habe, dass ich im Krankenhaus bin. Aber es ging einfach nicht. Du weißt, es war ein dummes Missgeschick, Boss ist einfach sehr verspielt, und er ist es gewohnt …«

Jakob Feldmer hörte schon nicht mehr zu. Er betrachtete den Mann, dem er so sehr vertraut hatte, der dieses Vertrauen jedoch schamlos ausgenutzt hatte, und ließ ihn reden.

»Die gute Nachricht ist, dass der Arzt gesagt hat, dass ich in drei Tagen wieder zur Arbeit gehen kann. Bei der Nase kann man nur abwarten. Beim Schlüsselbein muss ich meine Schulter für ein paar Tage ruhigstellen und dann mit Physiotherapie die Beweglichkeit wiederherstellen.«

Jakob stand weiterhin nur stumm da. Er starrte Eckstein an und fühlte sich wie im falschen Film.

»Was ist los mit dir? Die Prognose ist doch hervorragend. Ich werde mich rasch wieder erholen, alles wird gut. In ein paar Tagen bin ich wieder da. Motivierter denn je. Was hast du?«

Jakob Feldmer machte ein paar Schritte durch den Raum und blickte nachdenklich aus dem Fenster. Dann trat er an Klaus' Bett, holte tief Luft und sah ihm direkt in die Augen:

»Es gibt keinen weiteren Tag für dich. Höchstens im Gefängnis, du Arschloch!« Er versetzte dem Tablett mit der Suppe auf Klaus' Knien einen kleinen Stoß, und der Rest der Suppe und der noch dampfende Tee ergossen sich über dessen Schoß. Klaus schrie auf. Feldmer jedoch verließ wortlos den Raum. Er hörte noch, wie hinter ihm Klaus mit jämmerlicher Stimme nach der diensthabenden Krankenschwester rief.

12. KAPITEL

Manchini hatte die Pressekonferenz für 16.30 Uhr angesetzt. Jahrelange Erfahrung hatte ihn gelehrt, dass Pressekonferenzen am späten Montagnachmittag die besten waren. Die Journalisten waren müde von den Ereignissen des Wochenendes, die es aufzuarbeiten galt, und sehnten sich nach dem Feierabend. Daher waren sie meist geduldig und zu träge, um mit Fragen, die ins Leere liefen und nur Zeit und Nerven raubten, einen Wirbel um die neuesten Entwicklungen zu veranstalten. Er hatte sich zuvor noch mit seinen Assistenten getroffen und sie angewiesen, zum Haus von Salvatore Contesti zu fahren, damit dieser eine offizielle Erklärung über die illegale Trüffellieferung abgab, denn Manchini wollte möglichst viele Informationen über die an dem Fall Beteiligten zusammentragen. Er nannte ihnen die Adresse in Bussolengo, die Luca ihm gegeben hatte. Manchini war sich intuitiv absolut sicher, dass es einen Zusammenhang zwischen dem Trüffelgeschäft und dem Tod von Fabrizio Leone gab. Doch Intuition und gute Absichten zählten nichts ohne Beweise. Es war an der Zeit, die Ermittlungen voranzutreiben. Seit man die Leiche aus dem See gezogen hatte, wurde der Druck der Einheimischen, die wissen wollten, was los war, immer größer. Das Kommissariat wurde mit Anrufen und Fragen bombardiert, ob es für Anwohner und Touristen noch sicher sei, auf die Straße zu gehen. Jede schlechte Nachricht oder falsche Behauptung seitens der Journalisten vergrößerte im gegenwärtigen Stadium der Ermittlungen sofort die Verwirrung wegen der Leiche. Die Sensationsgier der Presse war geweckt und wurde nun mit reißerischen Schlagzeilen weiter befeuert.

Der Polizeiwagen hielt vor Salvatores Wohnung an. Einer der Polizisten stieg aus, klingelte dreimal an der Tür, aber niemand erschien. Er wartete ein paar Sekunden ab und klingelte dann noch einmal.

Drinnen stürmte Salvatores Freundin, die nach dem ersten Klingeln vorsichtig hinter den verschlossenen Fensterläden hinausgespäht hatte, in das Zimmer, in dem Salvatore noch schlief. Sie schüttelte ihn und sagte leise:

»Aufwachen! Die Polizei klingelt an der Tür.«

Salvatore, der um 3 Uhr morgens nach Hause gekommen war und bis Sonnenaufgang nicht geschlafen hatte, reagierte nicht. Er hatte sich noch die ganze Nacht mit seiner Freundin gestritten. Sie war wütend gewesen, weil er, ohne etwas zu sagen, nach Deutschland gefahren war. Die selbstgedrehten Joints und der Alkohol, seine Entschuldigungen und ihre Wutanfälle hatten zu einem Wechselspiel von Hass und Liebe zwischen ihnen geführt.

»Salvatore, die Polizei ist draußen. Sie läuten bei uns. Was zum Teufel soll das alles? Was ist passiert?«

Salvatore lag völlig erschlagen da, und sein Körper sträubte sich gegen das Aufwachen, ganz gleich, was von außen auf ihn eindrang. In weiter Ferne hörte er Worte wie »Polizei« und »Verdammt noch mal«. Er spürte einige Stöße, die ihn wie in einem Wachtraum noch einmal das Revue passieren ließen, was er in der vergangenen Nacht gesehen hatte, als er den Lieferwagen in Val di Sogno vor Scalis Haus abgestellt hatte. In dem Briefkasten in der Garage hatte Scali zusätzlich zu den versprochenen 3.000 Euro netterweise noch weitere 250 Euro hinterlegt. Aus dem Fenster des großen, neben der Garage gelegenen Raums, der einem Ballsaal glich, kam ein Leuchten. Kaum sichtbare Schatten huschten vorbei, und ein buntes Farbgemisch aus Violett, Rot, Gelb und Rosa war zu erkennen. Angezogen von den bunten Farben und der Musik, warf Salvatore erstmals einen Blick hinein. In der Mitte des Raums stand breit und ausladend ein französischer Billardtisch, und in der rechten Ecke wurde an zwei Tischen Karten gespielt. Die Luft war stickig, und der Rauch von Zigaretten, Zigarren und Pfeifen schwebte wie eine Dunstglocke im Raum. Der Klang einer Gitarre und die unverwechselbare Stimme von Marco Casella, Scalis Partner im Restaurant *La Traviata*, sorgten für Stimmung. Er spielte mit Gefühl. Durch den Rauch hindurch erkannte Salvatore am Billardtisch Scali, der mit drei anderen spielte. Auf der anderen Seite des Saals wurden den Gästen von Mädchen in knappen, bunten Outfits Erfrischungen serviert. Wie *Playboy Bunnies* balancierten sie die Getränke auf einem Tablett durch den Raum und posierten vor den Gästen. In einem Sessel auf der anderen Seite des Raums vergnügte sich Alberto, der jüngste Mantovani-Bruder, mit zwei sexy Blondinen in Bikinis, die auf seinen Knien saßen und ihm Oliven in den Mund steckten und kleine erotische Spiele mit ihm trieben. Es waren vielleicht 20 Gäste anwesend, aber Salvatore hatte keinen kompletten Überblick über den Raum. Das Ganze hatte etwas Rauschhaftes.

»Salvatore, wach auf!«, brüllte seine Freundin.

»Lass mich in Ruhe! Was willst du schon wieder? Lass mich schlafen«, jammerte Salvatore, ohne genau zu wissen, wo er war.

»Wach auf, du Idiot. Hast du nicht gehört?«

»Was soll das? Ich bin so verdammt müde. Und ich hab auch genug von dir!«

»Ich bin hier diejenige, die genug hat!«, brüllte seine Freundin jetzt. Sie verlor allmählich die Geduld. »Was will die Polizei von dir? Sag's mir!«

Als sie ihm die Decke wegzog und ihn in seiner ganzen Nacktheit entblößte, sprang Salvatore auf, packte sie am Hals und drückte sie gegen die Wand.

»Ich weiß nicht, was die von mir wollen! Und du hältst dich aus meinem Leben raus. Hast du mich verstanden?«

Salvatore warf seine Freundin aufs Bett. Er zog sich die Jeans an, die zerrissener nicht hätten sein können, und holte aus einer Tasche den Umschlag, den Scali ihm im Briefkasten hinterlassen hatte. Er zählte 2.000 Euro ab, warf sie aufs Bett und sagte:

»Hier, nimm. Das ist mehr, als dir zusteht. Und jetzt lass mich gefälligst in Ruhe! Ich will dich nicht mehr sehen.«

»Du großes Stück Scheiße! Nach allem, was ich für dich getan habe, ist das alles, was du mir zu sagen hast? Du solltest dich schämen, du Mistkerl!«

Salvatore griff nach seinem Hemd. Er lugte vorsichtig durch die geschlossenen Fensterläden, um sich zu vergewissern, dass die Polizisten abgezogen waren. Dann trat er entschlossen aus der Wohnung und schlug die Tür hinter sich zu. Er hatte keine Ahnung, wohin er gehen sollte. Doch er rannte, so schnell er konnte, passierte das *Santuario della Madonna del Perpetuo Soccorso* und hielt dann erschöpft am Ufer der Etsch an. Dort beugte er sich vornüber und stützte sich mit den Händen auf den Knien ab, um Luft zu holen. In seinem Kopf dröhnte es, und er konnte keinen klaren Gedanken fassen. Das Chaos der letzten Tage vernebelte seine Sinne. Mit ausgestreckten Armen ließ er sich kraftlos ins Gras fallen. Im Liegen zündete er sich eine Zigarette an, und nach ein paar hastigen Zügen wurden seine Gedanken klarer. Er zog weiter kräftig an der Zigarette, das Nikotin entfaltete seine Wirkung, und er begann zu weinen. Er rief seine Freundin an. Doch sie nahm nicht ab. Er rief erneut an, und da sie wieder nicht ranging, hinterließ er eine Nachricht auf dem Anrufbeantworter:

»Es tut mir leid, Baby. Du warst das Beste, was mir je im Leben passiert ist, aber ich kann nicht mehr. Es gibt keinen Weg zurück für mich. Die Polizei ist hinter mir her. Ich würde dich nur in Schwierigkeiten bringen. Es tut mir echt leid.«

»Schwierigkeiten?«, rief Salvatores Freundin fassungslos, als sie die Nachricht abhörte. Sie nahm das Telefon und schleuderte es gegen die Wand, sodass es in tausend Stücke zerbrach. Salvatore lag im Gras, schaute in den Himmel und wünschte sich, es wäre alles nur ein böser Traum. Er stellte sich vor, er wäre ein Kind, das sein Leben noch vor sich hatte und damit auch die Möglichkeit, Entscheidungen zu korrigieren, die er im Laufe seines Lebens getroffen hatte und die ihn zu diesen Betrügereien verleitet hatten. Er war zu einem charakterlosen Menschen verkommen, der von einem Schlamassel ins nächste geriet. Der Wunsch, sich im Fluss zu ertränken, war übermächtig. Doch er wusste, dass er nicht den Mut dazu hatte. Am besten redete er wirklich mit Luca Conti, überlegte er, damit er ein für alle Mal aus dieser Situation herauskäme, in der Conti ihn nun zum Informanten gemacht hatte, um die undurchsichtigen Geschäfte und Betrügereien Maurizio Scalis und Co. aufzudecken.

Ein halbes Dutzend Journalisten aus der Region erschien in Begleitung von Fotografen bei der kurzfristig anberaumten Pressekonferenz vor dem Kommissariat von Bardolino. Auch Menschen aus der Nachbarschaft fanden sich ein. Es kamen immer mehr Leute an, und insbesondere die Einheimischen platzten vor Neugier.

Manchini ging in Begleitung eines Polizisten zu den Mikrofonen und begrüßte die Anwesenden.

»Guten Tag allerseits. Mein Name ist Manchini, ich bin der Hauptkommissar von Bardolino. Am Sonntag, dem 29., fanden wir gegen 12 Uhr mittags eine Leiche im See, zwischen Garda und San Felice. Die Leiche wurde identifiziert als Fabrizio Leone, 37 Jahre alt, wohnhaft in Tignale. Wir können bestätigen, dass es kein Selbstmord war. Unsere Beamten arbeiten mit Hochdruck an dem Fall, und sobald wir über mehr Informationen verfügen, werden wir Sie informieren. Bitte respektieren Sie die Privatsphäre der Familie des Verstorbenen, da sie, wie Sie sicherlich verstehen werden, gerade eine sehr schwierige Zeit durchmacht.« Manchini blickte in die wachsamen Augen der Journalisten und berichtete weiter: »Die Ermittlungen laufen noch, daher bitten wir um Geduld und Verständnis dafür, dass wir Ihnen noch nicht viele Auskünfte geben können.«

»Der *Gazzettino di Garda* hat berichtet, dass Fabrizio Leone durch einen Schlag auf den Hinterkopf getötet wurde. Können Sie diese Nachricht bestätigen?«, rief einer aus dem Publikum.

»Ich weiß nicht, woher der *Gazzettino* diese Information hat. Ich kann Ihnen nur sagen, dass der Fall untersucht wird. Und wir lassen es Sie wissen, sobald wir neue Erkenntnisse haben.«

»Hat man die Mordwaffe schon gefunden?«, insistierte der Journalist.

»Mordwaffe? Sie scheinen mehr zu wissen als ich. Wir sind uns immer noch nicht sicher, ob es eine Waffe gibt oder nicht. Genau das wird im Moment untersucht.«

»Was ist mit dem Kind passiert, das die Leiche gefunden hat?«, fragte ein anderer.

»Der Junge war hier im Urlaub mit seiner Familie, sie sind alle nach der polizeilichen Befragung nach Deutschland zurückgekehrt. Wir sind ihnen sehr dankbar für die Informationen, die sie uns zur Verfügung gestellt haben. – Gibt es sonst noch etwas?«

»Wie heißt der Junge, der die Leiche von Fabrizio Leone gefunden hat?«, war die nächste Frage.

»Es tut mir leid, aber in Anbetracht der Umstände dürfen wir zum Schutz der Zeugen dazu keine Angabe machen.«

»Können Sie bestätigen, dass Fabrizio Leone in dem Naturpark Gardesana gearbeitet hat? Denn es heißt auch, er sei arbeitslos gewesen und habe auf der Trüffelmesse für ein Restaurant aus Verona mit dem Namen *La Traviata* gearbeitet. Stimmt das?«

»Es tut mir leid, aber ich will auch nicht über das Privatleben von Herrn Fabrizio Leone spekulieren. Wie ich Ihnen bereits mitgeteilt habe, wird in diesem Fall mit Hochdruck ermittelt, und sobald wir mehr Informationen haben, werden wir es Sie wissen lassen. Ich danke Ihnen allen sehr.«

Manchini trat vom Mikrofon zurück und hörte, wie jemand rief:

»Was für eine Arbeit macht ihr Jungs da eigentlich? Jedes Jahr gibt es noch mehr Probleme in Garda und am Gardasee. Habt ihr die Situation überhaupt noch im Griff? Hier gibt es keinen Frieden mehr. Es wimmelt in dieser Region nur so von ausländischen Kriminellen. Wenn die einheimische Bevölkerung diese Banditen nicht selbst rausschmeißt, ist es hier irgendwann schlimmer als in den Ländern, die von Terroristen überrannt werden.«

Manchini kehrte ans Mikrofon zurück und fragte:

»Wessen Kommentar war das? Könnten Sie sich bitte zu erkennen geben?«

Absolute Stille.

Manchini wiederholte:

»Ich würde es sehr begrüßen, wenn sich die Person zu erkennen geben würde, die den letzten Kommentar abgegeben hat.«

Die Journalisten schauten von einem zum anderen, doch niemand reagierte auf die Aufforderung des Kommissars.

»Wie man sieht, ist der Mensch, der diesen Kommentar gemacht hat, nicht mehr da. Oder besser gesagt, wir tun so, als wäre er nie hier gewesen. Desinformation ist eine der größten Gefahren unserer Zeit, und sie soll einen so schönen und reinen Ort wie unseren Gardasee nicht beschmutzen. Wenn derjenige, der gerade gesprochen hat, nicht gern hier lebt, dann soll er am besten weggehen und mit dieser billigen Hetzkampagne aufhören, die nur dazu dient, die Bevölkerung mit falschen Nachrichten zu verunsichern.«

Die meisten Anwesenden nickten bei Manchinis Worten zustimmend mit dem Kopf. Einige begannen sogar zu klatschen.

Manchini erreichte das Büro und ließ sich in seinen Sessel fallen. Er trank die Wasserflasche aus, die auf seinem Schreibtisch stand, und rief beim Bürgermeister von Tignale an.

»Rathaus von Tignale, wie kann ich Ihnen helfen?«, meldete sich die Sekretärin des Bürgermeisters.

»Hier spricht Kommissar Manchini. Aus Bardolino. Wäre es möglich, den Bürgermeister zu sprechen? Es ist dringend.«

»Sie müssen entschuldigen, aber der Herr Bürgermeister ist bereits gegangen und wird heute auch nicht mehr zurückkommen.«

»Dann sagen Sie ihm bitte, er soll mich anrufen.«

»Sagen Sie mir bitte noch einmal Ihren Namen.«

Das darf doch nicht wahr sein, dachte Manchini. »Manchini, Mauro Manchini. Hauptkommissar der Polizei von Bardolino. Sagen Sie ihm, er soll mich bitte dringend anrufen! Heute noch. Vielen Dank!«

»Ja. Natürlich, Herr Kommissar. Ich werde die Information weitergeben. Sobald er verfügbar ist, wird er Sie umgehend anrufen.«

Manchini legte auf, schaute auf den Kalender und zählte die Tage bis zu dem Kreuz, mit dem er den 20. Oktober markiert hatte. 20 Tage bis zur Pensionierung, dachte er. Dein letzter Fall, Manchini, halte durch. Das Segelboot und das angenehme Leben warten auf dich.

13. KAPITEL

Als Luca Conti am Dienstagmorgen zum Frühstück herunterkam, leuchteten Oma Theresias Augen. Er ging auf seine Großmutter zu und gab ihr links und rechts einen Kuss auf die Wange.

»Ich habe dich schon vermisst, mein Schatz. Wo bist du gewesen?«, fragte sie.

»Ein bisschen hier, ein bisschen dort, Oma. Aber nur, um dich neidisch zu machen, sag ich's dir: Ich war gestern in München.«

»München? Das ist doch wohl ein Witz!«

»Ja, ich weiß, deine Lieblingsstadt. Ich liebe München ja auch. Aber leider war ich nur ganz kurz da. Die Fahrt war Teil einer Untersuchung, nur eine kleine Abfrage. Aber es reichte gerade noch, um bei deinem Lieblingsgeschäft vorbeizuschauen und dir dieses kleine Geschenk mitzubringen.«

Oma Theresia erkannte sofort die charakteristische Papiertüte von *Dallmayr*. Als sie sie öffnete und die Pralinenmischung mit ihren Lieblingsgeschmacksrichtungen Schokolade, Kaffee, Vanille und Rum sah, erstrahlte ihr Gesicht in einem glücklichen Lächeln.

»Das wäre doch nicht nötig gewesen, mein Lieber! Ich danke dir. All meine Lieblingssorten! Möchtest du eine Tasse Kaffee?«

»Ja, gern. Aber ich habe es ein bisschen eilig. Ich habe gleich eine Besprechung hier in der Gegend, danach muss ich noch bei Onkel Manchini in Bardolino vorbeischauen und dann nach Tignale fahren.«

»Du bist ja ganz schön beschäftigt. Und was machst du in Tignale?«

»Eigentlich nicht viel. Wieder Untersuchungen und Befragungen von potenziellen Zeugen, und danach muss ich die Protokolle schreiben. Das ist alles.«

»Geht es um den toten Mann im See?«

»Ja, mehr oder weniger. Aber wir haben nichts Konkretes. Wir sind noch dabei, mehr Informationen zu sammeln.«

»Ich habe das Bild in der Zeitung gesehen. Schrecklich, wie er starb. Und dann einfach so im See. Ich bin mir sicher, jemand hat ihn von einem Boot abgeworfen. Man landet doch nicht einfach so mitten im Gardasee. Wer könnte denn so etwas tun?«

»Das genau wollen wir herausfinden«, antwortete Luca, obwohl er sich mit der Frage, wie genau Fabrizio Leone in den See geraten war, noch gar nicht beschäftigt hatte.

»Sei bitte vorsichtig, mein Lieber!«, mahnte die Großmutter.

»Das bin ich doch immer. Mach dir keine Sorgen, Oma.«

»Luca, ich würde dich gern was fragen.«

»Ja, klar. Du darfst mich alles fragen.«

»Ich fürchte, dass du deine Entscheidung, dein Studium auf Eis zu legen, bereuen wirst. Bist du immer noch glücklich, dass du bei der Polizei bist und in der Ausbildung bei deinem Onkel in Bardolino?«

Luca zuckte mit den Schultern, seufzte und antwortete nicht. Eine überraschende Welle unterschiedlicher Emotionen durchlief seinen Körper wie der unkontrollierte Ansturm eines Sturms. Langsam und nachdenklich nippte er an seinem Kaffee.

»Mal sehen, Oma. Ich muss jetzt los!«

Er machte eine winkende Handbewegung, verabschiedete sich von seiner Großmutter und ging. Das Schinken-Käse-Sandwich, das sie ihm zubereitet hatte, nahm er mit.

Vom Autotelefon aus rief er Salvatore an. Doch der ging nicht ran. Nach ein paar Linien Koks und einer Menge Whiskey hatte Salvatore die Nacht auf der Couch eines Freundes verbracht, nur ein paar Blocks von der Wohnung seiner Freundin entfernt. Nun schlief er gerade seinen Rausch aus. Luca hinterließ eine Nachricht:

»Guten Morgen, Salvatore. Luca Conti hier. Ich rufe dich wie vereinbart an, um diese Sache zu besprechen, die dich interessieren sollte. Bitte melde dich bei mir, sobald du diese Nachricht abhörst. Danke.«

Da von Salvatore keine Rückmeldung kam, beschloss Luca, zu der angegebenen Wohnung in Bussolengo zu fahren, um zu prüfen, ob es wirklich eine solche Adresse gab und ob Salvatore auch dort wohnte. Vielleicht war er ja sogar zu Hause. Luca wollte nicht mit seinem Onkel sprechen, bevor er nicht mehr Informationen von Salvatore erhalten hatte. Salvatores Freundin öffnete die Tür nur einen Spalt breit und ließ sie mit der Kette verriegelt. Luca konnte sich einen Blick auf die halbnackte Brust nicht verkneifen, die aus dem nachlässig zugeknöpften Button-down-Hemd hervorlugte. Das verunsicherte ihn, und er errötete, während sie schnell mit der Hand die beiden Hemdhälften zusammenzog. Er stellte sich höflich vor und erklärte ihr sein Anliegen, aber sie sagte, dass sie müde sei und nicht in der Stimmung, Auskunft zu erteilen, und am allerwenigsten über Salvatore. Sie sagte, Salvatore wohne nicht mehr hier. Sie hätten sich gestritten und er sei gestern ausgezogen. Man konnte die Wut spüren, die von ihr ausging, und ihre Verachtung.

»Gut. Dann kann man nichts machen«, sagte Luca enttäuscht. »Entschuldigen Sie nochmals, ich wollte Sie nicht stören.«

»Auch wenn Sie es nicht wollten, haben Sie es doch getan«, beschwerte sich Salvatores Freundin. »Es ist immer der gleiche Mist mit ihm, aber jetzt ist es vorbei. Ich habe ihm nichts mehr zu sagen.«

»Nur eine Frage noch«, hakte Luca nach. »Wissen Sie zufällig, wo er sein könnte? Es ist wirklich wichtig.«

»Dieser Wichser? Spero che il figlio di puttana sia all'inferno!«, war ihre Antwort, und sie knallte die Tür zu.

Salvatore wachte mit starken Kopfschmerzen und dem dringenden Bedürfnis, sich zu übergeben, auf. Der Raum drehte sich. Er blickte auf sein Handy und sah, dass Luca angerufen hatte. Als er die Nachricht abgehört hatte, überlegte er laut: »Ich muss diesen nervigen Conti treffen und diese Geschichte ein für alle Mal beenden. Es ist doch kein Leben, wenn ich diesen elenden Kommissar an der Backe habe. Er lässt sich bestimmt nicht so leicht abschütteln.« Entschlossen drückte er die Rückruftaste.

Nach der kurzen Begegnung mit Salvatores Freundin war Luca unschlüssig, ob er erst nach Verona oder gleich nach Bardolino fahren sollte. Da rief Salvatore an. Sie verabredeten sich im Außenbereich eines Cafés, gleich gegenüber der Wohnung des Freundes, bei dem Salvatore übernachtet hatte.

Luca machte sich sogleich auf den Weg. Als er ankam,

war Salvatore bereits da. Sie bestellten zwei Cappuccini, Salvatore zündete sich eine Zigarette an und sagte:

»Lass uns das ein für alle Mal beenden, ich sage dir, was ich weiß, und du versprichst, mich in Ruhe zu lassen. Ist das klar?«

»Entschuldige bitte, aber ich glaube nicht, dass du in der Position bist, irgendwas zu fordern. Die Beweise, die ich gegen dich in der Hand habe, verschwinden nicht so einfach, vergiss das nicht.«

»Ich werde dir sagen, was ich weiß, aber dann lass mich bitte in Ruhe. Okay? Mann, ich bin fertig mit den Nerven und weiß nicht, wie viel ich noch ertragen kann.«

»Mal sehen, was du mir zu sagen hast. Vor allem musst du mir die Wahrheit sagen. Andernfalls geht das hier nicht gut für dich aus.«

Salvatore nickte, nippte an seinem Cappuccino, nahm einen langen Zug an seiner Zigarette, als wollte er Zeit und Mut gewinnen, und begann dann zu erzählen:

»Der Mann auf dem Foto von der Titelseite der Zeitung ist Fabrizio Leone. Wie er in den See kam und wer ihn getötet hat, weiß ich nicht. Aber er hat herausgefunden, dass dieser Simone Palermo, von dem ich dir erzählt habe, ein Riesengeschäft mit Trüffeln gemacht hat, die er im Park gefunden hat und die von außergewöhnlicher Qualität sind.«

»Reden wir über den gleichen Park, von dem du mir schon erzählt hast?«, fragte Luca Conti.

»Ja. Vom Naturpark Gardesana, nördlich von Navene gelegen.«

»Ich kenne den Park. Erzähl weiter. Was ist passiert?«

»Fabrizio hat Simone erpresst. Er hat ihm gesagt, dass er den Behörden Bescheid gibt, wenn er sich nicht auf einen

Deal einlässt. Wie du dir vorstellen kannst, hatte keiner der für den Park Verantwortlichen auch nur die geringste Ahnung von dem Trüffelfeld, das Simone gefunden hat.«

»Okay, Simone Palermo verkauft also die Trüffel aus dem Park an die Brüder Mantovani aus Verona, ist es das?«

»Ja, aber immer über Maurizio Scali. Ich weiß das, weil ich auch über Scali für die Mantovanis Lieferungen ausfahre. Scali hat mir von diesem Problem zwischen Fabrizio und Simone erzählt. Um Fabrizio zu beruhigen, hat Scali ihm ein paar Prozente abgegeben und ihm einen Job im Zelt-Restaurant von *La Traviata* verschafft, auf der *Sagra-del-Tartufo-Messe* in Tignale. Aber Fabrizio war nicht zufrieden und wollte mehr. Er ging sogar so weit, dass er sich einen Hund gekauft hat und hinter Simones Rücken Trüffel erntete. Er hatte aber Pech, denn eines Nachts hat Simone ihn erwischt, und sie hatten Streit. Simone hat sogar den Hund getreten und ihm eine Pfote gebrochen.«

»Lieber Himmel! Wer macht denn so was?«, rief Luca aus.

»Ja, nach allem, was Maurizio Scali mir erzählt hat, ist Simone ein skrupelloser Mensch. Als er und Simone die Lieferung für München einpackten, tauchte Fabrizio auf, und es gab wieder Streit. Scali wollte sich nicht mit Fabrizio anlegen, du weißt ja, sie sind beide aus Tignale, sie kennen sich seit ihrer Kindheit, also hat er versucht, den Streit zu schlichten. Aber jetzt, da du mir das Foto in der Zeitung gezeigt hast, scheint es mir eher so zu sein, dass der Streit eskaliert ist und Simone die Schnauze voll hatte von Fabrizio. Ist eigentlich doch auch logisch, oder?«

»Und du glaubst, dass das passiert ist, oder weißt du, dass das passiert ist?«, fragte Luca.

»Na ja, das hat Scali mir so erzählt.«

»Besitzt Maurizio Scali ein Boot?«

»Oh ja. Sogar zwei.«

»Und Simone Palermo? Hat der auch ein Boot?«

»Ja, natürlich. Sogar Fabrizio hatte ein Boot. Ein kleines. Fast jeder, der hier am See wohnt, hat ein Boot. Ist doch logisch, oder?«

»Kannst du mir die Adresse von Simone Palermo geben, oder muss ich sie selbst herausfinden?«

»Ich geb sie dir. Aber nur, wenn du mich dann in Ruhe lässt.«

»Das werden wir noch sehen«, sagte Luca nachdenklich, während er auf den Kontakt blickte, den Salvatore ihm auf seinem Handy-Display zeigte: Via Navene Vecchia, Campagnola.

»Das ist südlich von Navene und dem Naturpark Gardesana und nördlich von Malcesine«, erklärte Salvatore, als wollte er das Gespräch beenden.

»Okay. Schick mir den Kontakt. Ich werde dann schon sehen, ob du mir die Wahrheit erzählst.«

»Ich schwöre, das ist alles, was ich weiß.«

»Du schwörst besser nichts, denn wenn du mich hier verarschst, bin ich fertig mit dir.«

Salvatore zündete sich eine weitere Zigarette an, nahm einen kräftigen Zug und blies den Rauch in den Himmel.

»Kann ich jetzt gehen oder willst du mich noch weiter ausquetschen wie eine Zitrone?«

Luca antwortete nicht. Er ließ fünf Euro auf dem Tisch liegen, stand auf und ging, ohne einen Blick zurückzuwerfen, zu seinem Pick-up. Salvatore stand ebenfalls auf und stolperte hastig und immer noch etwas schlaftrunken hinter Luca her. Als der bereits in den Wagen stieg, rief er:

»Hey! Ihr da bei der Polizei, ihr habt doch auch eine Menge Dreck am Stecken. Skrupellose Bastarde seid ihr!«

Er trat an den Pick-up und schimpfte weiter: »Du Bastard! Sorg bloß dafür, dass sie mich in Ruhe lassen, damit das nicht böse endet. Die meisten von euch sind doch auch nur ein Haufen Korrupte in Verkleidung!«

Luca tat so, als hätte er nichts gehört, schluckte seinen Stolz hinunter und dachte, Salvatore könnte vielleicht sogar recht haben. Es war nicht alles rosig bei der Polizei, und viele Probleme, die es in der italienischen Gesellschaft gab, gab es auch bei der Polizei und erschwerten die Arbeit. Auch das blinde Vertrauen in die Rechtschaffenheit der Polizei gehörte der Vergangenheit an, und immer mehr Menschen stellten ihre Unparteilichkeit infrage. Der Machtmissbrauch war zu eklatant, und nun fing selbst ein Großteil der Bevölkerung an, ein gewisses Misstrauen zu hegen. Er schüttelte den Kopf, machte die Tür zu und fuhr los. Als er am Ende der Straße abbog, führte Salvatore immer noch Selbstgespräche, machte alles und jeden nieder, als könnte er so die Wut, die in ihm kochte, loswerden.

Bevor Luca nach Bardolino fuhr, um seinen Onkel zu treffen und ihn über den Fall zu informieren, wollte er noch nach Campagnola fahren, um bei Simone Palermo vorbeizuschauen. Er wollte sichergehen, dass Salvatore ihm keinen Bären aufgebunden hatte. Er gab die Adresse in sein GPS ein und fuhr los. Es war wenig Verkehr auf der SR249, und so fuhr er an der Ostküste des Gardasees die fast 50 Kilometer bis zur Via Navene Vecchia entlang.

14. KAPITEL

Das Haus von Simone Palermo war leicht zu finden. Nach dem *Majestic Palace Hotel* waren es, genau wie Salvatore Contesti gesagt hatte, nur noch ein paar Hundert Meter. Das Grundstück lag auf der rechten Seite der Straße. Es handelte sich um ein freistehendes Haus mit nicht vollendeten Anbauten und teilweise unverputzten Außenwänden. An dem Balkon im Obergeschoss musste das Geländer noch fertiggestellt werden. Rund um das Grundstück sah es so aus, als wären hier und da kleine Bomben explodiert. Sie hatten ein chaotisches Durcheinander von Baumaterialien hinterlassen, die sich mit der Zeit in Müllberge verwandelt hatten. Es gab einen Zementmischer, umgeben von Zementsäcken, von denen einige bereits aufgeplatzt waren, und jede Menge weitere Materialien. Auf der einen Seite des Hauses war es bei der Absicht geblieben, Bäume zu pflanzen, die Umschichtungen der Erde waren noch zu sehen und Gerätschaften standen herum. Auf der anderen Seite war eine sehr große Ausschachtung zu erkennen. Das war wohl mal ein Pool gewesen. Die Wände waren voller Schlamm, und der Boden war übersät mit gelblichem Laub und Müll. Ein Sprungbrett ragte auf eineinhalb Metern einsam in den Abgrund hinein. Überall lag altes Eisen herum. Es gab auch einen Traktor, der aussah, als wäre er zu lange in Betrieb gewesen, und ein altes verrostetes Auto mit vier platten Reifen. Über dem gesamten Grundstück schwebte eine graue Wolke aus Staub und Zement, die der Wind immer wieder hochwirbelte.

Simone Palermo war ein Emporkömmling, der mit seinen eigenen Wünschen an das Leben nicht hatte mithalten können. Er wollte Großes erreichen, verlor sich aber zwischen Anspruch und Wirklichkeit und lebte weit über seine Verhältnisse. Das Grundstück und das Haus hatte er wegen eines Versprechens erworben, das er seiner großen Liebe bei der Verlobung gemacht hatte. Die Ehe, aus der ein behindertes Kind hervorgegangen war, war nach der Hochzeit nur noch ein verzweifelter Kampf gewesen, der die Liebe des Paares auf eine harte Probe stellte und den beiden einige Probleme und vor allem jede Menge Rechnungen bescherte, die sie bezahlen mussten. Als Simone Palermo durch eine glückliche Fügung über das riesige Trüffelfeld im Naturpark Gardesana stolperte, sandte er ein Dankgebet zum Himmel und zur Jungfrau Maria. Er glaubte wieder an die Gunst des Lebens und daran, dass seine Zeit nun gekommen sei. Das Feld war für ihn die Lösung sämtlicher Probleme. Zuerst grub er einige Trüffel aus, nahm sie einfach mit nach Hause und verkaufte sie an ausgewählte Personen. Als er jedoch begriff, dass die Menge an Trüffeln, die das Feld hergab, schier unermesslich war, schien es ihm an der Zeit zu sein, seinem Freund Maurizio Scali von dem Fund zu berichten. Für Scali, der sich im Gourmet- und Cateringgeschäft bestens auskannte, war Palermos Entdeckung wie ein Wunder, das ohne ein einziges Gebet vom Himmel fiel. Maurizio Scali besuchte den Park, begutachtete das Trüffelfeld, und sie gingen eine Partnerschaft für die Suche und Lieferung der Trüffel ein. Das Geschäft lief von Anfang an großartig, bis der Ranger Fabrizio Leone, der das Arrangement der beiden entdeckt hatte, mit seinen Forderungen und Erpressungen alles zunichtemachte.

Nachdem Luca an dem Grundstück in Richtung Süden vorbeigefahren war, hielt er den Pick-up auf der anderen Straßenseite in 100 Meter Entfernung an. Er beschloss, das Haus zunächst einmal unter die Lupe zu nehmen. Dazu ging er einen schmalen Pfad entlang, der um das Haus herum zu dessen Rückseite führte. Dadurch hatte er die Möglichkeit, Simone Palermo zu überraschen, falls dieser zu Hause wäre, statt selbst überrascht zu werden. Irgendetwas sagte ihm bei näherer Betrachtung jedoch, dass das Haus leer war. Ein alter Traktor und ein Auto mit platten Reifen waren sicherlich nicht die Transportmittel für jemanden, der in einem Haus so weit draußen lebte. Luca kletterte über den Eisenschrott, der hinter dem Haus herumlag, und näherte sich der Hintertür. Er klopfte dreimal und wartete. Nichts. Das einzige Geräusch, das die Stille durchbrach, war das der von Zeit zu Zeit vorbeifahrenden Autos auf der Hauptstraße. Er versuchte, den Türgriff herumzudrehen, und zu seiner Überraschung ging die Tür auf. Sie öffnete sich mit einer solchen Selbstverständlichkeit, dass Luca sich irritiert umsah. Er zögerte kurz und trat dann vorsichtig und leise ein. Ohne sich bemerkbar zu machen, ging er durch den schmalen Flur an der Küche vorbei zu einem Zimmer, das aussah wie das Wohnzimmer. Plötzlich zerriss der laute Klingelton seines Handys die Stille.

»Verdammt!«, entfuhr es Luca, und er versuchte fast panisch, sein Handy aus der Hosentasche zu ziehen, als ihn ein brauner Hund mit voller Wucht ansprang und auf den Wohnzimmerboden warf. Der Labrador attackierte ihn am Hals und drückte ihm die Pfoten auf die Brust. Luca wehrte den Kopf des Hundes mit beiden Händen ab und registrierte, dass er einen Maulkorb trug.

»Was, zum Teufel, soll das?«, brüllte Luca zwischen den Attacken des Hundes und packte ihn am Halsband, um ihn sich vom Leib zu halten. Er drückte den hechelnden Hund von sich weg und atmete auf. Dann hielt er kurz inne und versuchte, sich zu beruhigen, während das aggressive Schnauben des Hundes den Raum erfüllte.

Er hielt den Hund auf Abstand und fischte sein Handy aus der Hosentasche. Der Anruf war von Onkel Manchini gewesen. Luca beruhigte den Hund mit einigen Streicheleinheiten an Kopf und Rücken und sprach mit ihm.

»Ruhig, ruhig, alles ist gut!«, flüsterte er ihm zu und wurde dabei auch selbst ruhiger.

Was für ein Schreck, dachte Luca. Er stand auf und ging zum Fenster, von dem aus er den Vorgarten des Hauses überblickte. Es gab keinen Hinweis darauf, dass jemand angekommen oder auf seine Anwesenheit aufmerksam geworden war. Luca atmete tief durch. Er bemerkte, dass der Hund ihm folgte, dabei aber eines seiner Hinterbeine auffällig nach oben zog und nicht damit auftrat.

Oh mein Gott! Das muss der Hund von Fabrizio Leone sein, dachte Luca, als er den Labrador auf sich zu humpeln sah. Sein Handy klingelte erneut. Luca tätschelte den Hund vorsichtig und antwortete mit einem »Hallo?«

»Hey, Luca, wo warst du? Ich dachte, du würdest heute Morgen vorbeikommen.«

»Ja, Onkel Mauro. Ich wollte ja, aber nachdem ich mich mit Salvatore getroffen hatte, ist etwas Unvorhergesehenes passiert.«

»Und? Was sagt Salvatore? Hat er dir irgendwelche Informationen gegeben?«

»Es ist kompliziert. Ich erzähl dir später alles. Ich mach mich gleich auf den Weg zu dir.«

»Der Bürgermeister von Tignale hat mich gerade angerufen. Die Beerdigung von Fabrizio Leone ist heute Nachmittag. Um 16 Uhr.«

»Das muss der Grund sein, warum hier niemand zu Hause ist«, dachte Luca laut.

»Was hast du gesagt? Ich habe dich leider nicht verstanden. Bist du im Auto?«

»Nein, nein. Ich bin im Haus von Simone Palermo.«

»Wie? Im Haus von Simone Palermo? Bist du verrückt geworden? Was machst du da?«

»Nun, nach allem, was Salvatore mir erzählt hat, denke ich, dass Simone Palermo uns eine Menge zu erklären hat. Ich wollte eigentlich nur mit ihm reden. Aber er ist nicht da. Dass er in diesen Trüffelhandel verwickelt ist, ist so gut wie sicher. Ob er aber auch was mit dem Tod von Fabrizio Leone zu tun hat, müssen wir herausfinden.«

»Nun rede schon Klartext, Mann. Du sprichst ja schon wie ein pensionierter Polizist. Sag mir genau, was Salvatore dir erzählt hat. Und verschwinde umgehend aus diesem Haus. Hast du mich verstanden?«, brüllte Manchini ins Telefon.

»Ja, hab ich«, gab Luca kleinlaut zurück. »Ich bin auch gleich weg. Er hat so einiges gesagt. Weißt du was? Ich denke, wir sollten Simone Palermo so schnell wie möglich zu einer Aussage bei der Polizei bringen, bevor er noch mehr anstellt. Ich glaube, er kann uns viel sagen, und im Moment ist er ein nervöses Wrack, da können wir viel rauskriegen.«

»Okay, wenn du dir so sicher bist, wäre es vielleicht keine schlechte Idee.«

»Palermo ist nicht zu Hause. Aber ich glaube, ich weiß, wo er sein könnte. Das Haus ist komplett leer. Nur ein Labrador ist hier, der mich sofort angesprungen hat, als ich hereinkam.«

»Ein Hund? Verschwinde sofort aus diesem Haus, Luca. Mach, dass du da wegkommst. Und beeil dich!«

»Okay, okay. Ich geh gleich raus. Aber das ist bestimmt der Hund, dem Simone Palermo in dem Streit mit Fabrizio Leone die Pfote gebrochen hat. Salvatore hat mir doch von dem Hund erzählt. Weißt du was? Ich glaube, Palermo ist auf der Beerdigung von Fabrizio.«

»Da könntest du recht haben. Aber jetzt hör mir mal genau zu, Luca. Du verschwindest jetzt, so schnell du kannst, aus dem Haus und fährst zu unserem Bootshaus in Bardolino. Dort nimmst du mein Boot, das Motorboot, und fährst nach Tignale. Du weißt ja, wo der Schlüssel ist. Ich schicke zwei Polizisten, die nachsehen sollen, ob Simone Palermo bei der Beerdigung ist.«

»Alles klar. Bin schon unterwegs.«

»Gut. Ich melde mich bei dir. Bis dann.«

Luca legte auf. Als er sich umdrehte und gerade das Haus verlassen wollte, begegnete er dem treuherzigen Blick des Hundes, der ihn erwartungsvoll ansah. Er konnte nicht widerstehen und rief den Hund zu sich heran, indem er sich mit der flachen Hand kurz auf den Oberschenkel klopfte. Der Hund kam schwanzwedelnd angehinkt.

»Oh, Mann. Was mach ich jetzt mit dir?«, sagte Luca zu dem Hund, der ihm immer noch in die Augen sah, als würde er um einen Gefallen betteln.

»Na, dann komm!«, gab Luca nach, und sie verließen gemeinsam das Haus. Luca zog die Tür hinter sich ins

Schloss, nahm seinen Gürtel ab, zog ihn durch das Halsband des Tiers und führte den Hund so zum Pick-up.

Er legte die 30 Kilometer vom Haus Simone Palermos bis zum Bootshaus seines Onkels in Bardolino in einer halben Stunde zurück. Das Bootshaus am Ufer des Sees hatte er schon immer geliebt, und auch heute noch verbrachte er viel Zeit dort, da in dem Bootsschuppen sein Surfbrett war, das ihm am meisten Freude bereitete. Beim Betreten des Hauses wusste Luca jedoch, dass er jetzt keine Zeit vertrödeln durfte. Er holte Brot und Wurst aus der Küche, füllte eine Schale mit Wasser und fütterte den Hund, den er auf der Terrasse mit einer langen Schnur anleinte. Dann lief er zum Steg und sprang, begleitet vom lauten Winseln des Hundes, ins Boot. Luca drehte den Zündschlüssel um und fuhr los. Er steuerte das Motorboot mit ein paar Knoten über der auf dem See erlaubten Geschwindigkeit in nördliche Richtung zum Porto di Pra dela Fam, dem kleinen Hafen von Tignale. Als er sich der eindrucksvollen, die schmale Hafeneinfahrt überragenden Bergkulisse näherte, warf er einen Blick auf die Uhr: Er war gut in der Zeit und würde es mit einer kleinen Verspätung noch zur Beerdigung schaffen. Beim Einlaufen rief er noch vom Boot aus bei dem Taxiunternehmen von Tignale an und orderte einen Wagen zum Hafen. Er legte an, vertäute das Motorboot mit Vor- und Heckleine und ging an Land. Ungeduldig wartete er auf das Taxi und blickte sich im Porto di Tignale um.

Wo bleibt nur das Taxi, murrte Luca innerlich. Geduld gehörte nicht zu seinen Stärken. Er ließ seinen Blick über den See gleiten und erinnerte sich an die Tage in seiner Kindheit, wenn Onkel Mauro ihm von den Seeleuten erzählte, die in diesem Hafen Schutz vor den tobenden Stürmen fanden. Nicht selten mussten die Gestrandeten hier notgedrungen mehrere Tage ohne Nahrung ausharren, bis sich die Winde des Gardasees wieder beruhigt hatten und eine Weiterfahrt möglich war. Nur der Name *Pra dela Fam*, die Hungerwiese, zeugte noch von diesen vergangenen Zeiten.

Wenn das Taxi noch länger braucht, geh ich zu Fuß. Sonst riskiere ich auch, hier zu verhungern, ärgerte sich Luca in Gedanken. Er wurde jedoch noch im selben Augenblick erlöst, als er den Wagen in die Hafeneinfahrt einbiegen sah.

Fabrizio Leones Beisetzung konnte nur im Santuario di Montecastello erfolgen, war er doch in Tignale geboren und hatte dort seine Kindheit und sein gesamtes Leben verbracht. Die Wallfahrtskirche aus dem 17. Jahrhundert, die in atemberaubender Lage circa 700 Meter hoch über dem Gardasee thronte, war nur wenige Schritte von seinem Haus entfernt. Die Einwohner von Tignale waren darüber informiert worden, und etwa 200 Menschen, darunter Familie und Freunde, fanden sich zum letzten Geleit für den Ranger ein.

Der Nachmittag war noch sonnig, und der milde Wind, der über den fast senkrecht zum See abfallenden Felsvorsprung, auf dem die Kirche stand, strich, wirkte warm und tröstlich und linderte die Trauer der Anwesenden. Der Bürgermeister, der es sich nicht hatte nehmen lassen zu kommen, traf verspätet nach dem kurzen Gottesdienst auf dem etwas weiter unten gelegenen Friedhof ein. Lächelnd trat er auf die Menge zu, als wäre er gerade im Wahlkampf. Er umarmte Bekannte, richtete Grüße an alle noch lebenden Seelen aus und winkte selbstgefällig in die Menge. An seiner Seite schritt Maurizio Scali, und er verströmte eine Arroganz, die die Menschen aus Tignale verabscheuten. Er grüßte niemanden, ließ seinen Blick über die Menge schweifen und war eher damit beschäftigt, die Anwesenden zu begutachten, als der Familie und den Freunden Fabrizio Leones sein Beileid zu bekunden. Die Letzte, die den Friedhof betrat, war Lucia, von Kopf bis Fuß in Schwarz gekleidet. Sie ging Arm in Arm mit ihrem Vater, der seine Nervosität hinter einem sorgenvollen Stirnrunzeln verbarg. Er konnte sich einfach nicht verzeihen, dass er eine solche Ehe zugelassen hatte. Zwar hatte er seine Tochter gewarnt, dass Fabrizio Leone nichts tauge, doch sie hatte sich, blind vor Liebe, für ihn entschieden. Jetzt ging es darum, erhobenen Hauptes durch diese Menschenmenge zu gehen und den Mut aufzubringen, sich der traurigen Situation zu stellen. Er überlegte auch bereits, wie er für seine in den besten Jahren ihres Lebens verwitwete Tochter sorgen konnte. Es belastete ihn sichtlich, dass er und seine Familie zum beherrschenden Gesprächsthema von Tignale geworden waren.

Das Beerdigungsritual von Fabrizio Leone hatte weder eine Totenwache für den Verstorbenen noch eine Prozession zur Kirche beinhaltet. Sein Leichnam war direkt nach der Autopsie in die Kirche und nach dem kurzen Gottesdienst ans Grab gebracht worden. Der Friedhof von Tignale befand sich abseits des Dorfzentrums unterhalb der Wallfahrtskirche. Am steilen Westufer war der Boden äußerst knapp, und so ruhten die Toten in ihren Grabnischen alle dicht beieinander wie Bienenwaben, vier- oder fünfstöckig übereinandergetürmt in einer Reihe entlang der Friedhofsmauer. In dem von Zypressen umstandenen Gelände konnte man an den Steinplatten der Schiebegräber die Namen und Bilder der Verstorbenen aus den Familien Tignales sehen: Fava, Tosi, Giradi, Rosatti. Fabrizio wurde in einem der wenigen Gräbern im Boden, das kürzlich frei geworden war, bestattet. Dort sprach der Priester gerade das Trauergebet und formulierte eine letzte Bitte: »Mögen seine Seele und die Seelen aller Gläubigen, die durch Gottes Barmherzigkeit von uns gegangen sind, in Frieden ruhen.« Abschließend ließen die Totengräber den Sarg mit der gewohnten Würde und Ehrfurcht in das Grab hinab.

Lucia warf einen Strauß roter und weißer Rosen ins Grab und fiel schluchzend auf die Knie. Ihr Vater stützte sie hilflos von der Seite. Das Weinen und Wehklagen einiger Anwesender wandelte sich jedoch schnell zu Getuschel, als ein Polizeiauto eintraf. Die beiden Polizisten, die aus Höflichkeit ihre Kappen unter den Armen trugen, gingen die kleine Rampe zum Friedhof hinab und postierten sich hinter den Trauergästen. Ein Raunen ging durch die Menge, und das Gerücht, dass die Polizisten wegen Simone Palermo gekommen seien, machte flüsternd die Runde. Unruhe kam auf. Die Trauergäste fingen an zu tuscheln und stellten die verschiedensten Theorien auf, warum die Polizei zur Beerdigung gekommen war. Lucias Vater half seiner Tochter aufzustehen und umarmte sie, als wollte er verhindern, dass sie die Anwesenheit der beiden Polizisten bemerkte. Als die ersten Trauergäste den Friedhof Richtung Parkplatz verließen, näherten sich die beiden Polizisten Simone Palermo. Dieser blickte an der Seite seiner Frau, die den Rollstuhl mit seinem Sohn schob, gedankenverloren in die Runde. Einer der Polizisten trat zu der Familie und sprach Simone Palermo, der immer noch abgelenkt schien, an:

»Entschuldigen Sie, Herr Palermo?«

Der Angesprochene drehte sich um und sah in lauter neugierige Gesichter, die durchdringende Blicke auf ihn richteten. Er schaute seine Frau und seinen Sohn an, der in seinem Rollstuhl schlief, und fragte gespielt unbekümmert:

»Ja, was wollen Sie von mir?«

»Wir müssen Sie bitten, mit uns zu kommen.«

»Und warum? Was ist passiert? Warum sollte ich mit Ihnen kommen?«

»Wir werden es Ihnen gleich erklären. Aber am besten folgen Sie uns jetzt.«

»Mein Gott, schämen Sie sich denn nicht, einfach so eine Beerdigung zu stören? Was denken Sie sich nur?«

»Vielleicht sind Sie ja derjenige, der keine Scham kennt«, sagte der andere Polizist, der etwas weiter hinten stand.

Die Polizisten, jeder auf einer Seite, packten Simone Palermo an den Ellbogen, der prompt zu schreien anfing:

»Lasst mich los! Fasst mich nicht an! Was wollen Sie von mir? Lassen Sie meine Hand los! Lassen Sie mich los!«

Daraufhin legte einer der Polizisten Simone Palermo Handschellen an und schob ihn unter den Blicken der tuschelnden Trauergäste zum Ausgang. Sie konnten es nicht fassen, dass die Polizei einfach so eine Beerdigung störte, um jemanden festzunehmen. Simone Palermo blickte über die Schulter zurück zu seiner schreienden Frau, die sich die Hände an den Kopf hielt, und zu seinem Sohn, der immer noch schlief. Er blickte Maurizio Scali an, der bewusst wegsah und einen Wortwechsel mit dem Bürgermeister begann. Plötzlich spürte er ein paar trommelnde Schläge auf seinem Rücken und hörte Lucias verzweifelte Schreie:

»Du Dreckskerl! Wie konntest du meinen Mann töten! Du Scheißkerl!«

»Beruhigen Sie sich bitte!«, sagte einer der Polizisten, nunmehr überzeugt, dass es doch eine schlechte Idee gewesen war, Simone Palermo bei der Beerdigung zu überraschen.

Lucias Vater packte seine Tochter an den Armen, zog

sie zurück und hinderte sie daran, weiter auf Palermo einzuschlagen.

»Ganz ruhig, Lucia. Bleib ruhig. Das ist nicht der rechte Moment für ein solches Geschrei. Diese Polizisten machen ihre Arbeit, das ist alles.«

Lucia ließ sich von ihrem Vater umarmen und klagte laut: »Mein lieber Fabrizio! Was haben sie nur mit meinem armen Fabrizio gemacht? Mein lieber Fabrizio!«

Der Bürgermeister und Maurizio Scali blieben etwas zurück und gingen, ins Gespräch vertieft, ein paar Schritte abseits des Weges, als hätten sie nichts mit dem Chaos auf dem Friedhof zu tun. Die Menge aber blieb vor dem Friedhof stehen und sah zu, wie die Polizisten mit Simone Palermo in Handschellen zu dem Polizeiauto gingen, das vor dem Eingang geparkt war. Plötzlich löste sich Lucia aus den Armen ihres Vaters und rannte zum Polizeiwagen. Einer der Polizisten ließ Simone Palermo gerade hinten einsteigen. Sie stieß den Polizisten weg, warf die Tür mit voller Wucht zu und spuckte durch das offene Fenster in Simone Palermos Gesicht.

»Figlio di puttana! Criminale! Morirai all'inferno, fottuto bastardo!«

Es war ein totales Durcheinander. Die beiden Polizisten stiegen schnell ein und verriegelten Fenster und Türen. Einige von Lucias Freunden und ihre Familien umringten das Auto und hinderten es am Wegfahren. Sie fingen an, es mit Stößen von einer Seite zur anderen zu schaukeln, bis die Polizisten schließlich die Sirene einschalteten und so schnell losfuhren, dass einige, die vor dem Auto gestanden waren, hastig zur Seite springen mussten, um nicht überfahren zu werden.

Luca hatte alles von Anfang an miterlebt. Von dem Augenblick an, als die Anwesenden die Kirche verließen und der Bürgermeister in Begleitung Maurizio Scalis eintraf. Er war mit dem Taxi vom Porto di Tignale gekommen und stand nun etwas abseits unter einem großen Baum am Friedhof. Der Drang, seinen Onkel anzurufen, war groß, er wollte ihn fragen, wer diese idiotischen Polizisten waren, die Simone Palermo ohne jegliche Rücksicht und Respekt mitgenommen hatten. Doch jetzt richtete sich seine Aufmerksamkeit auf die restlichen Trauergäste. Sein Interesse war geweckt worden, als er Maurizio Scali in der Menge entdeckt hatte. Nun beobachtete er ihn und den Bürgermeister, die gewartet hatten, bis alle gegangen waren. Die beiden stiegen in ein Porsche Cabrio und fuhren los in Richtung der Dorfmitte von Tignale. Luca trug dem Taxifahrer, der ein Stück weiter am Friedhofstor gewartet hatte, auf, ihnen zu folgen. Der Porsche hielt vor dem Rathaus, die Männer stiegen aus und gingen hinein. Luca dokumentierte den Moment mit seinem *iPhone*. Es war 17.30 Uhr, und er bat den Taxifahrer, ihn zurück zum Hafen zu bringen.

Auf der Rückfahrt über den See fuhr Luca langsam. Sacht glitt das Boot durch das Wasser, während er in Gedanken die Ereignisse des Tages Revue passieren ließ. Die Traurigkeit und die Verzweiflung, die Lucia an diesem Tag empfunden haben musste, bedrückten ihn. Und auch die Tage davor, in denen sie erfuhr, dass ihr Mann auf so grausame Weise getötet und in den See geworfen worden war, mussten furchtbar für sie gewesen sein. Luca fragte sich, ob es voreilig gewesen war, seinen Onkel dazu zu bringen, Simone Palermo zum Verhör auf die Polizeiwache zu holen. Die Unsicherheit und der auffrischende Wind ließen ihn am ganzen Körper zittern, und ein vages Schuldgefühl überkam ihn.

Aber so war es nun mal, dachte er sich, die Polizei verhaftet, um zu verhören, und es gab keinen Grund für diese Schuldgefühle, denn wenn der Verdächtige wirklich ein Verbrecher war, könnte ihm ja morgen schon jemand anderes zum Opfer fallen. Luca dachte an den Hund, der auf ihn wartete, drosselte den Motor und erkannte bald schon in der Ferne die vagen Umrisse des Bootshauses von Bardolino.

15. KAPITEL

Als Luca die Geschwindigkeit verringerte und das Boot näher heranfuhr, um es am Steg des Bootshauses festzumachen, sah er sofort, dass Onkel Mauro einen neuen Freund gefunden hatte. Sie kamen beide zum Steg. Kommissar Manchini half beim Anlegemanöver und beim Vertäuen des Bootes, und der Hund, der auf drei Beinen umherhumpelte, bellte und wedelte überglücklich mit dem Schwanz. Er begrüßte Luca so überschwänglich, als hätte er ihn schon immer gekannt und wäre ein Freund fürs Leben.

»Ich bin froh, dass du hier bist, Luca. Ich habe mich schon gefragt, was dir passiert sein könnte.«

»Mach dir nicht immer so viele Sorgen, Onkel Mauro! Es war nichts. Aber, um ehrlich zu sein, die Polizisten, die Simone Palermo verhaftet haben, waren echte Deppen!«

»Aber was ist denn passiert?«

»Vielleicht sollte ich es dir ja lieber nicht erzählen. Aber das war wirklich eine Schande. Man platzt nicht einfach so in eine Beerdigung.«

»Wie meinst du das?«

»Es war so was von peinlich, schlimmer als in einem schlechten Film. Ich dachte, man hätte ihnen gesagt, dass sie warten sollen, bis die Beerdigung vorbei ist. Und dass sie sich dann erst respektvoll nähern, ohne viel Aufhebens. Aber nein. Die beiden Idioten sind sofort in den Friedhof

reinmarschiert und zielstrebig auf Simone Palermo zuge-
gangen, kurz nachdem der Sarg hinuntergelassen worden
war. Vor den Augen seiner Frau und seines Sohnes, einem
Kind im Rollstuhl, haben sie den Mann so weit gebracht,
dass er ausfällig wurde und sie ihm Handschellen anlegen
mussten. Und das vor allen Leuten!«

»Das darf doch nicht wahr sein!«, rief Manchini frustriert aus. »Ich habe ihnen noch gesagt, sie sollen extra vorsichtig sein, weil die Situation heikel ist. Vielleicht hätte ja
doch besser die Polizei von Bardolino die Verhaftung vorgenommen!«

»Ja, natürlich, Onkel Mauro. Aber du konntest ja nicht
wissen, dass die Typen von Tignale mit der Sache nicht
umgehen konnten. Das war wirklich voll daneben. Ich
wusste nicht, was ich tun sollte. Ich wollte mich nicht zu
erkennen geben, aber ich war auch so wütend auf diese pein-
lichen Idioten, dass ich ihnen am liebsten eine …«

»Okay. Okay. Ist ja gut. Wir vergessen die Sache besser.
Das bringt uns jetzt nicht weiter«, unterbrach ihn Mauro
Manchini. »Sag nicht, dass das der Hund von heute Vor-
mittag ist! Ist es der aus dem Haus von Palermo?«

»Ja, genau. Der war im Haus von Simone Palermo. Das
war der Hund von Fabrizio Leone, da bin ich mir sicher.«

»Was? Ach du meine Güte! Ist das wahr?«

»Jup!«

»Er sieht prächtig aus, aber anscheinend hat er eine harte
Zeit hinter sich.«

»Das stimmt wohl. Fabrizio hat sich gedacht, wenn er
einen Hund hat, der die Trüffel aufspürt, wäre er besser
im Geschäft. Aber Simone Palermo hat ihn auf frischer
Tat ertappt, sie haben sich gestritten, und am Ende hat er
den Hund getreten. Das Ergebnis ist das, was du siehst.«

»Und all das hat dir dieser Salvatore Contesti erzählt?«

»Das und noch viel mehr. Salvatore hat mir auch erzählt, dass Simone Palermo für die Trüffelsuche zwei Spürhunde hat. Aber bei ihm zu Hause habe ich nur diesen einen hier gefunden. Das ist merkwürdig. Ich werde dir alles erzählen. Aber zuerst sollten wir den Hund zum Tierarzt bringen. So wie die Pfote aussieht, dürfen wir keine Zeit mehr verlieren.«

»Du hast recht. Es ist höchste Zeit. Lass uns zu Rafael, unserm Nachbarn, gehen. Er ist einer der besten Tierärzte, die ich kenne, und seine Praxis ist direkt neben dem Kommissariat. Er kümmert sich bestimmt gut um den Hund und tut das Beste für ihn.«

»Aber wie brutal und unsensibel muss man sein, um einem Hund so etwas anzutun?«

Mauro Manchini gab keinen Kommentar dazu ab und zuckte nur mit den Schultern, aber letztlich dachte er genau das, was Luca aussprach:

»Simone Palermo muss eine Bestie sein. Ich wäre nicht im Geringsten überrascht, wenn er auch derjenige wäre, der Fabrizio Leone ausgeschaltet hat.«

»Luca, solche Gedanken sollte man nicht laut äußern!«, rügte der Kommissar Luca und fuhr fort: »Mal schauen, was sie morgen im Verhör aus ihm herausholen können. Danach sehen wir weiter.«

»Ich weiß, Onkel. Aber du siehst doch, worauf das hinausläuft, oder?«

»Nein!«, sagte der Kommissar, lauter als nötig. »Man zieht keine voreiligen Schlüsse. Die Welt ist voll von voreiligen Schlüssen und Gefängnissen, in denen unschuldige Gefangene sitzen. Wir müssen gründlich recherchieren. Ohne Beweise ist alles nichts wert. Lassen wir es ruhig angehen. Morgen wissen wir mehr, und dann sehen wir weiter. Und falls Simone Palermo dem Haftrichter vorgeführt werden muss, dann spielt sowieso eine andere Musik. Beruhige dich, mein Junge.«

Luca runzelte die Stirn, aber er wusste, sein Onkel hatte recht. Um das Gesprächsthema zu wechseln, sagte er:

»Es ist schon eine Weile her, dass wir hier eine gute Grillparty veranstaltet haben.«

»Das ist wahr. Hast du Lust auf eine am nächsten Wochenende?«

»Natürlich! Ich bin dabei! Und wenn du was mit Trüffeln kochen willst, da kenne ich jetzt jemanden, der sie dir besorgen kann«, gab Luca verschmitzt zurück. Kommissar Manchini lachte laut. Er gab Luca einen Klaps auf den Rücken, nahm den Gürtel, der dem Hund noch immer als Halsband diente, und mahnte zum Aufbruch.

»Onkel Mauro, wenn es dir nichts ausmacht, den Hund zum Arzt zu bringen, bleibe ich noch eine Weile hier. Der Abend ist so schön, und ich glaube, ich könnte ein bisschen Wind im Gesicht vertragen. Ich würde gern noch eine Runde surfen.«

»Okay. Wie du willst. Aber vergiss nicht, Oma Theresia anzurufen, du weißt, dass sie sich den ganzen Tag Sorgen um dich macht. Schaust du dann morgen beim Tierarzt vorbei und siehst nach dem Hund?«

»Klar!« Luca nickte und winkte Onkel Mauro zum Abschied zu.

Luca surfte noch eine Stunde lang in akrobatischen Manövern und einigen Flips über den See. Der Wind war nicht stark und konstant, doch hin und wieder gab es Böen, die ihn an seine Grenzen brachten und bei denen die Herausforderung, auf dem Brett das Gleichgewicht zu halten, sehr hoch war. Irgendetwas sagte ihm, dass der Tag damit noch nicht zu Ende war. Nachdem er nun so viel über das Restaurant *La Traviata* gehört hatte, beschloss er, nach Verona zu fahren. Er wollte wissen, ob das Lokal den guten Ruf, den es genoss, auch verdiente.

Als Luca seinen Pick-up in einer der Straßen anhielt, die zur Piazza Brà führten, war es bereits 22 Uhr. Einige Touristen schlenderten umher, andere saßen auf den Bänken und genossen das fröhliche Plätschern der Wasserfontänen. Die größte Attraktion für die Touristen war jedoch, wie jeden Tag, der überwältigende Blick auf die Fassade des römischen Amphitheaters, die Arena von Verona. Auf der Terrasse des Restaurants *La Traviata* beendeten einige der Gäste gerade ihre Mahlzeiten, andere tranken mit Freunden, und die Luft war erfüllt von der typischen Atmosphäre der warmen Spätsommernächte auf der Piazza Brà. Luca betrat das Restaurant und war sofort angetan. Es fiel ihm zwar auf, dass das Mobiliar und der Raum insgesamt renovierungsbedürftig waren, doch man konnte durchaus sagen, dass das Interieur des Restaurants etwas Besonderes hatte. Es war ein großer, angenehmer Raum mit gerahmten Bildern an den Wänden, die vor allem an die Karriere des italienischen Musikers Marco Casella erinnerten. Das Flair vergangener Zeiten lag in der Luft. Die Deckengestaltung bestand aus klassizistischen Kassettendecken und Elementen der italienischen Renaissance, die einen interessanten Kontrast zu den roten Tapeten bildeten. Auf einmal zuckte Luca zusammen. Mit Erstaunen nahm er wahr, dass Salvatore Contesti an einem der Tische in einer Ecke des Raumes ein Gespräch mit Maurizio Scali führte. Salvatore, der mit dem Rücken zum Raum dasaß, gestikulierte wild und sprach sehr laut. Luca machte postwendend kehrt und verließ das Restaurant mit der gleichen Selbstverständlichkeit, mit der er es betreten hatte. Er wartete einen Moment auf der Terrasse, da er sich nicht sicher war, was er nun tun sollte, und wurde von einem der Kellner angesprochen:

»Kann ich Ihnen helfen?«

»Äh, ja«, sagte er zögernd. »Ich hätte nur gern ein schönes kaltes Bier, bitte.«

»Natürlich. Sofort. Bitte setzen Sie sich«, lud der Kellner ihn ein und verschwand im Restaurant.

Luca sah sich um und wählte einen Tisch, von dem aus er Salvatore und Scali im Inneren des Restaurants sehen konnte. Er setzte sich. Ein leicht nervöses Gefühl fuhr ihm in den Magen. Er sah sich um. Doch er kannte niemanden. Als der Kellner ihm das kalte Bier in einem Glas brachte, nahm er einen so großen Schluck, dass gleich die Hälfte weg war. Er wagte einen Blick ins Innere und beobachtete die beiden. Man konnte an der Mimik erkennen, dass das Gespräch zwischen Salvatore und Scali kein freundliches war.

Scali bedrängte gerade Salvatore, ihm genauestens zu berichten, was mit der Trüffellieferung passiert war. Er deutete an, dass Salvatore eine zu lose Zunge gehabt hätte, weil die Polizei heute bei Fabrizio Leones Beerdigung Simone Palermo verhaftet hätte. Zuerst versuchte Salvatore, die Wahrheit zu verheimlichen, aber schließlich gab er zu, dass er am Brenner erwischt worden sei und dass ihm seitdem ein Polizist an den Fersen klebe, der Informationen wolle und ihn in der Hand habe. Wenn er nichts gesagt hätte, hätte er riskiert, wegen Schmuggels verhaftet zu werden, meinte er. Salvatore, der dachte, es würde ihm irgendwie helfen, erzählte Scali auch von seinem Streit mit Klaus Eckstein und erklärte, dass er die Idee, Simone Palermo an die Polizei zu verraten, für die beste gehalten habe. Auf diese Weise hätte die Polizei jemanden, mit dem sie sich amüsieren könne, und würde sie beide in Ruhe lassen. Salvatores Rechtfertigungen wurden immer zahlreicher und gingen allmählich in ein Flehen, Betteln und Entschuldigen über, worauf Maurizio Scali anfing, Mitleid und eine gewisse Verachtung für die lächerliche Gestalt zu empfinden, die er vor sich hatte.

»Ich habe doch alles richtig gemacht, Chef, oder?«, fragte Salvatore nervös, als er merkte, dass Scali nicht mehr reagierte. Scali hob das leere Glas zu einem der Barkeeper, der sofort herüberkam und es mit Rotwein füllte. »Wie gesagt, Chef, es war überhaupt nicht einfach, aber ich denke, sie werden mich jetzt in Ruhe lassen. Und wenn sie mich in Ruhe lassen und Simone Palermo aus dem Spiel ist, ist es doch eine Win-win-Situation für uns alle, oder?«

Scali antwortete nicht mehr. Er nahm einen kleinen Schluck Wein, stand auf und ging, zur Toilette, wie es schien, doch er kehrte nicht mehr zurück. Salvatore wartete. Nach ein paar Minuten kam einer der Kellner an den Tisch, an dem Salvatore immer noch saß und grübelte, und fragte, ob er noch etwas trinken wolle. Salvatore schüttelte verneinend den Kopf. Daraufhin sagte der Kellner ihm, dass der Chef jetzt beschäftigt sei, ihn aber am nächsten Tag anrufen werde. Salvatore lehnte sich in seinem Stuhl zurück und holte tief Luft. Er schaute auf sein Handy: Es gab keine Nachrichten, keine verpassten Anrufe, und sein Akku hatte nur noch fünf Prozent. Frustriert stand er auf, bedankte sich in Richtung Theke und eilte aus dem Restaurant, ohne zu wissen, wohin er gehen sollte.

Luca hatte die beiden durch die Fensterscheibe hindurch

fotografiert und entschied sich nun dafür, Salvatore lieber nicht anzusprechen. Er drehte sich weg, damit der ihn nicht entdeckte, und machte ein kurzes Video davon, wie Salvatore über die Terrasse das Restaurant verließ, die kleine Grünanlage auf der Piazza Brà durchquerte und hinter der Arena verschwand.

Luca legte den Betrag für das Bier auf den Tisch und betrat das Restaurant, weil er wissen wollte, ob Maurizio Scali noch da war. Auf den ersten Blick konnte er ihn jedoch nicht sehen. Er ging links an der Theke vorbei und beschloss, ein paar Minuten damit zuzubringen, die vielen Fotos zu betrachten, die den Musikbereich hinten im Raum schmückten. Marco Casella war in ganz Italien bekannt, mehr für seine Vergangenheit als für die Gegenwart, die weniger glorreich war. Auch wenn er seine besten Zeiten schon hinter sich hatte, war er immer noch ein prominenter Sänger, der nach wie vor das eine oder andere Konzert in den Dörfern und Kleinstädten Italiens gab. Es gab auch keine Party, auf der nicht zu einem bestimmten Zeitpunkt, wenn alle in Singlaune waren, sein Hit »Pizza, Pasta e Mamma mia« gespielt wurde. Es war eines dieser *One-Hit-Wonder*, ein Schlager, bei dem jedes Kind in Italien den Text auswendig mitsingen konnte. Auf den Fotos wurde Marco Casella immer von bekannten Persönlichkeiten umringt. Promis aus der Welt der Musik, des Films, der Politik und des Sports waren zu sehen. Es schien, als wäre das Restaurant *La Traviata* ein glamouröser und lebendiger Ort mit vielerlei Geschichten. Ein Ort, wo sich die lokale und internationale Prominenz versammelte und vergnügte. Luca schüttelte den Kopf und dachte, diese Art von Erinnerungsbildern gehörte längst der Vergangenheit an. Da er aber wissen wollte, wer Marco Casella auf den Bildern begleitete, fotografierte er mit seinem Handy einige der ausgestellten Fotos ab. Dann wandte er sich von der Fotoausstellung ab, die die Ecke schmückte, in der Marco Casella mittwochs und freitags die Gäste mit Livemusik unterhielt, und folgte dem Pfeil, der zur Toilette führte. Aus dem Augenwinkel sah er, dass in dem Gang, der dorthin führte, etwas Seltsames vor sich ging. Eine junge Frau versuchte, einem Mann zu entkommen, der ihr den Weg versperrte und sie mit den Armen festhielt und gegen die Wand drückte, um sie zu küssen. Luca zögerte nicht. Er ging auf die beiden zu und sagte laut:

»Verdammt, was hast du vor, Mann? Lass sie sofort in Ruhe!«

Der Mann sah Luca an und ignorierte ihn völlig. Die junge Frau wand sich aus dem Griff seiner Hand, kam aber immer noch nicht frei. Luca näherte sich dem Mann von der Seite, packte ihn am Arm, zog ihn mit einem heftigen Ruck weg und drückte ihn gegen die andere Wand des Korridors:

»Schluss jetzt! Siehst du nicht, dass sie nichts von dir will? Hast du den Verstand verloren, oder was?«

Der Mann sah Luca von oben herab an, als besäße er das Recht auf die ganze Welt, und versuchte grummelnd, Luca wegzuschieben.

»Wer bist du, dass du hier den Superman spielen willst? Verpiss dich!«, sagte er mit arroganter Miene.

Luca sah, dass ihm das Gesicht nicht fremd war. Der Mann war auch in der Fotogalerie von Marco Casella vertreten.

»Es ist okay, lass ihn in Ruhe«, sagte die Frau mit zittriger Stimme.

Wie aus dem Nichts setzte der Kerl zu einem Faustschlag an. Luca duckte sich jedoch reflexartig weg und versetzte dem Gegner einen blitzartigen Schlag in den Magen, woraufhin der Mann sich an den Bauch fasste, in die Hocke ging und dann zur Seite auf den Boden sackte. Ein Kellner kam dazu, um zu sehen, was los war. Ohne auf das zu achten, was vor sich ging, wandte sich die junge Frau an ihn und fragte:

»Totti, hast du meinen Vater gesehen?«

»Er ist vor einer Weile mit Scali durch die Hintertür weggegangen. Bist du okay, Antonella? Was ist passiert?«

Antonella, die einzige Tochter Marco Casellas, antwortete nicht. Sie ging an den Männern vorbei, schnappte sich eine Kameratasche, die in einer Ecke der Theke stand, und rannte aus dem Restaurant.

Als Totti sah, dass der auf dem Boden Liegende der jüngere Mantovani Bruder war, der seit dem Abendessen auf der Terrasse alleine ein Glas nach dem anderen getrunken hatte, wunderte er sich nicht.

»Alles in Ordnung, Alberto?«, fragte er, als Mantovani sich vom Boden aufrappelte. Luca hob die Hand und machte eine entschuldigende Geste. Der Kellner nickte ihm verständnisvoll zu und verdrehte die Augen:

»Alberto, bring dich nicht in Schwierigkeiten«, sagte er laut, packte den Mann bei den Schultern und schob ihn aus dem Korridor. Dann manövrierte er den Betrunkenen zurück auf die Terrasse und setzte ihn auf seinen Platz. Als er auf dem Rückweg an Luca vorbeikam, raunte er ihm zu:

»Der wird es nie lernen, dieses reiche Arschloch. Wenn der Alkohol *den* nicht umbringt, bringt er keinen um.«

Luca nickte zustimmend. Als er das Restaurant verließ, schaute er noch, ob er Antonella irgendwo finden konnte. Er lief durch den Park, dann um die Arena herum, aber nichts, sie war nirgends zu sehen. So machte er sich schließlich auf den Heimweg.

Zu Hause angekommen, sah er, dass Oma Theresia schon ins Bett gegangen war. Wie immer hatte sie alles Nötige für das Frühstück am nächsten Tag auf dem Küchentisch vorbereitet. Er stieg die Treppe hinauf in den ersten Stock, wo er sein Zimmer hatte. Etwas begann in seinem Bauch zu kribbeln, als hätten sich 1.000 Schmetterlinge versammelt, um ein Festmahl zu feiern, und sein Herz wurde unruhig. Luca warf sich angezogen aufs Bett und starrte an die Decke. In seinen Gedanken tauchte das junge Mädchen aus dem Restaurant auf. Sie war wunderschön gewesen. Die Erinnerung an die weichen Züge ihres perfekten Gesichts, an ihre vollkommenen Lippen, das schwarze Haar, das ihr über die Schultern fiel, und an diese tiefschwarzen Augen raubte ihm den Atem. Ihr Anblick gehörte zum Schönsten, was er je gesehen hatte. Er konnte nicht einschlafen und zählte Schafe, Bienen, Hubschrauber und Flugzeuge. Er zählte zweimal bis 1.000 und einmal bis 500, später sogar auf Deutsch. Er versuchte, ein Lied zu summen, zuerst leise und dann lauter. Doch nichts half. Ungeduldig stand Luca schließlich auf und trat auf den Balkon. In seiner Brust pochte es noch immer, und sein Atem ging schnell. Er hatte vergeblich versucht einzuschlafen. Endlich gab er dem Drängen seines Herzens nach, setzte sich auf den Balkon und starrte in die Dunkelheit. Es war eine sternklare Sommernacht. Eine sanfte Brise kühlte die Stadt von der Hitze des Tages, und Luca betrachtete nachdenklich die vielen glitzernden Sterne, die unermüdlich Verona beleuchteten. Irgendwie hatte er den Eindruck, ein gewisser Stern hoch oben am Himmel würde stärker blinken und leuchten als die anderen. Er lauschte in sich hinein.

16. KAPITEL

Luca brauchte an diesem Morgen keinen Wecker, um aufzuwachen. Er hatte die ganze Nacht kein Auge zugetan, so sehr hatten ihn die Ereignisse des vergangenen Tages beschäftigt. Als er schließlich um 7.30 Uhr aufstand, ging er nach unten, um mit seiner Großmutter zu frühstücken. Sie war bereits im Garten und goss die Pflanzen. Luca schenkte sich Kaffee ein und ging zu ihr hinaus.

»Hallo, mein Schatz!«, begrüßte ihn Oma Theresia. »Das ist doch keine Art zu frühstücken, Luca. Es gibt nichts Schöneres, als sich richtig an den Tisch zu setzen und den Tag mit einem guten Frühstück zu beginnen.«

»Guten Morgen, Oma, du hast recht, aber ich habe heute keine Zeit. Ich muss sofort nach Bardolino. Es gibt einen Verdächtigen im Fall Fabrizio Leone, und jetzt am Morgen ist gleich das Verhör im Kommissariat.«

»Ich bin froh, dass ihr den Täter geschnappt habt. Es ist wirklich gefährlich, wenn diese Gauner da draußen frei rumlaufen.«

»Wir wissen doch noch gar nicht, ob er es war. Aber alles deutet darauf hin. Wir werden sehen. Ich erzähle dir später, wie es gelaufen ist, aber wir sollten keine voreiligen Schlüsse ziehen.«

»Ja, natürlich«, stimmte die Oma zu, während sie Hortensien in einer Vase arrangierte.

»Die Blumen sehen toll aus«, kommentierte Luca, der die Arbeit seiner Großmutter im Garten schätzte.

»Danke, mein Schatz. Ich bin froh, dass es dir gefällt. Ich habe dich gestern gar nicht heimkommen hören. Du kommst jeden Tag später nach Hause. Pass auf dich auf, und bitte richte Mauro Grüße von mir aus.«

»Das mach ich. Bis später.« Bereits im Gehen, winkte Luca seiner Großmutter zu.

Er fuhr nach Bardolino und dachte an Antonella, die junge Frau aus dem Restaurant, und beschloss, am Abend nochmals dort vorbeizuschauen, mit der Ausrede, er wolle Marco Casella singen hören. Er hatte nichts zu verlieren. Vielleicht war sie ja wieder da.

Bevor er zum Kommissariat ging, schaute er beim Tierarzt vorbei, um zu sehen, wie es dem Hund ging.

Luca betrat die Praxis und traf auf Rafael, den Tierarzt, den er schon seit seiner Kindheit kannte. Er kam gerade am Rezeptionsschalter vorbei.

»Hey, Luca. Guten Morgen.«

»Guten Morgen, Rafael. Wie geht es dem Hund?«

»Dem geht es gut. Aber er trägt diesen Beinbruch schon eine ganze Weile mit sich herum. Mal sehen, was wir tun können, um seine Pfote zu retten.«

»Seine Pfote zu retten?«, wiederholte Luca. »Du meinst, es besteht die Gefahr, dass er seine Pfote verliert?«

»Ja, durchaus. Wenn es schlimm kommt, kann das passieren. Stell dich besser schon mal darauf ein. Ich erkläre es dir gleich. Aber woher hast du eigentlich diesen Hund?«

»Ich habe ihn gestern gefunden. Aber das ist eine längere Geschichte. Hat mein Onkel dir nichts erzählt?«

»Nein. Er hat mir nur gesagt, dass der Hund dir gehört.

Erzähl es mir später. Hör mir jetzt erst mal zu. Wie heißt der Hund?«

Luca zögerte ein paar Sekunden. Auf dem Schreibtisch der Rezeptionistin sah er einen Becher mit Bleistiften und Kugelschreibern mit einem Bild des berühmten Tenors Luciano Pavarotti darauf und antwortete: »Rotti.«

»Okay. Hör mir gut zu. Rotti hat eine offene Fraktur des Schienbeins, wodurch sich der Knochen verschiebt. Die freigelegte Knochenspitze kann eine heftige Entzündung verursachen, die sogar zum Tod des Tieres führen kann. Er muss operiert werden, und es gibt keine Garantie, dass er danach wieder richtig laufen kann. Eine Amputation ist billiger und risikoärmer. Nun liegt es an dir, dich zu entscheiden.«

Luca hörte aufmerksam zu, als Rafael ihm im Detail erklärte, wie die Operation ablaufen würde. Ihm kam es plötzlich so vor, als würde ihm der Hund schon immer gehören.

»Die Operation, bitte«, murmelte Luca schließlich. »Darf ich den Hund noch mal sehen?«

»Ja, natürlich. Wenn es für dich okay ist, dann kümmere ich mich um alles, und die Operation findet heute Nachmittag statt.« Luca nickte.

Als er den Raum betrat, in dem der frisch getaufte Rotti lag, sah er, dass der Hund halb betäubt war, damit er keine Schmerzen hatte. Er näherte sich ihm vorsichtig und streichelte seinen Nacken, seinen Rücken und flüsterte ihm ins Ohr: »Rotti, ich werde alles in meiner Macht Stehende tun, damit du gesund wirst.« Der Hund hob mühsam den Kopf, bewegte die Schnauze etwas nach vorn und kniff die Augen zusammen, als wollte er um Hilfe bitten. »Es wird alles wieder gut, mein Freund, halte durch.« Luca kraulte ihm liebevoll den Nacken, dann stand er zögerlich auf und verließ die Praxis.

Der Verhörraum sah aus wie überall in Italien. Es war ein kalter Raum mit einem Tisch, ein paar Stühlen und einem großen Fenster, durch das man von außen hereinschauen, aber nicht von innen hinaussehen konnte. Simone Palermo betrat den Raum mit einem verdrießlichen und ausdruckslosen Gesicht. Er setzte sich auf einen Stuhl und wartete. Nach 20 Minuten trat Kommissar Manchini ein. Manchini wurde von einem in Verhören erfahrenen Kollegen begleitet, mit dem er seit zehn Jahren zusammenarbeitete. Hinter den beiden trat ein uniformierter Polizist ein, der die Tür hinter sich schloss und auf einem Stuhl in der Ecke Platz nahm.

Che cazzo di merda, dachte Simone Palermo, als er sich, unruhig auf seinem kalten Metallstuhl sitzend, umblickte und sich in einer Situation wiederfand, die er nur aus Filmen kannte.

»Wie es scheint, macht Herr Palermo nicht von seinem Recht auf einen Rechtsbeistand Gebrauch«, kommentierte Manchini, der kurz in einem Dokument blätterte, das er dann desinteressiert auf den Tisch warf, als er sich Simone Palermo gegenüber hinsetzte.

Palermo zwang sich zu einem Lächeln und blieb stumm.

»Kommen wir also zur Sache«, fuhr Manchini fort, indem er auf die Aufnahmetaste eines kleinen Taschenrekorders drückte, den er aus seiner Hemdtasche geholt und auf den Tisch gelegt hatte.

»Kommissariat von Bardolino, Mittwoch, der 2. Oktober 2019. Erste Befragung.« Manchini schaute Simone Palermo an und fragte: »Vollständiger Name und Geburtsdatum?«

Palermo zuckte mit den Schultern, verzog sein Gesicht zu einem Grinsen und antwortete nicht.

»Sie haben keinen Anwalt, weil Sie keinen wollten. Aber jetzt glauben Sie doch nicht ernsthaft, dass Sie einfach so Ihren Mund halten können?«

Palermo zuckte nochmals mit den Schultern, erhob nach ein paar Sekunden den Blick zu Manchini und sagte: »Ihr seid diejenigen, die einen guten Anwalt brauchen werden. Ich weiß, dass ich Dinge getan habe, die nicht richtig waren. Aber ihr hattet kein Recht, mich auf der Beerdigung eines Freundes zu verhaften, vor allen Leuten, vor meiner Frau und meinem Sohn, ohne dass ihr vorher eure Hausaufgaben gemacht habt.«

Manchini schluckte trocken, und um das Gespräch nicht in eine unerwünschte Richtung abdriften zu lassen, brüllte er und hieb mit der Handfläche so fest auf den Metalltisch, dass Luca und die anderen, die das Gespräch draußen durch den Einwegspiegel mitverfolgten, zusammenzuckten.

»Vollständiger Name und Geburtsdatum!«

Palermo erschrak und erhob sich von seinem Stuhl.

»Setzen Sie sich. Sofort!«, befahl Manchini und fuhr sich mit der Hand durchs Haar, um nicht die Geduld zu verlieren. »Wenn es Ihre Absicht ist, Ihre Situation zu verschlimmern, dann haben Sie damit Erfolg.« Der Polizist, der in der Ecke des Raums stand, räusperte sich, und der Kommissar fuhr fort. »Am besten kooperieren Sie mit uns und sagen die Wahrheit.« Manchini holte tief Luft und fing von vorn an: »Vollständiger Name und Geburtsdatum.«

Simone Palermo dachte an seine Frau, an das kranke Kind, das er zu Hause hatte, an das Chaos in seinem Leben und antwortete:

»Simone Anton Palermo. 28.2.1980.«

»Wie war Ihre Beziehung zu Fabrizio Leone?«

»Wir waren Arbeitskollegen, und sonst war da nicht viel.«

»Mit ›Arbeitskollegen‹ meinen Sie die Arbeit im Naturpark Gardesana?«

»Ja.«

»Und wie lange haben Sie zusammengearbeitet?«

»Fabrizio hat mit vielen Unterbrechungen dort gearbeitet. Ich weiß nicht genau, wann er angefangen hat.«

»Kommen wir zur Sache! Sagen Sie mir, wie Sie zusammen mit Maurizio Scali zum Trüffelschmuggel gekommen sind!«

Palermo erkannte, dass Kommissar Manchini mehr wusste, als er gedacht hatte, und senkte den Blick. Ohne großes Zögern erklärte Simone Palermo, wie er mit Maurizio Scali das Trüffelgeschäft begonnen hatte und wie Fabrizio Leone sich mit der Erpressung eingemischt hatte, um ebenfalls davon zu profitieren. Er fügte hinzu, dass es nie seine Absicht gewesen sei, jemandem zu schaden, dass er es aus der Not heraus getan habe und dass er nichts mit dem Tod von Fabrizio Leone zu tun habe.

»Aber ihr zwei hattet doch einen Streit?«

»Das war nichts Besonderes. Wir haben uns immer wieder mal gestritten.«

»Und wann war die letzte Auseinandersetzung?«

»Letzten Donnerstag.«

Der Kollege machte Manchini ein Zeichen zum Innehalten und fragte:

»Warum sind Sie so sicher, dass es Donnerstag war? Gibt es einen bestimmten Grund?«

»Ich weiß, dass es Donnerstag war, weil es der Tag vor dem Beginn der *Sagra del Tartufo* in Tignale war. Wir haben uns wegen etwas Geschäftlichem gestritten. Ich hatte den Deal ausgemacht, die Trüffel für Scalis dortiges Restaurant, das *La Traviata*-Zelt, zu liefern, aber Fabrizio wollte die gesamte Provision für sich behalten, weil er dort arbeitete.«

»Und um welche Uhrzeit fand der Streit statt?«

»Am späten Nachmittag. So gegen 18.30 Uhr.«

»Nach den Informationen, die wir von der Forensik haben, starb Fabrizio am Donnerstagabend. Finden Sie nicht, dass das ein ziemlich großer Zufall ist?«, resümierte Manchini.

»Das mag sein, aber ich habe nichts damit zu tun. Das letzte Mal, als ich ihn gesehen habe, war er noch am Leben.«

Genau in diesem Augenblick spürte Manchini in seiner Tasche das Vibrieren seines Handys. Er zog es kurz heraus und las die Nachricht von Luca:

›Vergiss den Hund nicht. Er hat ihm die Pfote gebrochen!‹

»Darf ich eine rauchen?«, fragte Simone Palermo, der nervös war, weil sein letzter Kontakt mit Fabrizio in dem Zeitfenster für dessen Todeszeitpunkt lag.

»Nein!«, antwortete Manchini hart.

»Es ist nur so, dass ihr mich hier in die Enge treibt. Ich werde nervös, weil ich weiß, dass ich unschuldig bin und nichts mit seinem Tod zu tun habe.«

Manchini ignorierte die Bemerkung und fuhr fort: »Hatten Sie einen weiteren Streit mit Fabrizio, über den Sie uns informieren sollten?«

»Nein. Nicht dass ich wüsste.«

»Wie erklären Sie sich dann die gebrochene Pfote des Labradors, der in Ihrem Haus gefunden wurde? Ist das Ihr Hund?«

So ein Mist, dachte Salvatore, als er einsah, dass es keinen Sinn hatte, mit Informationen hinter dem Berg zu halten. »Na ja, ich habe das nicht erwähnt, weil ich mich dafür schäme, was ich getan habe. Vor etwa einer Woche tauchte Fabrizio mit einem Hund auf, um ebenfalls nach Trüffeln zu suchen. Wir hatten vereinbart, dass nur ich mit meinen Hunden suchen würde. Aber er war auch im Wald unterwegs und hat Trüffel ausgegraben, um hinterrücks sein eigenes Geld zu machen. Als ich ihn im Park mit dem Hund sah, bin ich ausgeflippt und habe Fabrizio gegen einen Baum gedrückt. Der Hund kam, um ihn zu verteidigen, und da habe ich ihn getreten. Fabrizio hat sich aber nicht besonders gut um den Hund gekümmert. Er war wütend, weil er dachte, er hätte auch das Recht, nach den Trüffeln zu suchen und sie selbst zu verkaufen. Ich habe den Hund dann mitgenommen, um ihn zum Tierarzt zu bringen. Aber dann hatte ich mit dieser ganzen Situation – dem Tod von Fabrizio und allem – natürlich keinen Kopf mehr für irgendwas.«

Das Handy von Manchini vibrierte wieder, und Luca fragte: ›Wo sind seine Hunde? Frag ihn …‹

»Sie sagten, Sie hätten Hunde?«, fragte der Kommissar.

»Ja, zwei. Zwei Lagotto Romagnolo.«

»Und wo sind die Hunde?«

»Zu Hause. Der eine Hund ist trächtig.«

›Blödsinn. Ich habe keine Hunde in seinem Haus gesehen!‹, kommentierte Luca auf das Handy seines Onkels.

Manchini fuhr fort:

»Sind Sie sich da sicher? Denn außer dem Labrador Retriever war kein anderer Hund in Ihrem Haus zu sehen.«

»Es stimmt, dass ich den Labrador im Haus eingesperrt habe. Die anderen beiden habe ich, als ich zur Beerdigung bin, bei den Nachbarn gelassen.«

»Apropos Nachbarn«, unterbrach der Kollege. »Haben Sie ein Alibi für Donnerstag ab 18.30 Uhr? Denn wenn Sie, wie Sie sagten, nach Ihrem Streit mit Fabrizio nach Hause gegangen sind, hat Sie doch bestimmt jemand gesehen. Sie werden sicher verstehen, dass Ihre Frau Ihnen in diesem Fall kein Alibi geben kann.«

»Ich habe doch bereits gesagt, dass ich unschuldig bin. Ich weiß nicht, wer mich gesehen oder nicht gesehen hat, als ich nach Hause kam. Aber ich kann jetzt nicht mehr. Ich habe euch alles gesagt, was ich weiß. Lasst mich in Ruhe. Ich muss mit meiner Frau sprechen.«

»Sicher, sicher. Sie können gleich Ihre Frau anrufen. Aber beantworten Sie uns nur noch eine Frage«, sagte Kommissar Manchini, als er sich von seinem Stuhl erhob. »Wenn Sie nach dem Streit mit Fabrizio am Donnerstag nach Hause gegangen sind, haben Sie dann eine Ahnung, mit wem er sich im Park getroffen haben könnte?«

Simone Palermo dachte ein paar Sekunden lang nach und sagte:

»Ich weiß, dass Maurizio Scali und Co. Trüffel im Park abholen wollten. Fragen Sie mich jetzt aber nicht weiter, denn ich weiß nicht, ob sie da waren oder nicht.«

Manchini nahm Simones Hinweis hoffnungsvoll auf, da er nun eine Information hatte, die die Suche erheblich einschränken konnte. Er warnte Palermo abschließend: »Morgen um 11 Uhr werden Sie dem Haftrichter in Verona vorgeführt. Ich kann Ihnen nur raten, dort die Wahrheit zu sagen.« Er zog ein Feuerzeug aus der Tasche, reichte es Simone Palermo, und dieser zündete sich eine Zigarette an.

17. KAPITEL

Simone Palermo kehrte in die kleine Zelle im Kommissariat zurück, in der Hoffnung, am nächsten Tag vom Haftrichter freigelassen zu werden. Er wusste, dass er unschuldig war. Warum sollten sie ihn ohne konkrete Beweise weiter hierbehalten? Klar, es war sehr einfach, ihn zu beschuldigen. Er war Fabrizio Leones Kollege im Park, und sie waren zusammen in einen Trüffelschmuggel verwickelt. Aber er wusste auch, dass es eine der Taktiken der Polizei war, so schnell wie möglich jemanden festzunehmen, um zu zeigen, dass sie die Situation unter Kontrolle hatten, und um die Bevölkerung zu beruhigen. Am meisten verwirrte ihn, dass sie von seinem Streit mit Fabrizio wussten. Und auch von der traurigen Szene eine Woche zuvor, als er dem Hund einen Tritt verpasst hatte, der dem armen Tier die Pfote brach. Wie konnte das sein? Aus dem Bild, das er in der Zeitung gesehen hatte – Fabrizio, um eine Autofelge gewickelt, der triefend von einem Kran hochgehoben wurde –, konnte er sich keinen Reim machen. Das konnte doch nur jemand tun, der etwas Sadistisches an sich hatte. Töten war eine Sache. Aber den Toten dann um eine Felge wickeln, das hatte etwas Grausames. Da musste sich derjenige, der es getan hatte, doch auf der Schwelle zum Wahnsinn befinden. Die Polizisten hatten offenbar mit mehreren Leuten gesprochen. War es Salvatore gewesen, der ihn verraten hatte? Er war der Einzige, fiel Simone Palermo ein, der von der Geschichte mit dem Hundetritt wusste. Eine andere Erklärung gab es für ihn nicht. Einer der Polizisten schloss die Zellentür ab und fragte, ob er noch etwas brauche. Simone antwortete nicht. Er lag auf dem kleinen Bett, rauchte und blies den Rauch an die Decke. Er fragte sich, was sein Sohn, der so sehr von ihm abhing, in diesem Moment gerade machte.

Der Tag war schön, mit einer milden Sonne, die wärmte, ohne zu brennen. Kommissar Manchini und Luca verließen das Kommissariat in Bardolino und beschlossen, gemeinsam auf einer der Seeterrassen zu Mittag zu essen. In letzter Zeit war so viel passiert, dass sie einiges aufarbeiten mussten. Aber bevor sie noch ihre Getränke bestellten, rief Luca Rafael an, um zu fragen, ob mit Rottis Vorbereitung auf die Operation alles in Ordnung war. Rafael antwortete lachend:

»Beruhige dich, Luca, alles wird gut. Ich wusste ja, dass dein Onkel sich immer Sorgen macht. Die meisten Polizisten sind so. Aber du auch? Beruhige dich. Das wird schon werden. Du machst mich noch ganz nervös mit deinen Fragen.«

»Oh, das tut mir leid, das war nicht meine Absicht.«

»Ich mache nur Spaß«, antwortete der Tierarzt. »Was ich aber zu deiner Beruhigung machen kann, ist, dich einzuladen, bei der Operation dabei zu sein. Wir fangen demnächst an. Rotti hat gerade die Vollnarkose bekommen und wird gleich in den Operationsraum gebracht.«

»Äh, nein. Ich danke dir vielmals, aber besser nicht. Ich komme mit solchen Situationen nicht gut zurecht.«

»Okay, verstehe. Also entspann dich. Ich rufe dich an, wenn alles vorbei ist. Gut?«

»Ja, das wäre sehr nett. Vielen Dank, Rafael.«

»Nichts zu danken. Ich mache nur meinen Job. Bis später dann.« Der Tierarzt legte auf.

»Was ist los?«, fragte Luca seinen Onkel, weil der ihn erstaunt anstarrte.

»Ich wusste ja, dass du Tiere magst. Aber dieser Hund, den du jetzt ›Rotti‹ getauft hast, der hat es dir angetan, hm?«

»Ja«, bekannte Luca. »Ich weiß auch nicht, warum. Aber da ist etwas in seinen Augen und in der Art, wie er mich ansieht, das mir sagt, dass er ein treuer Hund ist, auf den man gut aufpassen muss. Und genau das werde ich tun, falls Fabrizio Leones Frau ihn nicht mehr haben will.«

»Ich finde es großartig, dass du dich um ihn kümmerst. Aber erzähl mir jetzt bitte alles von dieser spontanen Fahrt nach München. Hast du Oma erzählt, dass du da warst?«

»Ja, natürlich. Ich habe ihr sogar ein paar Pralinen vom *Dallmayr* mitgebracht.«

Die Getränke wurden serviert und Luca erzählte bei einem Glas *Chiaretto*, dem Roséwein vom Ufer des Gardasees, in allen Einzelheiten von dem Vorfall am Brenner, der Verfolgung Salvatores und der Kampfszene zwischen Salvatore und Klaus Eckstein vor der *HelenaMed*-Klinik am Starnberger See, die damit endete, dass Eckstein ins Krankenhaus kam.

Manchini hörte dem Bericht seines Neffen aufmerksam zu und war ein klein wenig stolz, als er erkannte, dass Luca für die Gerechtigkeit kämpfte, auch wenn er sich ein wenig sorgte, weil sein Neffe zu gern leichtsinnige Entscheidungen fällte. Der Bericht erinnerte ihn an die Zeiten, in denen auch er sich ohne große Bedenken in Abenteuer gestürzt hatte. Luca übertrieb die äußere Erscheinung der Partygäste in der Schönheitsklinik so sehr, dass sie in seiner Erzählung zu wandelnden Mumien wurden. Manchini schmunzelte bei der Vorstellung. Als Fazit kam Luca zu dem Schluss, dass Salvatore zwar versucht habe, Simone Palermo etwas anzuhängen, dass er jetzt, nach dem Verhör vom Vormittag, aber nicht mehr glaube, dass es Palermo war, der Fabrizio Leone getötet hatte.

»Und wie kommst du darauf?«

»Ich kenne dich besser, als du denkst, Onkel Mauro.«

»Wie meinst du das?«

»Ich bin mir sicher, du hättest seine Zigarette nie angezündet, wenn du ihn für den Täter gehalten hättest.«

Der Kommissar ging nicht auf den Kommentar ein. Sein Neffe hatte einfach eine gute Beobachtungsgabe, und er kannte seinen Onkel gut. Die Zeit war so schnell vergangen, und Luca hatte sich von einem jungen Mann, der nicht wusste, was er wollte, zu einem Mann mit Mut und Persönlichkeit entwickelt. Manchini blickte auf den See, schaute dem bunten Treiben der Touristen auf dem Wasser zu und versuchte, gedanklich die Stelle zu lokalisieren, an der Fabrizios Leiche gefunden worden war.

»Weißt du was, Luca? Dass die Leiche dort gelandet ist, wo wir sie dann herausgezogen haben, nämlich mitten im See, kann eigentlich nur bedeuten, dass sie von einem Boot abgeworfen wurde.«

»Daran habe ich auch schon gedacht«, sagte Luca, und er erinnerte sich, dass dies auch Großmutter Theresias erster Gedanke gewesen war.

»Das bedeutet, dass es da draußen ein Boot gibt, das wir finden müssen«, sagte der Kommissar und lehnte sich zurück, damit der Kellner ihm ein Rinder-Carpaccio vorsetzen konnte. Luca, der eine klassische Insalata Caprese bestellt hatte, wartete, bis der Kellner wieder weg war, und sagte:

»Ich denke, wir sollten auch in den Park gehen und das Trüffelgelände absuchen. Der Schlag auf den Hinterkopf und die Löcher am Hals, die Fabrizio hatte, waren sicher kein Unfall.«

Die Stunde, die sie beim Mittagessen miteinander verbrachten, verging wie im Flug. Es herrschte Respekt und Bewunderung auf beiden Seiten, und als der Kommissar sich verabschiedete und in Richtung Polizeirevier ging, um sich um unerledigte Angelegenheiten zu kümmern, tat es Luca leid, dass die Mittagspause so schnell vergangen war.

»Wir sehen uns also morgen im Gerichtssaal«, sagte Luca, als er in den Pick-up stieg.

»Die Vorführung von Palermo beginnt um 10 Uhr. Aber es wäre gut, wenn du ein bisschen früher kommen würdest. Es passiert oft das eine oder andere Unvorhergesehene, und man sollte gut vorbereitet sein.«

»Acht Uhr?«, schlug Luca vor.

»Neun Uhr reicht völlig. Wohin gehst du jetzt?«

»Wenn es nach mir ginge, würde ich jetzt zum Tierarzt fahren und sehen, wie es dem Hund geht. Aber ich denke, es ist besser, ich warte, dass er mich anruft. Was meinst du?«

»Ja, das denke ich auch. Lass Rafael in Ruhe arbeiten. Ich kenne ihn sehr gut. Ich weiß, dass er dich anrufen wird, sobald es Neuigkeiten über den Verlauf der Operation gibt.«

»Okay. Du hast recht. Dann fahre ich jetzt nach Verona und schaue mir das *Italian Gourmet* der Mantovani Brüder an. Nach allem, was ich so gehört habe, bin ich schon neugierig, was dort so abgeht.«

»Sei aber vorsichtig, Luca. Wenn es was Neues gibt, ruf mich bitte sofort an.«

»Abgemacht«, antwortete Luca und startete den Motor.

Kommissar Manchini betrat die Polizeidienststelle und trug einem der Beamten auf, eine Untersuchung über die inkompetenten Polizeibeamten aus Tignale einzuleiten, die Simone Palermo bei der Beerdigung von Fabrizio Leone verhaftet hatten. Er wusste, dass es dort einen Verfahrensfehler gegeben hatte und dass Simone Palermos Anwalt, der morgen eintreffen sollte, diesen Fehler nutzen würde, um seinen Mandanten schneller freizubekommen. Dann rief er bei Lucia Leone an, da er wissen wollte, wie es ihr ging, und auch, um sich für das, was bei der Beerdigung ihres Mannes passiert war, zu entschuldigen. Sie nahm jedoch nicht ab, und er hinterließ eine Nachricht.

Einen Kilometer vor Verona erhielt Luca den sehnsüchtig erwarteten Anruf des Tierarztes:

»Hallo, Luca. Bist du hier in der Nähe?«

»Nein, nicht mehr. Ich komme gerade in Verona an. Warum? Stimmt was mit Rotti nicht?«

»Nein. Ganz im Gegenteil. Die Operation war ein Erfolg. Und wenn alles glattläuft, wird er bald wieder 100-prozentig fit sein. Ich wollte dich nur anrufen, falls du ihn gleich sehen willst. Aber wenn es dir passt, komm doch morgen vorbei, und wir sprechen über die physiotherapeutischen Maßnahmen.«

»Morgen Vormittag habe ich einen Termin, aber ich komme am frühen Nachmittag vorbei, okay?«

»Sehr gut. Das passt hervorragend. Dann bis morgen. Mach's gut.«

Luca atmete tief durch und feierte die gute Nachricht mit einem Jubelschrei und einem kurzen Boxschlag in die Luft, der ihn kurzfristig vergessen ließ, dass er gerade am

Steuer saß. Glücklicherweise überfuhr er dennoch nicht den alten Mann, der gerade mit seinem Fahrrad die Straße überquerte. »Ach, du Scheiße! Ganz ruhig«, sagte er sich, »nicht dass die gute Nachricht in einer Katastrophe endet.«

Er fuhr an der Piazza Brà vorbei und bog auf der Via degli Alpini rechts in die Via Carlo Montanari ab. An der Piazza Cittadella, wo sich der Gourmetladen der Mantovanis befand, hielt er auf einem Parkplatz an.

Die Fassade des italienischen Delikatessengeschäftes der Brüder Mantovani sah aus wie die eines alten Tabakladens. Das Gebäude war wunderschön, und das dunkle Holz, das Tür und Fenster umrahmte, bildete einen schönen Kontrast zu dem polierten Stein des Mauerwerks. Die beiden Schaufenster waren geschmackvoll mit einer Vielzahl von regionalen Produkten dekoriert. Das Pflaster rund um die Vorderfront des Ladens bestand aus bearbeitetem Granitwürfeln. Es gab keine Anschläge über Werbeaktionen oder Sonderangebote. Der Laden wirkte einladend. Luca spähte durch eines der Schaufenster ins Innere, konnte aber nichts erkennen, also entschloss er sich hineinzugehen. Er trat in den Raum, der ihm eine magische Welt der Kulinarik erschloss. Verschiedenste Gerüche vermischten sich zu einem einzigartigen Duft. Es gab Regale, die vom Boden bis zur Decke reichten und gefüllt waren mit den unterschiedlichsten Leckereien und den besten italienischen Produkten. An einem Schreibtisch hinter einer Kundentheke in edlem Holz saß ein schmaler, bereits etwas älterer Mann, der nur Francesco, der ältere Mantovani, sein konnte.

»Guten Tag«, grüßte Luca.

Francesco Mantovani schaute ihn über seine Brille hinweg an und antwortete:

»Hallo, guten Tag. Was kann ich für Sie tun?«

»Ehrlich gesagt will ich gar nichts kaufen«, erwiderte Luca vorsichtig und sah sich im Laden um.

»Oh, großartig. Sie sind also genau der Kunde, den ich brauche, um meinen Nachmittag zu retten!«

Luca gefiel Francesco Mantovanis Humor, und er sagte: »Der Laden ist von innen noch schöner, als ich ihn mir vorgestellt habe.«

»Ich danke Ihnen vielmals. Und ich bin wirklich froh, die Meinung eines Kunden zu hören, der gar nichts kaufen will.«

Sie lachten beide, und der ältere Mantovani fügte hinzu: »Fühlen Sie sich wie zu Hause.«

»Danke schön. Wissen Sie, seit meiner Kindheit wollte ich immer mal hierherkommen. Wir sind praktisch Nachbarn.«

»Ist das wahr?«

»Ja. Ich wohne nur ein paar Blocks entfernt. In der Nähe des Convento di San Bernardino.«

»Sieh mal einer an, wie interessant. Und wie kommt es, dass Sie nie reingekommen sind?«

»Nun, Sie müssen zugeben, dass das hier nicht gerade ein Shop für jedermann ist. Um sich Ihre Spezialitäten leisten zu können, muss man schon etwas Geld haben oder zur Party eines reichen Freundes eingeladen sein.«

»Haha! Der war gut. Und wie heißen Sie?«

»Luca. Luca Conti.«

»Schauen Sie, Luca, es ist nicht ganz so. Wir verkaufen auch, wenngleich nicht viel, an die allgemeine Bevölkerung, die nicht so wohlhabend ist wie unsere Stammkunden. Sie lassen sogar noch anschreiben, wie in den guten alten Zeiten.«

»Sie wollen mir doch nicht erzählen, dass Sie immer noch ein Büchlein haben, in dem Sie anschreiben, und die Kunden bezahlen dann am Ende des Monats, wenn sie Geld haben.«

»Na ja, ganz so ist es nicht mehr. Aber wir haben noch die Anschreibungen, bei denen wir einen kleinen Prozentsatz aufschlagen, wenn die Leute mit ihren Zahlungen in Verzug geraten. Es geht aber mehr darum, ihnen Angst zu machen und sie dazu zu bringen, pünktlich zu der vereinbarten Frist zu zahlen, als Geschäfte zu machen. Wie du sehen kannst, sind wir ja keine Bank«, wechselte der ältere Mantovani in einen vertraulicheren Ton.

»Oh, wenn die Käufe auf Pump noch funktionieren, dann nehme ich vielleicht doch einen Korb und kaufe was.«

»Du bist wirklich witzig. Aber in der Tat funktioniert es irgendwie. Bis auf einen Kunden, der vor fünf Jahren mal eine Kiste mit sechs Flaschen Olivenöl mitnahm und nie mehr wiederkam, gab es nie Probleme. Unser Eintreiber ging zu ihm nach Hause, aber da wohnte schon niemand mehr.«

»Na ja, wenn er auftaucht und für fünf Jahre Zinsen für sechs Flaschen Olivenöl zahlen muss, geht das in das *Guinnessbuch der Rekorde* ein als der teuerste Olivenölkauf der Welt.«

»Haha! Dann sollten wir besser noch ein paar Jahre warten, damit es kein Rekord ist, der leicht gebrochen werden kann.«

»Sind Sie allein hier im Laden?«, fragte Luca.

»Mein Bruder war heute Morgen hier. Er ist immer unterwegs, irgendwo. Manchmal ist es besser, nicht zu wissen, wo er ist. Unser Manager ist für eine Stunde mit einem unserer Lieferjungen ins Lager gegangen, um sich um ein paar Dinge zu kümmern, und ich wurde allein gelassen. Aber ich bin es gewohnt«, sagte Francesco Mantovani, als er von seinem Stuhl aufstand und sich auf einen Holzstock stützte. »Der Laden ist zu klein für die Menge an Produkten, die wir haben, und vor ein paar Jahren haben wir beschlossen, ein Lager zu bauen. Wenn ich ehrlich bin, habe ich noch nie einen Fuß dort hineingesetzt.«

»Wirklich?«, antwortete Luca überrascht.

»Ja. Ich wohne hier oben im zweiten Stock. Wir haben hinten einen Aufzug angebaut, und so komme ich einfach von der Wohnung in den Laden. Es ist sehr bequem und modern. Dem Laden und mir merkt man aber schon an, dass wir in die Jahre gekommen sind. Das Rheuma und der Diabetes haben meine Gesundheit ruiniert. Jetzt sollte ich lieber beten und auf die Zeit warten, die Gott für mich bereithält. Also bleibe ich lieber hier, und die anderen kümmern sich um das neue Lager.«

Luca wurde etwas nervös und traurig zugleich. Francesco Mantovani war ein guter und netter Mann. Er schien freundlich, ehrlich und mit einem ausgeprägten Sinn für Humor ausgestattet zu sein. Sicher wusste er nicht, dass er von Maurizio Scali über den Tisch gezogen wurde. Luca überlegte kurz, wie er nun vorgehen sollte. Schließlich gab er sich einen Ruck. Mit klopfendem Herzen fragte er den älteren Herrn:

»Würden Sie bitte kurz die Ladentür schließen?«

»Was? Und warum?«, fragte Francesco Mantovani verwundert.

»Ich werde es Ihnen gleich sagen. Aber vielleicht ist es besser, Sie lassen niemanden herein, während ich Ihnen erzähle, worum es mir geht.«

Francesco Mantovani kniff die Augen zusammen und betrachtete Luca mit einem prüfenden Blick. Dann signalisierte er ihm mit der Hand, dass er die Tür schließen sollte.

Luca drehte das Schild, auf dem ›offen‹ stand, auf ›geschlossen‹ um und ging zu dem Schreibtisch, an dem Francesco Mantovani wieder Platz genommen hatte.

»Zuallererst möchte ich Ihnen sagen, dass es mir sehr leidtut, Ihnen das Folgende mitteilen zu müssen.«

Francesco Mantovani lehnte sich in seinem Stuhl zurück und hörte aufmerksam zu. Luca fragte:

»Wäre es Ihnen lieber, dass ich Ihnen die Wahrheit verschweige, oder soll ich Ihnen die schlechten Nachrichten überbringen?«

»Die Wahrheit bitte. Immer die Wahrheit.«

»Ich denke, es gibt hier in Ihrem Unternehmen eine parallele Buchhaltung. Haben Sie Kenntnis davon?«

»Wie meinen Sie das? Ich weiß nicht, wovon Sie sprechen. *Ich* mache doch die Buchhaltung für dieses Geschäft. Habe sie immer schon gemacht.«

»Ich hatte schon so eine Ahnung, dass Sie nichts davon wissen. Und jetzt, nachdem ich Sie kennengelernt habe, glaube ich wirklich, dass Sie nichts wissen. Aber die Sache ist die … «

Luca verbrachte die nächste Stunde damit, dem älteren Mantovani im Detail von der Korruption und dem Trüffelschmuggel zu erzählen, den Maurizio Scali betrieb und vor ihm verbarg. Er sprach auch über den Tod von Fabrizio Leone, der überall in den Nachrichten war, und dass der Fall seiner Meinung nach mit dem Trüffelschmuggel zusammenhing. Francesco Mantovani hörte ruhig, aber betroffen zu. Er hegte zunächst Zweifel, stellte ab und zu eine Frage und wirkte bedrückt. An gewissen Stellen bestätigte er Lucas Nachforschungen, und ab und an bemerkte Luca eine kleine Träne in seinem Augenwinkel. Aber er blieb stark und sicher und erklärte, dass er bereit sei, bei allem mitzuwirken, was nötig sei, um der Gerechtigkeit Genüge zu tun. Als Luca das Gefühl hatte, alles geklärt zu haben, fragte er Francesco Mantovani, ob er noch irgendwelche Anmerkungen oder Fragen habe. Dieser verneinte, und Luca fragte, während er sich bereits zum Gehen wandte:

»Sagen Sie mir doch bitte noch die Adresse Ihres Lagers.«

»Es liegt in der Via Pietro Rotari, in der Nähe der Stazione Porta Vescovo«, antwortete Francesco Mantovani mit bekümmerter Miene.

Luca nickte Francesco zu und verließ den Gourmet-Laden. Genau dorthin wollte er nun fahren.

18. KAPITEL

Vor dem Lagerhaus der Mantovanis in der Via Pietro Rotari stand der Porsche von Maurizio Scali, und hinter dem großen Tor der Lagerhalle lugte die grüne Front des Mercedes-Transporters hervor, dem Luca vom Brenner bis zur *HelenaMed*-Klinik am Starnberger See gefolgt war. Luca fuhr an dem Lagerhaus vorbei und hielt seinen Pick-up auf der anderen Straßenseite an.

Maurizio Scali hatte gleich am Morgen Salvatore angerufen und ihn zum Lager beordert, weil er Weine und Olivenöl für die Osteria in der Nähe der Marina di Garda verladen sollte. Salvatore, der wieder bei seinem Freund in Bussolengo übernachtet hatte, war überglücklich, als er am Telefon die Stimme von Maurizio Scali hörte, der ihm sagte, er solle ins Lagerhaus kommen. Die unangenehme Unterhaltung vom Vorabend im Restaurant *La Traviata* war sofort vergessen, er stieg in seinen alten VW Golf und raste zum Lagerhaus. Die Dinge, so dachte Salvatore, würden sich schon wieder einrenken.

Luca näherte sich dem Eingang des Lagerhauses in der Annahme, dass Maurizio Scali ihn nicht erkennen würde und dass Salvatore Contesti, sein Verbündeter, schweigen würde aus Angst, hinter Gitter zu kommen. Luca hatte ihn in der Hand, also würde Salvatore vermutlich so tun, als würde er ihn nicht kennen. Doch als Luca vorsichtig an dem

Lieferwagen vorbei in die Lagerhalle spähte, erblickte er zu seiner Überraschung niemanden. Vorsichtig wagte er sich zwei Schritte weiter in den Raum hinein. Das Lager bestand aus zwei Teilen: einem kleineren Eingangsbereich, in dem sich die von den Lieferanten erhaltenen Kisten und Styroporboxen befanden, die für den Transport benötigt wurden, und dahinter gab es noch einem zweiten, größeren Raum, in den man durch ein weiteres Tor gelangte. Luca überlegte nicht lange. Er trat durch das Tor und stieg, vorsichtig um sich blickend, die Seitentreppe hinauf, die zu einer Art Galerie führte, die rund um den gesamten Raum ging und einen Blick auf die komplette Lagerhalle ermöglichte. Er schaute nach unten und erlebte eine Überraschung. In der Lagerhalle, gleich hinter dem Tor zum Eingangsbereich, standen ein orangefarbener VW Golf mit offenem Kofferraum und, fein säuberlich angeordnet und auf Hochglanz poliert, zwei Reihen mit jeweils fünf legendären Harley-Davidson-Motorrädern. Dahinter fünf Autos, die mit schwarzem Stoff abgedeckt waren. Plötzlich trat Maurizio Scali aus einer kleinen Tür am hinteren Ende der Lagerhalle, die zu den Toiletten führte. Luca duckte sich blitzartig und machte ein paar schnelle Schritte zur Seite, bis er mit dem Rücken an die Wand stieß. Hatte Scali ihn bemerkt? Er presste sich an die Wand, holte ein paarmal tief Luft, wagte sich dann wieder an das Geländer und blickte nach unten. Sein Herz machte einen Satz. Im nunmehr offenen Kofferraum des VW Golf lag, völlig bewegungsunfähig, Salvatore Contesti. Seine Hände waren mit Plastikstreifen hinter dem Rücken gefesselt und der Mund mit einem Klebeband verschlossen, das um seinen Kopf gewickelt war. Salvatore konnte ihn nicht sehen. Luca versicherte sich, dass sein Mobiltelefonton auf lautlos gestellt war, machte schnell ein paar Fotos und steckte das Handy wieder ein. Der Schweiß lief ihm über die Stirn, und der Drang, einfach loszurennen, war enorm. Er hielt immer noch den Atem an und beobachtete Maurizio Scali, der sich die Hände an einem Handtuch abwischte. Luca versuchte nun nicht einmal mehr, sein Mobiltelefon herauszuholen, um Bilder zu machen, so sehr zitterte er. Seine Finger schienen ihm nicht mehr zu gehorchen. Doch Scali hatte ihn nicht bemerkt, also zwang er sich, leise auszuatmen, um sich zu beruhigen. Ohne einen Blick auf Salvatore Contesti zu werfen, schlug Maurizio Scali den Kofferraum des Golfs zu und ging zum Einfahrtstor der Lagerhalle. Er manövrierte den Mercedes-Transporter so zur Seite, dass er mit Salvatores Golf daran vorbeifahren konnte. Dann stieg er in den Golf, fuhr ihn aus der Lagerhalle und parkte ihn draußen auf der Straße hinter seinem Porsche. Anschließend kam er zurück und fuhr den Mercedes-Transporter rückwärts in die Halle. Auf dem Weg nach draußen schaltete Scali noch die Alarmanlage ein und verschloss das Tor der Lagerhalle. Krachend rastete es im Schloss ein.

Luca schnappte nach Luft und stand auf. Verdammt, der Alarm war aktiviert. Wie sollte er nun wieder herauskommen, dachte er verzweifelt. Er rannte zu einem der Fenster und sah, wie Scali mit dem Golf die Straße hinunterfuhr und verschwand.

Als Kommissar Manchini Lucas Nummer auf dem Bildschirm seines Handys sah, ging er sofort ran.

»Hallo, Luca. Was gibt es Neues?«

»Onkel Mauro, gibt es die Möglichkeit, eine Fahndung nach einem Auto einzuleiten? Jetzt sofort?«

»Klar, aber was ist denn los?«

»Ich schicke dir das Foto. Es ist ein orangefarbener VW Golf mit Veroneser Kennzeichen.«

»Ruhig, ruhig, mein Junge. Was ist passiert?«

»Ich habe auch das Kennzeichen. VR991RC. Du musst schnell handeln. Das Leben von Salvatore Contesti ist in Gefahr!«, schrie Luca in das Mobiltelefon.

»Luca, beruhige dich bitte! Das Wichtigste zuerst. Geht es dir gut? Wo bist du gerade? Was ist los?«

»Mir geht es gut, aber Maurizio Scali hat gerade Salvatore gefesselt und im Kofferraum von dessen Wagen mitgenommen.«

»Was?«

»Ja, es ist genau so, wie ich es dir sage. Veranlasse bitte, dass nach dem Auto gefahndet wird. Ein orangefarbener VW Golf mit dem amtlichen Kennzeichen VR991RC.«

»Wo bist du?«

»In Verona. Im Lager der Mantovanis. Ich muss hier raus. Warte. Es kommt jemand rein. Ich rufe dich wieder an. Bitte leite die Fahndung ein!«

Luca beendete das Gespräch, und Kommissar Manchini hieb auf den Tisch, was ihm fast die Hand brach.

»Was zum Teufel ist los mit diesem Kerl? Er hört nie zu. Antwortet nie richtig. Und jetzt muss ich hier besorgt und blind rumlaufen, ohne genau zu wissen, was passiert ist und was ich tun soll.«

»Luigi!«, rief der Kommissar. »Schicken Sie zwei oder drei Autos auf die Suche, um diesen VW Golf in Verona zu finden.« Luigi las das Papier, das ihm der Kommissar gereicht hatte, zuckte mit den Schultern, als wüsste er nicht, was er genau tun sollte, und der Kommissar fügte hinzu: »Und kontaktieren Sie alle Polizeistationen in Verona, Venedig und Umgebung und geben Sie die Informationen an sie weiter. Schreiben Sie den Wagen zur Fahndung aus. Heute noch! Los, los!« Luigi nickte und machte sich eilends davon.

Als Luca, mit seinem Onkel sprechend, in der Lagerhalle die Treppe hinuntergestiegen war, um die Halle genauer zu inspizieren und eine Möglichkeit zu finden, den Alarm auszuschalten und hinauszukommen, hatte er Geräusche am Eingangstor gehört. Nun blieb er auf halbem Weg stehen, drückte sich gegen die Wand und hielt den Atem an. War Scali zurückgekommen? Luca sah sich verzweifelt nach einem Fluchtweg um, als sich das Tor knarzend öffnete. Er eilte die Treppe wieder hoch. Der jüngste der Mantovani Brüder trat ein. Alberto. Das darf doch nicht wahr sein, dachte Luca. Dieser versoffene Mistkerl, der das Mädchen bedrängt hat. Auf der Galerie presste Luca sich mit dem Rücken an die Wand. Alberto Mantovani wusste, was er wollte. Er ging zu den Motorrädern und setzte sich auf eines davon: auf eine *Road King Classic*. Er streifte sich ein Paar Lederhandschuhe über, startete die Harley-Davidson und lauschte dem unverwechselbaren Klang des Motors. Er wirkte wie in Trance und schien das Geräusch zu genießen. Alberto Mantovani ließ den Motor drei- oder viermal aufheulen, als wollte er dieser Harley-Davidson-Sound-Session mehr Intensität verleihen. Dann fuhr er, an dem Mercedes-Transporter vorbei, ganz langsam zum Ausgang und stellte die Maschine vor dem Lagerhaus ab. Luca reckte seinen Kopf nach vorn, um besser sehen zu können, was vor sich ging, zuckte aber sofort zurück, als Alberto Mantovani wieder in die Halle kam und Richtung Toilette ging. Jetzt oder nie, schoss es Luca durch den Kopf, und er nutzte die Gelegenheit zur Flucht. Er rannte die Treppe hinunter und hinaus ins Freie. Hektisch sah er sich um, aber auf der Straße war kein Mensch zu sehen. Er lief zu seinem Pick-up, setzte sich ans Steuer und starrte atemlos hinaus. Dann beruhigte er sich wieder und wartete, bis der jüngste der Mantovanis zu seinem Motorrad zurückkehrte. Ein paar Minuten später tauchte Alberto am Eingangstor auf, schaltete die Alarmanlage ein, schloss das Tor und fuhr los. Er beschleunigte bis zum Ende der Straße und bog dann links ab.

Bevor Kommissar Manchini das Kommissariat verließ, rief er Luca an, und der nahm prompt ab.

»Hallo, Onkel Mauro. Alles okay?«

»Von wegen okay! Hör endlich auf mit dieser ›Niemand-weiß-wohin-ich-gehe-Masche‹. Es ist nicht gesund für dich und erst recht nicht für mich, der ich schon alt bin. Was zum Teufel machst du? Ich mache mir Sorgen! Wo steckst du genau, jetzt in diesem Augenblick? Noch nie was von Teamarbeit gehört? Vielleicht wärst du besser in dieser Schickimicki-Uni zum Jura Studieren geblieben, anstatt mir hier Kopfschmerzen zu bereiten. Was sollen diese Alleingänge?«

Luca schwieg betreten.

»Ich habe dir doch schon öfter gesagt, dass man in der Ermittlungsarbeit nichts alleine machen sollte. Hast du das nicht verstanden? Oder willst du es nicht verstehen? He?«

Luca schwieg weiterhin. Er wusste, sein Onkel sorgte sich aus Liebe und weil er nicht wollte, dass ihm etwas passierte. Aber er war beleidigt, schließlich trug er wesentlich zur Aufklärung des Falls bei.

»Luca? Luca, bist du noch da? Antworte mir.«

»Es ist alles okay«, sagte Luca in einem beleidigten Tonfall und legte auf.

Verdammt noch mal, dachte Mauro Manchini sich hin-

terher. Was mache ich da eigentlich? Natürlich ist Luca
sauer auf mich. Er ist jung. Ein Idealist, so wie ich es war,
der Gerechtigkeit schaffen will um der Gerechtigkeit willen. Keine Umwege, keine Tricks. Wie leicht vergisst man
doch, wie man in jungen Jahren war: voller guter Vorsätze
und Träume. Und jetzt will ich die Jugend erziehen, und
sie soll so sein, wie ich sie haben will. Ich, der ich früher
genauso meine Fehler gemacht habe. Ich hätte vieles besser
machen können. Und jetzt bin ich der Klugscheißer, der
nichts aus den eignen Fehlern gelernt hat.

Mauro Manchini fühlte sich schrecklich. Er ging zu der
Terrasse des Restaurants, in dem er mit seinem Neffen zu
Mittag gegessen hatte, bestellte einen doppelten Whiskey
und kippte ihn auf einmal hinunter. Er bestellte noch einen
Doppelten und bat den Kellner um eine Zigarette. Der Kellner reichte ihm eine, und Manchini zog genüsslich an ihr.
Nach und nach beruhigte er sich wieder und begann, seine
Gefühle zu sortieren. Am Ende war er wieder mit sich im
Reinen und trank voller Stolz auf Luca, der nicht nur mutig
war, sondern auch eine gute Intuition hatte, die die sämtlicher Kollegen weit übertraf. Den letzten Whiskey trank
er mit Blick auf den See, der sich majestätisch vor ihm ausbreitete. Er genoss die warmen Strahlen, was er schon lange
nicht mehr getan hatte, und beobachtete, wie die Sonne
hinter dem anderen Ufer unterging.

Nach dem Gespräch mit seinem Onkel schüttelte Luca den
Kopf. Er fühlte sich irgendwie verraten. Nach allem, was
im Lagerhaus passiert war, zwang ihn die Auseinanderset-
zung mit seinem Onkel nun in die Knie. Er wurde traurig.
Zwar hatte er keinen Grund, irgendwelche Zuneigung für
Salvatore zu empfinden, aber das Bild, wie er gefesselt im

Kofferraum lag, war zu viel für ihn gewesen. Verdammt noch mal, dachte er wütend. Hatte Onkel Mauro die Suche nach dem Golf veranlasst? Bestimmt, dachte Luca. Doch was nun? Er schlug mit der flachen Hand auf das Lenkrad. Verdammt! Was würde Maurizio Scali mit Salvatore machen? Bestimmt sollte er auf diesem Weg zum Schweigen gebracht werden. Würden sie ihn nur festhalten oder würden sie ihn ausschalten? Er fürchtete um Salvatores Leben. Lucas Gedanken kreisten um die Realität des Gesehenen und die Unsicherheit dieses Augenblicks. Was konnte er tun? Frustriert startete er den Motor. Er fuhr in Richtung Piazza Brà, stellte den Pick-up an der gleichen Stelle wie am Abend zuvor ab und setzte sich auf die Terrasse des *La Traviata*. Totti, der Kellner, erkannte ihn sofort wieder.

»Hallo! Schon wieder hier? Lust auf ein kaltes Bier?«

»Ja, gerne. Das hab ich jetzt wirklich nötig. Danke, Totti.«

Das Bier kam sofort. Luca trank es in einem Zug aus und bat um einen weiteres. Die Dämmerung breitete sich langsam über Verona aus, und allmählich wurde es dunkel. Auf der Terrasse begannen die Kellner, Lampions und Kerzen anzuzünden. Luca wurde ruhiger, und sein Frust wich einer Art Nachdenklichkeit. Er nippte an seinem Bier und schaute vor sich hin. Es war Mittwoch. Im Restaurant sang Marco Casella, und die Stimmung schien sehr gut zu sein. Die Geräuschkulisse war beeindruckend, und immer wieder schwappten Klänge von bekannten italienischen Schlagern zu Luca herüber. Luca trank den Rest seines zweiten Bieres und war sich sicher, dass es kein besseres Getränk auf Erden gab. Plötzlich spürte er ein leichtes Klopfen auf seiner Schulter. Neben ihm tauchte Antonella auf.

»Hallo, Superman! Darf ich mich setzen? Oder möchtest du lieber allein sein? Wartest du auf jemanden?«

Luca konnte es nicht fassen. Sie war noch schöner, als er es sich die ganze Nacht über vorgestellt hatte.

»Hi! Ähm. Klar!«, antwortete er verunsichert. »Was für eine tolle Überraschung.«

Antonella setzte sich. Sie stellte ihre Kameratasche auf den Tisch und bemerkte:

»Wie es aussieht, geht dir gerade das Bier aus. Möchtest du noch eines haben? Das nächste geht aufs Haus.«

Luca wusste, dass er mit dem Pick-up unterwegs war und eigentlich nicht mehr trinken sollte. Da er aber diese Schönheit, an die er die ganze Nacht über gedacht hatte, nicht enttäuschen wollte, nahm er das Angebot bereitwillig an.

»Ja, gerne!«

Antonella stand auf. Ihre Bewegungen waren anmutig, ihr Gang elegant und entspannt. Luca fokussierte seinen Blick auf sie, hörte auf, an Salvatore zu denken und weiter zu grübeln, und fühlte sich wie der glücklichste Mann der Welt. Antonella kam mit zwei frisch gezapften Bieren und einem Teller mit gemischten Vorspeisen für zwei Personen wieder.

»Hör zu, Superman. Zunächst einmal vielen Dank, dass du mich gestern vor diesem Arschloch gerettet hast. Es ist ein Bekannter meines Vaters, der denkt, wenn er betrunken ist, gehört die Welt ihm.«

»Gerne. Ich habe nur meine Pflicht getan. Wenn er ein Bekannter deines Vaters ist, wäre das doch ein Grund mehr, respektvoll zu sein. Oder liege ich da falsch?«

»Nein. Absolut richtig. Ich denke, du solltest mir jetzt sagen, wie du heißt, damit ich dich nicht ständig ›Superman‹ nennen muss.«

Luca lachte. Sie war nicht nur das schönste Mädchen, das er auf Erden je gesehen hatte, sie war auch lustig und hatte Sinn für Humor. Er streckte seine rechte Hand aus und stellte sich höflich vor:

»Luca. Luca Conti. Totti hat mir gestern gesagt, dass du Antonella heißt. Auch wenn ich vielleicht wie ein Idiot klinge, muss ich doch sagen, dass das ein sehr schöner Name ist.«

»Ah, du hast also mit Totti geredet. Was hat er dir sonst noch erzählt?«

»Oh, tut mir leid, das ist eine Geheimsache zwischen Totti und mir. Ich will nicht morgen hierherkommen und aus Rache mit einem warmen Bier bestraft werden.«

»Das würde Totti nie tun. Er ist der älteste Kellner im Haus. Ohne ihn wäre mein Vater verloren und nichts würde funktionieren.«

»Um wie viel Uhr beginnt dein Vater immer zu singen? Ich bin einfach nur neugierig. Ich kenne ein oder zwei seiner Lieder. Aber ich habe ihn noch nie live gesehen.«

»Na ja, manche Leute finden ihn auch langweilig. Da ich seine Tochter bin, stehe ich natürlich unter dem Verdacht, parteiisch zu sein. Aber ich mag es sehr, wenn er singt. Und er macht das, was ihm am besten gefällt, und das ist wichtig. Und noch viel wichtiger ist, dass er der beste Vater der Welt ist.«

Antonella kannte jeden. Bekannte und Freunde erschienen, sie grüßte sie freundlich und winkte, aber sie blieb an Lucas Tisch sitzen. Sie sah Luca mit ernstem Gesichtsausdruck an und hellte seine traurigen Gedanken auf. Schließlich schulterte sie die Tasche mit der Kamera und sagte:

»Leider muss ich mich für heute verabschieden.«

»Was? Sag nicht, dass du gehen musst.«

»Ja. Doch. Es ist kompliziert. Meine Mutter lebt in New York, und sie reist morgen ab. Deshalb muss ich ihr beim Packen helfen und da sein, falls sie etwas braucht.«

»Bist du mit dem Auto da? Soll ich dich irgendwo hinbringen?«

»Nein. Mach dir keine Sorgen. Es ist weiter weg. Ich muss mit dem Bus nach Bardolino. Wenn meine Mutter hier in Italien ist, wohnt sie immer im Bootshaus meines Vaters. Das ist schön, aber weit weg.«

»Kein Witz. Ich übernachte auch in Bardolino. In einem Bootshaus.«

»Ist gut, Superman. Keine Zeit für Witze. Ich muss jetzt los.«

»Ich meine es todernst«, entgegnete Luca bestimmt. »Ich fahre dich.«

Sie standen beide auf. Antonella ging, um sich von ihrem Vater zu verabschieden, der gerade wieder zu spielen anfing, und kehrte nachdenklich und etwas zweifelnd zurück, weil sie nicht wusste, was sie von Luca halten sollte. Sie war sich nicht sicher, ob sie einen netten Kerl getroffen hatte oder einen Verrückten, denn die Fahrt nach Bardolino würde dauern.

Auf der Fahrt sprachen sie über banale Dinge. Die Atmosphäre war locker und entspannt. Doch in den Momenten der Stille, in denen beide ihren Gedanken nachhingen, reichten die Fantasie und die Gefühle dorthin, wo Worte nicht hinkamen. Als sie an der Adresse ankamen, die Antonella Luca angegeben hatte, lachte Luca laut los und konnte nicht mehr aufhören.

»Hey! Was ist los, Superman, lachst du auf meine Kosten?«

»Nein, nein. So ist es nicht. Es ist nur so, dass mein Onkel 100 Meter die Straße runter ein Bootshaus hat, in dem ich oft übernachte. Dein Bootshaus ist die Nummer neun und das von meinem Onkel hat die Nummer fünf.«

»Wirklich? Was für ein Zufall!«

Oder vielleicht Schicksal, fragte sich Luca, als er aus dem Auto stieg, um ihr die Tür zu öffnen.

Luca brachte Antonella zum Haus. Vor Nervosität bekam sie den Schlüssel nicht ins Schloss. Er nahm ihn ihr beruhigend aus der Hand und öffnete die Tür.

»Ich würde dich gern hereinbitten«, sagte Antonella mit einem Augenzwinkern. »Aber wie du weißt, ist meine Mutter da und ...«

»Schon in Ordnung. Ein anderes Mal.«

Luca trat langsam näher, nahm ihre Hand und küsste sie zum Abschied auf den Mund. Antonella erwiderte den Kuss vorsichtig. Für einen kurzen Moment schien die Zeit stillzustehen. Dann wand sie sich leicht aus seiner begehrlichen Umarmung und verschwand lächelnd im Haus. Luca stand noch einen Moment vor der Tür. Weltvergessen drehte er sich um und blickte in den klaren Nachthimmel. Auch er lächelte. Dann ging er leichten Schrittes zu seinem Wagen.

Als Luca im Bootshaus ankam, war nicht an Schlaf zu denken. Der Kuss wirkte bebend in seinem Innern nach. Er schnappte sich sein Surfbrett und sprang in den See. Der Wind war schwach, die Nacht sternenklar, und es war Vollmond. Sacht glitt er über die Wellen. Die Dunkelheit umfing ihn sanft, und ihm war, als leuchteten die blitzenden Sterne nur für ihn. Er schwebte über die Wellen, genoss die Weite und surfte, bis er nicht mehr daran dachte, wie glücklich er war, Antonella getroffen zu haben. Schließlich kam er zurück zum Bootshaus, und als er zum Kühlschrank ging, um sich ein Bier zu holen, das er auf dem Balkon trinken wollte, vibrierte sein Handy mit einer Nachricht. Es war ein Foto von ihm, wie er im Licht des Vollmonds surfte, darunter ein Emoji mit gespitzten Lippen, das einen Kuss sendete, und ein rotes Herz.

19. KAPITEL

Um 5.30 Uhr in der Früh erwachte der Gardasee mit einem prächtigen Sonnenaufgang, der einen heißen und schönen Tag verhieß. Luca half seinem Aufwachen etwas nach, indem er um 7.30 Uhr in den See sprang und eine kleine Runde im kühlen Wasser schwamm. Er hatte es schon immer geliebt, die Nächte im Bootshaus von Onkel Mauro zu verbringen. Dann duschte er, und als er sich gerade fertigmachte, hörte er auf einmal drei leise Klopfzeichen an der Eingangstür des Bootshauses. Er öffnete die Tür und erblickte am Boden einen Weidenkorb, der mit verschiedenen Frühstücksleckereien gefüllt war. Im Korb befand sich ein kleiner Zettel: ›Fünf Minuten. Ich bin gleich wieder da, Antonella.‹ Aber es dauerte nicht einmal drei Minuten, bis sie mit warmem Brot und dem schönsten Lächeln der Welt von der Bäckerei zurückkam.

»Guten Morgen, Luca. Hast du schon gefrühstückt?«, fragte sie fröhlich.

Luca schaute sich den Korb an, der nicht besser hätte bestückt sein können – Käse, Schinken, Marmelade, Obst, gekochte Eier, Joghurt und ein Krug mit Orangensaft, der nach seiner Einschätzung gerade frisch gepresst worden war – und antwortete:

»Ja.«

»Okay. Dann komm ich morgen früher vorbei. Einen schönen Tag wünsche ich dir!«

»Halt, halt! Das war ein Scherz. Natürlich habe ich noch nicht gefrühstückt. Und wenn, dann würde ich noch mal frühstücken, nur um in deiner Gesellschaft zu sein.«

»Jaja. Aber das war nicht witzig!«, sagte Antonella in gespieltem Ernst, der bald in beidseitiges Gelächter überging.

Luca zog sie an sich und flüsterte ihr ins Ohr:

»Ich konnte die ganze Nacht nicht schlafen, weil ich nur an dich gedacht habe!« Er nahm den Korb, nahm ihre Hand, und sie gingen ins Bootshaus hinein. »Ich werde nicht lügen und sagen, dass ich dich erwartet habe. Denn du bist die beste Überraschung, die es gibt, um in den Tag zu starten.«

Sie deckten den Tisch auf der Veranda. Der Tag war herrlich, und auf dem See waren schon einige Boote mit Anwohnern und Touristen unterwegs. Auf einmal hörten sie das Geräusch eines Schlüssels im Türschloss. Eine Tür öffnete sich knarzend und fiel anschließend wieder laut ins Schloss. Feste Schritte durchquerten das Bootshaus, und auf der Veranda erschien Kommissar Manchini.

»Oh! Ich bitte um Entschuldigung. Luca, ich wusste nicht, dass du Besuch hast.«

Luca sah seinen Onkel an und erkannte die aufrichtige Sorge und Liebe in seinem Gesicht. Er überwand seinen Groll wegen des Streits vom Vortag und sagte:

»Hallo, Onkel Mauro. Schön, dich zu sehen. Darf ich dir Antonella vorstellen? Antonella, das ist mein Onkel Mauro.«

»Freut mich sehr, Antonella«, grüßte der Kommissar.

»Antonella wohnt zwei Bootshäuser weiter und hat meine Einladung zum Frühstück angenommen.«

»Ich verstehe«, nickte der Kommissar und beschloss, schnell wieder zu gehen. »Sag nicht, dass du die Tochter von Marco Casella bist.«

»Ja. Die bin ich«, erwiderte Antonella mit geröteten Wangen.

»Oh, mein Gott. Als ich dich das letzte Mal gesehen habe, warst du nicht mal einen Meter zwanzig groß.«

»Ja. Die Zeit vergeht schnell.«

Manchini, der wusste, dass ihre Eltern getrennt lebten und dass Antonellas Mutter sich in einen Architekten mit einem Büro in New York verliebt hatte, zog es vor, das Gespräch nicht weiter zu vertiefen.

»Es war mir ein Vergnügen. Bitte grüß deinen Vater von mir.«

»Mach ich. Er wird sich freuen.«

»Ich muss leider gehen und mich um ein paar Dinge kümmern. Luca, vergiss nicht, dass du mindestens eine Stunde vor der Anhörung ins Kommissariat kommst. Wir brauchen circa 40 Minuten, um zum Palazzo di Giustizia nach Verona zu fahren. Okay? Und genießt euer Frühstück.«

Der Kommissar verließ das Bootshaus. Antonella stand auf und fragte:

»Was musst du denn vor Gericht machen?«

»Nichts. Ich meine, ich muss zum Gericht und mir eine eidesstattliche Erklärung anhören. Das ist alles.«

»Alles? Was ist los mit dir, Superman? Sag nicht, dass du Ärger mit der Polizei hast.«

»Nein. Hab ich nicht. Ich bin selbst bei der Polizei.«

»Was? Du bist Polizist?«

»Noch nicht ganz. Ich lerne noch. Vielleicht werde ich eines Tages Kommissar.«

»Ist das dein Ernst?«

»Ich bin mir noch nicht ganz sicher.«

»Jetzt bin ich aber platt. Ich dachte, du wärst ein Surfer

Boy und ein angehender Anwalt, der nie fertig wird, und dann auch noch Superman. Aber Polizist?«

»Das ist alles nicht so lustig, wie es vielleicht scheint, Antonella. Ich muss dir etwas sagen.«

»Ja, vielleicht ist das besser. Mit Überraschungen konnte ich noch nie gut umgehen.«

»Das ist leider eine lange Geschichte. Aber ich kann dir sagen, dass ich glaube, dass dein Vater in großen Schwierigkeiten steckt.«

»Was? Mein Vater? Und wie kommst du darauf?«

»Ich habe jetzt keine Zeit, dir alles im Detail zu erklären. Aber glaube mir einfach. Es sieht nicht gut aus.«

Antonella warf ihre Serviette auf den Tisch und stand auf. Sie sah Luca direkt ins Gesicht und sagte:

»Hey, spuck es endlich aus, Luca! Wenn es etwas gibt, wofür ich keine Geduld habe, dann ist es, wenn man um den heißen Brei herumredet. Sag einfach, was du zu sagen hast. Hast du mich verstanden?«

»Okay, du weißt ja, mein Onkel ist der Kommissar von Bardolino. Als ich dir gestern erzählt habe, dass ich mein Jurastudium abgebrochen habe, habe ich dir nicht gesagt, dass ich gerade eine Ausbildung zum Polizeikommissar mache.«

»Und was hat das alles mit meinem Vater zu tun?«, unterbrach Antonella ihn.

»Entspann dich doch mal. Wenn du mich ausreden lässt, erkläre ich es dir.«

»Okay. Entschuldige«, erwiderte Antonella und ließ sich auf den Stuhl fallen.

»Du hast sicher schon von dem Mann gehört, der tot im See gefunden wurde.«

»Ja. Wer hat das nicht. Der, den man um eine Alufelge

gewickelt hat? Verrückte Sache! Aber was hat das mit meinem Vater zu tun?«, fragte sie aufgebracht.

»Bitte beruhige dich. Ich erzähl es dir ja gleich.«

Antonella spürte, dass etwas nicht stimmte. Sie lehnte sich in ihrem Stuhl zurück und nahm sich vor, so lange zu schweigen, bis Luca ihr sagte, was er zu erzählen hatte.

»Der Tod des Mannes vom See steht in direktem Zusammenhang mit einem Trüffelschmuggel, der mich vor ein paar Tagen dazu gebracht hat, den Schmuggler bis nach Deutschland zu verfolgen. Ich habe herausgefunden, dass sein Auftraggeber und der Kopf dieses illegalen Trüffelhandels der Partner deines Vaters im Restaurant ist.«

»Maurizio Scali?«, fragte Antonella verunsichert.

»Ja, genau der. Ich glaube, er ist der einzige Partner deines Vaters. Oder gibt es noch jemanden, von dem ich nichts weiß?«

»Ich habe keine Ahnung vom Geschäft meines Vaters. Ich weiß es nicht.«

»Okay. Aber Tatsache ist, dass Maurizio Scali eine Menge auf dem Kerbholz hat. Ich bin mir nicht sicher, ob dein Vater von allem weiß, was Scali tut.«

Antonella gab keinen Kommentar ab und zuckte nur mit den Schultern.

»Du kennst doch die Speisekarte im Restaurant, oder?« Antonella nickte.

»Ist dir nicht aufgefallen, dass das *La Traviata* das Restaurant mit den meisten und teuersten Trüffelgerichten von ganz Italien ist?«

Luca nahm sein Handy, das er auf dem Tisch liegen hatte, und zeigte Antonella die Fotos der zwei Seiten der Speisekarte des Restaurants, auf denen es ausschließlich Gerichte gab, die mit Trüffeln zubereitet wurden. Allein die Vorspeisen ließen einem Trüffelliebhaber das Wasser im Mund zusammenlaufen:

Getrüffelte Sellerie-Kartoffel-Suppe
Feldsalat mit Trüffeln und verlorenem Ei
Rindfleisch-Carpaccio mit Artischocken, Rucola, Parmesan und Trüffeln
Spiegelei mit Trüffeln
Getrüffeltes Onsen-Ei mit gebratener Brioche und Soße Hollandaise

Antonella überflog auch die Hauptspeisen auf dem nächsten Bild, das eine bunte Auswahl an Trüffelgerichten bereithielt:

Bandnudeln mit Trüffeln
Pasta mit Sahnesoße und gehobelten Trüffeln
Trüffelrisotto
Getrüffeltes Selleriepüree mit Portweinreduktion
Languste im Filoteig, mit Bohnen und schwarzem Trüffel
Hirschmedaillons mit Cranberries und Trüffel-Kartoffelpüree
Trüffel-Dorade auf Kartoffelbett
Steinbutt auf Trüffelnage

Selbst Trüffeldesserts, Ziegenkäsecreme mit Trüffeln und Trüffel-Whiskey wurden angeboten.

Antonella zuckte nach dem Überfliegen der Speisekarte wieder nur mit den Achseln. »Ja und? Was soll das jetzt?«

»Diese Art von Menüs, allein die Menge und das zu diesen Preisen, kann nur anbieten, wer eine gute Quelle für die Trüffel hat«, erklärte Luca. »Laut unseren Ermittlungen hatte und hat dein Vater große Probleme mit der Buchhaltung und Finanzierung des Restaurants. Verzögerungen bei der Steuerzahlung, unbezahlte Lieferanten und hohe Kosten für die Instandhaltung des Hauses.«

»Was willst du damit andeuten?«

»Ich will gar nichts andeuten. Aber falls dein Vater nicht weiß, was los ist, helfen wir ihm am besten, wenn wir nachweisen, dass Maurizio Scali bis zum Hals in diesen Trüffelschmuggel verstrickt ist. Aber ich bin mir auch nicht sicher, ob dein Vater wirklich nichts davon weiß. Verstehst du, was ich meine?«

Antonella spürte, wie ihr die Röte ins Gesicht stieg und ein Gefühl des Unbehagens sich in ihrem Körper ausbreitete. Doch sie schwieg und gab keinen Kommentar zu Lucas Verunglimpfung ihres Vaters ab.

»Dein Vater hat viele Schulden angehäuft, und um seine Angestellten zu bezahlen, muss er häufig die Bank um Geld bitten. Natürlich spricht man auch über das Debakel seiner Karriere, den Rückgang der CD-Verkäufe, die fehlenden Einladungen zu Konzerten und darüber, dass die kleinen Hauskonzerte, die er im Restaurant gibt, mehr Ausgaben als Einnahmen bedeuten. Laut unseren Ermittlungen hat er 49 Prozent des Restaurants an Maurizio Scali verkauft, und das zu einem Preis, der weit unter dem Wert lag! Laut der Inspektoren, die die Geschäftsfinanzen wegen eines Korruptionsverdachts untersucht haben, hatte er wohl keine Mittel mehr, um bestimmte Zahlungen fristgemäß zu leisten, und verkaufte deshalb einen Teil des Geschäfts. Da könnte man doch etwas Geld gut gebrauchen, oder?«

Luca bemerkte, dass Antonella völlig erstarrt war und keine Miene mehr verzog. Sie war so gelähmt, dass nicht einmal mehr ihre Atmung zu erkennen war. Er stand auf und ging zu ihr hinüber. Er ging in die Knie, um ihr während des Erzählens näher zu sein:

»Es tut mir leid, Antonella. Ich wollte dich mit all dem nicht beunruhigen. Ehrlich gesagt glaube ich nicht, dass dein Vater eine Ahnung hat, was Maurizio Scali mit dem *La Traviata* treibt oder was er damit vorhat.«

Antonella schob Luca energisch von sich, stand auf und sagte:

»Ich weiß nicht, was du denkst oder weißt oder meinst zu wissen. Aber du und dein Onkel mit den Ermittlungen und deine ganzen Inspektoren mit ihren Prüfungen, ihr könnt mich alle mal!«

Luca erschrak. »Antonella, es tut mir leid. Ich wollte dich nicht verletzen. Ich dachte nur, der beste Weg, deinem Vater zu helfen, wäre …«

»Wäre was?«, unterbrach Antonella ihn schneidend und begann, den Korb wegzuräumen. »Du verdammter Lügner. Du verheimlichst mir, dass du bei der Polizei bist, sag, was willst du eigentlich? Willst du näher an die Tochter ran, um mehr Informationen zu erlangen? Ja? Um mehr Details zu erfahren? Wie dumm von mir, zu denken, du könntest ein netter Kerl sein. Aushorchen wolltest du mich! Versuch lieber zu fliegen, Superman, du bist doch nichts weiter als ein Superclown!«

Luca konnte es nicht fassen. Antonella nahm wütend den Korb, goss den restlichen Orangensaft in eine Blumenvase, stellte den Krug zurück in den Korb und ging ohne ein weiteres Wort. Er eilte ihr hinterher und versuchte, sie aufzuhalten, aber vergeblich.

»Lass mich in Ruhe, du Idiot. Lass sofort meinen Arm los. Hörst du?«

Ihre Stimme überschlug sich beinahe.

»Antonella, warte! Es ist nicht so, wie du denkst. So warte doch.«

»Lass mich! Danke, dass du mir den schlimmsten Moment meines Lebens beschert hast, du skrupelloser, beschissener

Bulle! Du taugst nur dafür, anderen Leuten das Leben zu versauen. Kümmere dich lieber um deinen eigenen Kram!«

Sie schlug die Tür zum Bootshaus zu. Luca fühlte sich hundeelend. Er schnappte nach Luft. »Verdammte Scheiße!«, entfuhr es ihm laut, und er schlug mit der Faust gegen die Wand, dass diese erzitterte. Die Traurigkeit, die seinen Körper erfasste, war unermesslich. Er blickte auf den See, auf das andere Ufer und den Tisch, der jetzt unordentlich und leer war. Es ärgerte ihn, dass genau in diesem Augenblick der Himmel in schönstem Blau erstrahlte und einen verheißungsvollen Tag verkündete. Er setzte sich und ließ den Kopf in seine Hände sinken. Ein oder zwei Wolken zogen vorbei, und er hatte noch 15 Minuten Zeit, um ins Kommissariat zu kommen. Er raffte sich auf. Sein Onkel wartete, und bei der Anhörung stand das Leben eines Unschuldigen auf dem Spiel.

20. KAPITEL

Da Bardolino zur Provinz Venedig gehörte, fand die Anhörung in dem Verfahren gegen Simone Palermo im Tribunale di Verona statt. Wie vereinbart, wartete Kommissar Manchini um 10 Uhr auf Luca vor dem Kommissariat von Bardolino. Manchini traf gerade die letzten Vorbereitungen für die Fahrt nach Verona und freute sich, seinen Neffen zu sehen.

»Hallo, Luca. Gut, dass du schon da bist. Laut meinem GPS erreichen wir das Gerichtsgebäude in der Corte Giorgio Zanconati in 35 Minuten, wenn wir die SP5 und die Via Statale 12 nehmen. Kannst du bitte noch die Unterlagen holen?«

Luca ging schnell ins Kommissariat und kam mit einer Mappe voller Dokumente wieder heraus. Er stieg ins Auto, schloss die Tür und ließ sich auf den Sitz fallen. Der Kommissar startete den Wagen, und sie fuhren in Richtung Verona los. Als er bemerkte, dass Luca kein Wort sagte, begann er:

»Ich habe das Gefühl, Luca, dass das nicht gutgeht. Simone Palermo wird auf nicht schuldig plädieren und sich zu Recht beim Richter über die Art und Weise beschweren, wie wir ihn verhaftet haben. Und wir haben das große Problem, dass wir den Schuldigen immer noch nicht gefunden haben. Wir haben weder einen Täter noch eine Mordwaffe. Auch die Fahndung nach dem Wagen von Salvatore ist bis jetzt ergebnislos geblieben. Bislang haben wir nichts Konkretes.«

»Mal sehen, was der Richter sagt«, antwortete Luca zerstreut.

»Was ist los mit dir, Mann? Wo ist der glückliche Junge geblieben, den ich heute Morgen gesehen habe? Du ziehst ein Gesicht wie sieben Tage Regenwetter, und dabei hast du heute Morgen mit einer absoluten Schönheit gefrühstückt. Wenn ich ehrlich sein soll, war es eine ziemliche Überraschung.«

Luca blickte aus dem Autofenster auf die vorbeiziehenden Häuser, Mauern und Bäume, während sein Onkel mit hoher Geschwindigkeit fuhr, und reagierte nicht.

»Dass du gelegentlich im Bootshaus schläfst und nachts surfst, wusste ich. Ich wusste aber nicht, dass du auch Prinzessinnen dorthin einlädst«, sagte Manchini scherzhaft.

»Sie hat gar nicht dort geschlafen.«

»Okay. War ja nur ein Scherz. Ich hatte Antonella schon lange nicht mehr gesehen. Sie ist eine sehr schöne Frau geworden und scheint wirklich nett zu sein. Oder liege ich da falsch?«

»Keine Ahnung. Sie ist gleich nach dir aus dem Haus gestürmt.«

»Was? Wieso denn? Habe ich was falsch gemacht? Ich wollte euch doch nicht stören!«

»Nein. Du warst eigentlich ganz nett. Ich glaube, ich habe es versaut.«

»Wie kommst du darauf?«

»Ich war zu blöd. Ich wollte ihr von ihrem Vater erzählen und von dem Ärger mit Maurizio Scali, der auf ihn zukommt.«

»Und? Du hast doch Jura studiert, du solltest eigentlich wissen, wie man das macht, oder?«

»Das war das Problem. Ich glaube, ich habe zu viel preisgegeben. Es wäre vielleicht besser gewesen, wenn ich nichts gesagt hätte. Sie fragte dann, was ihr Vater mit dem Fall zu tun hat. Und um ihr zu erklären, dass ihr Vater möglicherweise nichts mit dem Fall zu tun hat, aber ein Auge auf Scali haben muss, habe ich ihr erzählt, wie es wirklich um das Geschäft ihres Vaters steht. Sie wusste nicht, dass er finanzielle Probleme hat. Ich habe ihr gesagt, das schlechte Geschäft ihres Vaters könnte diesen dazu gebracht haben, den miesen Deal von Maurizio Scali zu akzeptieren und ihm Anteile am Restaurant zu einem Dumpingpreis zu verkaufen. Natürlich war sie dann beleidigt.«

»Aber deine Absicht war gut. Ich weiß nicht, wo das Problem liegt.«

»Was zählt schon die gute Absicht, wenn ich Idiot einer Tochter Dinge erkläre, die ihren Vater schlechtmachen. Und das, obwohl sie mir kurz zuvor gesagt hat, dass ihr Vater der beste Vater der Welt ist.«

»Okay, das ist heikel«, gab der Onkel zu.

»Das Schlimmste ist aber, dass sie denkt, ich hätte sie nicht zufällig getroffen, sondern gezielt ausgesucht, um ihren Vater auszuspionieren und an mehr Informationen zu dem Fall zu kommen.«

»Oje. Manchmal bewirken gute Absichten nur Missverständnisse.«

»Ja. Ich weiß. Aber jetzt ist es zu spät.«

»Es ist nie zu spät, Luca, um Dinge richtigzustellen. Wo hast du sie eigentlich kennengelernt?«

Luca erzählte die Geschichte vom Restaurant *La Traviata* und dass er sie aus den Händen von Alberto Mantovani rettete, der sturzbetrunken versucht hatte, sie im Flur zur Toilette zu küssen. Und dass es eine kleine Handgreiflichkeit gab. Manchini spürte, wie verzweifelt sein Neffe war, und ließ ihn reden. Luca schüttete ihm sein Herz aus, erzählte von der Situation in der Lagerhalle, von dem gefesselten Salvatore und von der Angst um dessen Leben, von Antonella und von allem, was ihn beunruhigte und was er in den letzten Stunden durchgemacht hatte. Als sie das Gelände des Palazzo di Giustizia erreicht hatten, hielt der Kommissar das Auto auf dem Parkplatz des Gerichtsgebäudes an. Auf dem Weg zur Anhörung legte Manchini Luca den Arm um die Schulter und flüsterte ihm beschwörend ins Ohr:

»Alles wird gut, Luca. Du wirst sehen, sie kommt zur Vernunft und erkennt, dass du sie nur davor bewahren wolltest, überrascht zu werden von all den Problemen ihres Vaters. Und vielleicht ist Marco Casella wirklich mehr in diesen Fall verwickelt, als wir uns vorstellen können. Wer weiß.«

Die beiden beschleunigten ihre Schritte, und der Kommissar mahnte: »Jetzt konzentrieren wir uns aber auf die bevorstehende Anhörung. Wenn das schiefgeht, steht die Polizei nicht gut da.«

»Ja, das ist wohl das Beste«, stimmte Luca zu. »Simone Palermo ist bestimmt wütend, weil wir ihn ohne ausreichende Beweise verhaftet haben und er die Nacht im Gefängnis zugebracht hat.«

»Ja. Ich werde darauf eingehen«, sagte Mauro Manchini.

In der Provinz Venedig konnte es Jahre dauern, bis ein Fall vor Gericht kam. Doch im angrenzenden Tribunale di Verona wurde die Anhörung vor dem Haftrichter so schnell wie möglich angesetzt. Der Gerichtssaal von Richter Riccardo Gentile war klein und überfüllt, was ungewöhnlich war, denn Anhörungen fanden ohne Zuschauer statt. Da

Richter Gentile aus der Region Garda stammte, war er meistens für die Fälle um den Gardasee zuständig. Der Richter wusste um das Interesse an diesem Fall und wollte die Gelegenheit nutzen, sich öffentlichkeitswirksam in Szene zu setzen. Inszenierungen waren ganz nach seinem Geschmack. So ließ er die Journalisten bewusst in den Saal und überlegte sogar noch, ob sie in ein größeres Zimmer umziehen sollten, denn die Neugierde auf den möglichen Verbrecher, der Fabrizio Leone auf so makabre Weise umgebracht hatte, war groß. Die Journalisten drängten herein und versuchten, die guten Plätze zu ergattern. Gentile warf einen Blick in den Saal und entschied sich dann gegen den Raumwechsel. Es war wohl das Beste, diese Anhörung vor dem Richter so ruhig wie möglich zu halten, da die Beweise gegen Simone Palermo allem Anschein nach zweifelhaft waren. Zwar könnte ein gewisser Vorsatz vorliegen, aber da es keine Mordwaffe oder konkrete Beweise gab, würde die Polizei weiter nach dem Mörder suchen. Simone Palermo trat in Begleitung von zwei Polizeibeamten ein und setzte sich an den Tisch des Angeklagten neben einen Pflichtverteidiger, den er erst eine Stunde zuvor kennengelernt hatte. Als der Richter eintrat, erhoben sich die Anwesenden, und Simone Palermo empfand eine gewisse Erleichterung, als er die Hasenzähne und die Stupsnase seines Nachbarn aus Kindheitstagen wiedererkannte. Das kann nicht wahr sein, dachte er. Der Richter ist Ricco! Ricco war Riccardo Gentiles Spitzname aus der Kindheit. Dieses verdammte Arschloch hat es doch glatt zum Richter gebracht, ärgerte sich Palermo.

Riccardo Gentile und Simone Palermo waren in der Kindheit Nachbarn in Campagnola gewesen, und Simone erinnerte sich, dass Riccardo ein trauriger und nerviger

Junge gewesen war, der von allen verspottet wurde. Er entstammte einer Familie, die für ihre Ungeschliffenheit, Grobheit und Armut bekannt war. Ricco war ein Schmarotzer, der gern auf Kosten anderer lebte, weil er zu Hause nicht genügend zu essen bekam, erinnerte sich Palermo. Er konnte einem perfekt die Ohren volljammern und Mitleid erregen, wenn er Hilfe brauchte. Aber danach hielt er sich immer für besser als die, die ihm geholfen hatten. Er hatte schon immer von anderen profitiert und sich auf Kosten anderer durchgeschlagen. Später hatte er mithilfe des staatlichen Sozialprogramms sogar studiert und sein Jurastudium abgeschlossen, wobei er auch in dieser Phase gern die Hilfe von anderen angenommen hatte. Später, als er Richter am Gericht von Verona geworden war, wurde Riccardo Gentile für seine Arroganz und Diskriminierung gefürchtet.

Simone Palermo hatte ambivalente Gefühle seinem Kindheitsfreund gegenüber. Irgendwie hasste er diesen Schmarotzer, aber es hatte auch Zeiten gegeben, in denen Riccardo Gentile ihm leidgetan und er ihm mit Geld und Essen ausgeholfen und ihn vor den anderen Jungs beschützt hatte, die ihn verprügeln wollten. Vielleicht stehen die Chancen ja gar nicht so schlecht, dachte sich Palermo, zumal er das Recht auf seiner Seite wusste.

Der Richter legte die Papiere, die er in der Hand hielt, auf den Tisch und setzte sich. Er sah Simone Palermo an, als würde er ihn nicht kennen, und fragte den Staatsanwalt:

»Gibt es etwas Neues zu diesem Fall?«

»Nein, Herr Richter. Die Aussage der Verteidigung bleibt bestehen. Die aktuellen Informationen finden Sie in dem Dokument, das Ihnen heute Morgen zugestellt wurde.«

Riccardo Gentile wandte sich an den Anwalt von Simone Palermo und fragte:

»Hat die Verteidigung das Dokument ebenfalls erhalten?«

»Ja, Euer Ehren.«

»Soweit ich informiert bin, hatten Sie bereits Zeit, sich mit dem Angeklagten zu beraten.«

»Ja, Euer Ehren. Heute Morgen.«

»Und wie ist der Stand der Dinge?«

»Mein Mandant bestätigt seine Aussage und sagt, er sei unschuldig.«

Riccardo Gentile ließ seinen Blick über die Papiere schweifen, die er vor sich hatte, ohne einem davon besondere Aufmerksamkeit zu schenken. Ein Gerichtsassistent trat mit einer Bibel an den Tisch des Angeklagten.

»Erheben Sie sich bitte«, sagte der Anwalt von Simone Palermo etwas verwundert, denn es lag im Ermessen des Richters, die Angeklagten oder Zeugen auf die Bibel schwören zu lassen oder nicht. Denn auch ohne Eid waren die Zeugen natürlich der Wahrheit verpflichtet. Vielleicht ist es dem Medienrummel geschuldet und Gentile will die richtigen Bilder liefern, dachte er.

Simone Palermo stand auf und sah sich um. Der Raum war voll. Hunderte von Fotos wurden geschossen, und einige der Anwesenden begannen, mit ihren Handys zu filmen. Ein lautes Hämmern war auf dem Tisch des Richters zu hören. Er brüllte:

»Was soll das? Wurden Sie nicht darauf hingewiesen, dass das Filmen nicht erlaubt ist? Welchen Teil des Hinweises haben Sie nicht verstanden? Noch ein Video, und ich schicke Sie alle raus.«

Absolute Stille trat ein.

Der Richter hämmerte noch einmal auf den Tisch und rief in Richtung des Gerichtsassistenten:

»Sie können fortfahren!«

Simone Palermo, der noch stand, konnte nicht glauben, was da gerade geschah und dass er im Begriff war, einen dieser Schwüre abzulegen, die er bis jetzt nur in Filmen gesehen hatte. Träume ich, oder was passiert da gerade in meinem Leben, dass ich von einem Moment auf den anderen weder weiß, wie ich hier reingeraten bin, noch was ich hier tue. Ich habe niemanden umgebracht, versicherte er sich selbst. Der Gerichtsassistent trat ein paar Schritte näher an den Tisch der Verteidigung und fragte, die Bibel hochhaltend:

»Können Sie bitte Ihren Vor- und Nachnamen nennen?«

Simone Palermo holte tief Luft, schüttelte den Kopf und antwortete laut:

»Simone. Nachnamen: Palermo.«

»Versprechen Sie, die Wahrheit zu sagen, die ganze Wahrheit und nichts als die Wahrheit?« Palermo legte die Hand auf die Bibel und sagte:

»Ja. Ich schwöre es. So wahr mir Gott helfe.«

Gleich darauf meldete sich der Staatsanwalt zu Wort: »Herr Richter, darf ich mich an den Angeklagten wenden?«

»Sicher«, antwortete der Richter.

»Herr Palermo, stimmt es, dass Sie am Nachmittag des 26. September mit dem verstorbenen Fabrizio Leone zusammen waren?«

»Ja, das stimmt. Das steht auch in meiner Aussage.«

»Ich weiß, dass es in Ihrer Aussage steht. Aber ist es nicht auch so, dass Sie einen Streit, sagen wir, ein Missverständnis, eine Auseinandersetzung hatten?«

»Ja, einen Streit. Das steht auch in meiner Aussage.«

»Ich weiß, was in Ihrer Aussage steht.«

»Wenn Sie es wissen, warum fragen Sie mich dann?«

Gelächter schallte durch den Raum, und ein aufgebrachtes Gemurmel ließ Unruhe aufkommen.

»Ruhe! Ruhe bitte!«, rief Richter Riccardo Gentile und schlug mit seinem hölzernen Hammer ein paarmal auf das Pult. »Herr Staatsanwalt, Sie können fortfahren.«

Der Staatsanwalt wurde unruhig, und Schweißtropfen sammelten sich auf seiner Stirn. Er rückte den Knoten seiner Krawatte zurecht und fuhr mit der Befragung fort:

»Erachten Sie es nicht auch als sehr großen Zufall, dass die von der Forensik angegebene Uhrzeit, zu der Fabrizio Leone brutal ermordet wurde, mit Ihrem Treffen und Ihrem Kampf zusammenfällt?«

»Ich denke, ich bin nicht hier, um mich mit Zufällen auseinanderzusetzen. Was ich weiß, steht in meiner Aussage. Und mehr weiß ich auch nicht. Ich habe nichts mit dem Tod von Fabrizio Leone zu tun. Er war ein Arbeitskollege, wir hatten unsere Streitigkeiten. Aber ich hätte ihn niemals aus irgendeinem Grund töten wollen. Weder ihn noch sonst jemanden.«

Kommissar Manchini wandte sich an Luca und flüsterte: »Der Staatsanwalt sollte ihn nicht so angehen. Er greift Palermo grundlos an, um die Polizisten zu schützen, die ihn verhaftet haben, mitten auf einer Beerdigung, aber ich denke, das ist die falsche Taktik.«

Luca nickte zustimmend und verfolgte weiter aufmerksam die Verhandlung. Einer der Gründe, warum er Jura studiert hatte, war, dass er die Aufregung in den Gerichten und die Interventionen der Anwälte bei den Verhandlungen liebte. Die heutige Aufgabe war für den Staatsanwalt nicht leicht. Er musste die Vorgehensweise der Polizei verteidigen und versuchen, irgendwie die Schuld Palermo zuzuschieben.

»Ist es nicht so, dass Sie mit Herrn Fabrizio Leone zusammen ein illegales Geschäft, sagen wir mal Trüffelschmuggel, betrieben haben?«, fragte der Staatsanwalt, der versuchte, seine Taktik zu ändern.

»Entschuldigen Sie, aber wenn ich mich nicht irre, steht in meiner Akte, dass der Grund für meine Verhaftung und für dieses Verhör ist, dass ich verdächtigt werde, Fabrizio Leone getötet zu haben. Ich habe Ihnen bereits gesagt, dass ich unschuldig bin. Erzählen Sie mir jetzt bitte nichts über Trüffel und Geschäfte. Ganz zu schweigen von der grotesken Art und Weise, in der ich verhaftet wurde. Ich bin unschuldig und habe nichts zu sagen. Ich will meine Freiheit zurück. Das ist alles ein Missverständnis. Der Richter soll entscheiden.«

Der Anwalt, den das Gericht Simone Palermo zur Verfügung gestellt hatte, drückte ihm den Arm, um ihn zu beruhigen.

Simone Palermo entzog dem Anwalt seinen Arm und fuhr wütend fort:

»Fassen Sie mich nicht an, ich kenne Sie ja kaum. So werden unschuldige Menschen behandelt. Da würde ich ja gerne mal wissen, was Sie dann mit den Schuldigen machen. Es ist doch völlig egal, ob Sie hier sind oder nicht, ob Sie meinen Verteidiger spielen oder nicht. Ich glaube nicht eine Minute, dass Sie hier sind, um meine Interessen zu vertreten.« Simone Palermo wurde noch lauter: »Sie stecken doch alle miteinander unter einer Decke. Ich bin unschuldig. Ich bin unschuldig, und wenn Sie den Mörder von Fabrizio Leone finden wollen, sollten Sie schleunigst nach dem Schuldigen suchen. Ihr seid alle ein Haufen Arschlöcher!«

Kaum dass Luca zu seinem Onkel gesagt hatte, dass Simone Palermo da eindeutig zu weit gegangen war, krachte auch schon der Hammer des Richters Riccardo Gentile auf das Pult.

»Herr Palermo, bitte etwas mehr Respekt vor dem Gericht. Was glauben Sie denn, wo Sie sind?«

Als Palermo Riccos Stimme hörte, die ihn zurückversetzte in seine Kindheit und ihn an die Art und Weise erinnerte, wie der Richter damals alles und jeden manipuliert hatte mit seiner Mitleidstour, um dann daraus seinen Profit zu schlagen, wurde er so wütend, dass er die Kontrolle verlor und antwortete:

»Respekt vor dem Gericht? Das darf doch nicht wahr sein! Sie reden hier von Respekt? Ist das Ihr Ernst? Und dann kommt diese inkompetente Polizei und verhaftet mich ohne Beweise auf der Beerdigung eines Freundes? Und mir sagen Sie, ich soll Respekt haben? Was soll ich denn meiner Frau oder meinem kranken Sohn, der zu Hause im Rollstuhl sitzt und nicht weiß, was mit seinem Vater los ist und warum er nicht nach Hause kommt, erzählen?«

Ein Raunen ging durch den Saal, vereinzelt vernahm man Stimmen und Gelächter aus dem allgemeinen Gemurmel heraus.

»Ruhe! Ruhe!«, rief der Richter und schlug mit seinem hölzernen Hammer hart auf das Pult. Er wandte sich an Simone Palermo und sagte bestimmt:

»Was für einen Mangel an Respekt Sie hier an den Tag legen, Herr Palermo. Lassen Sie uns die Dinge beim Namen nennen. Nur weil es in dieser Anhörung nicht direkt um Ihre zwielichtigen und illegalen Geschäfte mit Trüffeln aus dem Naturpark Gardesana geht, sind Sie nicht plötzlich unschuldig. Sie sind nicht nur ein Verdächtiger im Mordfall Fabrizio Leone, sondern auch ein Schmuggler, der sich für seine Taten wird verantworten müssen.«

Wieder lief ein Raunen durch den Raum.

Die Verachtung, die Simone Palermo für Ricco empfand, der ihm nun als strenger Richter gegenübersaß, als wollte er ihm seine Zukunft und sein Leben vorschreiben, wurde immer stärker, und er hielt es nicht länger aus. Seine Wut steigerte sich ins Unermessliche, und ohne an die Folgen zu denken, gab er seinem inneren Druck nach und ließ seinem Ärger freien Lauf:

»Da stehst du jetzt, Riccardo Gentile, und spielst die Stimme des Gewissens, tust so, als würdest du mich nicht erkennen. Aber ich kenne dich, Ricco, ich kenne dich gut. Wer könnte denn auch diesen erbärmlichen Kerl vom Gardasee vergessen, der immer durch Campagnola und Umgebung zog? Du solltest dich schämen, mich zu beschuldigen. Ich habe dir damals sogar Essen besorgt, du Mistkerl, als du dich bettelarm durchs Leben schmarotzt hast. Der Ferrari, den du hier unten im Parkhaus stehen hast, die große Villa in Bardolino und die große Jacht, die in der *Marina di Garda* vor Anker liegt, die wurden doch sicher nicht mit dem Geld bezahlt, das du hier am Gericht verdienst, oder? Aber hochnäsig über das Leben anderer urteilen und den Moralapostel spielen, das gefällt dir! Du hast mir gerade noch gefehlt, du falscher Fuffziger, du!«

Lautes Gelächter schwappte durch den Gerichtssaal. Der Richter schlug mit seinem Holzhammer so fest auf das Pult, dass er zerbrach. Er winkte die beiden Polizisten heran, die Simone Palermo zuvor in den Gerichtssaal gebracht hatten:

»Bringen Sie diesen Mann zurück in die Untersuchungshaft! Die Anhörung wird bis auf Weiteres vertagt!« Richter Riccardo Gentile stand erbost auf und ging durch die Tür hinaus, durch die er hereingekommen war.

21. KAPITEL

Nachdem er mit dem Richter noch im Flur ein kurzes Gespräch unter vier Augen geführt hatte, verließ Kommissar Mauro Manchini das Gerichtsgebäude und traf auf Luca, der am Auto lehnte und auf ihn wartete. Er telefonierte. Als er seinen Onkel sah, beendete er das Gespräch und fragte:

»Und? Wie ist es gelaufen?«

»Nun, der Richter wollte alle Probleme, die er mit dieser Verhandlung hat, auf mich abwälzen. Aber ich habe ihm gesagt, dass er sich da geschnitten hat. Ich bin genauso frustriert wie er über die Art und Weise, wie diese Idioten von Tignale Simone Palermo ins Gefängnis gebracht haben. Falls es deshalb Umstrukturierungen bei der Polizei geben soll, ist das nicht meine Aufgabe. Soll er seine Beschwerde doch an das Justizministerium schicken.«

»Er muss außer sich sein, weil Simone Palermo ihn vor allen Leuten so fertiggemacht hat. Es ist ganz schön hart, auf diese Art bloßgestellt zu werden, besonders, wenn man einen Ruf zu verlieren hat. Ich kann mir schon vorstellen, was die Zeitungen drucken werden.«

»Ja, aber ich glaube, Simone Palermo hat sich mit diesem Ausraster in Schwierigkeiten gebracht. Ich weiß, er war wütend, aber das war wirklich ein Fehler, dadurch hat er seine Glaubwürdigkeit verspielt. Der Richter kann ihn nun wegen Respektlosigkeit gegenüber dem Gericht belangen«, fügte Manchini noch hinzu, bevor er ins Auto stieg.

Luca stieg ebenfalls ein, wandte sich seinem Onkel zu und sagte:

»Onkel Mauro, ich muss dir was sagen. Ich habe langsam das Gefühl, dass das alles meine Schuld ist. Das Unglück, das die Familie Palermo jetzt erlebt, wäre ohne mich nie passiert. Ich habe dir von Palermo erzählt, und vielleicht lag ich ja völlig falsch mit allem. Ich fange ernsthaft an mich zu fagen, ob das bei der Polizei wirklich der richtige Job für mich ist oder ob der Schuh nicht vielleicht eine Nummer zu groß für mich ist.«

»Red keinen Unsinn, Luca. Ohne dich wären wir in diesem Fall keinen Schritt weitergekommen. Mach dir keine Sorgen. Das alles sind die Folgen eines Verbrechens, das nie hätte passieren dürfen. Es gibt in unserem Beruf manchmal dieses Gefühl der Schuld, aber wir sind dazu da, zu schützen und zu verteidigen. Natürlich ist es nicht gut, wenn wir falschliegen, aber auch das hilft der Aufklärung, wir kommen dem Ziel damit trotzdem näher. Und es ist auch ärgerlich, dass wir jetzt den Fehler ausbaden müssen, den die Kollegen aus Tignale gemacht haben. Aber so ist es nun mal, es passiert, und es wird wieder passieren. Was meinst du?«

Luca antwortete nicht, und der Kommissar fuhr fort:

»Das ist kein Spaziergang, Luca, ich weiß. Aber wir versuchen unser Bestes und tun eine Menge Gutes.«

»Vielleicht hast du recht«, stimmte Luca ohne große Begeisterung zu.

»Und bei Salvatore Contesti? Gibt es da was Neues?«

»Das ist das Zweite, was mich beunruhigt. Ich glaube nicht, dass Maurizio Scali jemandem verzeiht, der sich illoyal verhalten und ihn bei der Polizei verraten hat. Er gibt sich so verdächtig ruhig und hat das Gesicht eines Menschen, der keine Gnade kennt, was sehr beängstigend ist.«

»Weiß man schon was von dem Wagen, in dem Salvatore lag?«

»Leider nein!«

»Ich mach mir wirklich Sorgen. Scali wirkt auf mich so skrupellos!«

»Ja, es gibt solche Leute, und es ist unsere Pflicht, dafür zu sorgen, dass es weniger von ihnen gibt. Man kann sicherlich nicht alle erwischen. Aber sei nicht so frustriert, Luca. Alles wäre schlimmer, wenn es nicht Menschen wie dich gäbe, die entschlossen sind, die Kriminalität zu bekämpfen und die Lebensqualität der Bevölkerung zu verbessern. Es ist manchmal ungerecht, manchmal sehr hart und auch gefährlich, aber die Momente, in denen wir Erfolg haben, entschädigen uns für die weniger guten Zeiten.«

Luca spürte, dass sein Onkel philosophisch wurde und gleich versuchen würde, ihm das logische Denken zu erklären und die Wahrheit über die Existenz und die Rolle des Menschen im Universum zu vermitteln, was zu nichts führen würde, deshalb schlug er schnell vor:

»Warum sehen wir nicht nach, wie es Rotti geht? Vielleicht können wir ihn jetzt mit nach Hause nehmen.«

»Gute Idee!«, stimmte der Kommissar zu, der wusste, dass Luca sich auf elegante Weise vor einem Gespräch über den Sinn des Lebens drücken wollte. Vielleicht, so dachte er, ist es besser, etwas zu tun, als nur zu philosophieren.

Luca rief in der Tierklinik an, und die Sprechstundenhilfe gab den Hörer an Rafael weiter:

»Hallo, Luca. Ich wollte dich gerade anrufen. Rotti wartet auf dich.«

»Super. Und wie geht es ihm?«

»Er erholt sich gut, und bis jetzt ist alles normal. Du kannst jederzeit vorbeikommen und ihn abholen.«

»Ich bin bereits auf dem Weg. Danke, Rafael!«

»Keine Ursache. Bis gleich.«

Als Luca und sein Onkel nach 40 Minuten in der Klinik ankamen, wartete Rotti mit Rafael am Eingang. Rotti stellte seine Ohren auf und wedelte mit dem Schwanz, als er die beiden sah.

»Hallo, mein Guter. Wie geht es dir?«, fragte Luca.

Rafael wandte sich an den Kommissar und sagte:

»Jetzt heißt es, geduldig zu sein, vor allem in den nächsten zwei Wochen. Er wird sich schon erholen. Er ist ein starker Hund. Aber jetzt darf er erst mal keine langen Spaziergänge machen, und lasst ihn nicht im Sand laufen. Die Schiene, die er trägt, ist ein neues Modell. Mal sehen, ob sie hält. Auf diese Weise leckt er sich nicht die Pfote ab und wir müssen ihm nicht diese schreckliche Krause um den Hals legen. Im Moment steht er noch etwas wackelig auf den Beinen, aber mit der Zeit wird er sicherer werden und anfangen, seine Pfote zu benutzen. Was ihr tun könnt, ist, das Gelenk täglich etwas zu bewegen, um die Muskeln vorsichtig zu reaktivieren. Und natürlich müsst ihr darauf achten, dass er die Schiene nicht kaputt macht.«

»Gut, dass er keine Halskrause tragen muss«, sagte Luca erleichtert und fuhr mit der Hand über den Rücken des Hundes.

»Wenn er nicht anfängt, an der Schiene herumzubeißen, was ich aber nicht glaube, vor allem, wenn ihr ein Auge darauf habt, wird er keine Krause brauchen«, sagte der Tierarzt mit optimistischer Miene.

Mauro Manchini ging mit Rafael hinein, um die Formalitäten zu erledigen, und Luca saß auf einer Bank vor der Klinik und unterhielt sich mit Rotti, als wären sie alte Freunde. Nach ein paar Sekunden kam der Kommissar aus der Klinik herausgeeilt.

»Los. Wir müssen los. Schnell!«, rief er Luca zu. Er fuchtelte mit der Hand in der Luft herum, telefonierte im Laufen mit seinem Handy und gab Luca ein Zeichen, zum Auto zu kommen.

»Was ist los?«

»Komm schon! Schnell!«

»Und Rotti?«

»Nimm ihn mit! Los!«

»Was bist du schwer«, stöhnte Luca, als er mit dem Hund auf dem Arm zum Auto hastete. Er legte Rotti auf den Rücksitz. Als er auf dem Beifahrersitz Platz nahm, startete der Kommissar schon hektisch den Motor und rief aufgeregt aus:

»Sie haben den Wagen! Sie haben das Auto von Salvatore Contesti gefunden!«

»Wirklich? Und wo?«

»Bei Casetta. Nahe der Via Casetta, in einem Waldstück beim Naturpfad *Percorso Naturalistico della Valsorda*«, rief der Kommissar und schob das Blaulicht durchs Autofenster auf das Autodach.

Sie schafften die Strecke in knapp 15 Minuten. Als sie dort ankamen, trafen sie auf zwei Polizisten, die das Auto bewachten. Der Kommissar stieg aus und rief:

»Nichts anfassen! Fasst bloß nichts an!« Er sah zu Luca. Der nickte und bestätigte, dass es sich um den orangefarbenen Golf handelte, den er in Scalis Lagerhaus gesehen hatte.

Luca stieg aus dem Auto und öffnete ein wenig die hintere Tür, damit Rotti etwas Luft bekam. Er sah sich um, ging um das Auto herum und machte mit seinem Handy einige Fotos von dem VW Golf und der Stelle, an der er abgestellt worden war. Der Mensch, der ihn geparkt hatte, hatte ihn etwas schlampig mit zwei Rädern auf der Straße und zwei Rädern im Straßengraben stehen lassen. Es sah aus, als hätte er es sehr eilig gehabt. Die Tür auf der Fahrerseite war nur halb geschlossen, und das Fenster war heruntergekurbelt. Der weiche Erdboden wies Spuren auf. Es waren Linien von einer plötzlichen Bremsung zu sehen, und Luca machte Fotos von den Profilen und Abdrücken, die die Räder und möglicherweise auch die Schuhe hinterlassen hatten. Kommissar Manchini rief die Spurensicherung an. Er nahm ein Paar Handschuhe aus dem Handschuhfach seines Autos und öffnete alle Türen des VW Golfs. Abgesehen von einigen leeren Wasserflaschen und einer Plastiktüte war das Auto völlig leer. Im Handschuhfach fand er eine Schachtel Zigaretten, den Fahrzeugschein und die Versicherungsunterlagen. Es bestand kein Zweifel. Es war Salvatore Contestis Auto. Bevor er den Kofferraum öffnete, drehte er sich zu Luca um, als wollte er noch einmal bestätigt bekommen, was Luca ihm zuvor gesagt hatte. Luca nickte zustimmend und kaute nervös auf seiner Unterlippe herum. Manchini drückte vorsichtig auf den Knopf zum Öffnen des Kofferraums, doch der war verschlossen. Es half nichts, ohne Schlüssel ließ er sich nicht öffnen. Manchini schüttelte den Kopf, ging zum Kofferraum seines Autos, holte ein Brecheisen heraus und bekam das Schloss des Kofferraums bereits beim zweiten Versuch auf. Zu seiner Überraschung war der Kofferraum leer. Der Kommissar sah Luca fragend an und rief erneut:

»Nichts anfassen!«

Als Luca das enttäuschte Gesicht seines Onkels sah, überkam ihn ein ungutes Gefühl, als hätte er gelogen. Auf einmal war er sich nicht mehr sicher, ob das, was er mit eigenen Augen gesehen hatte, nicht vielleicht ein Traum gewesen war. Er schüttelte den Kopf. Nein, nein, Salvatore war in diesem Kofferraum gewesen, beruhigte Luca sich.

»Er war da drin! Ich habe ihn mit eigenen Augen gesehen!«, sagte er wie entschuldigend zu Manchini.

Dieser zuckte nur mit den Achseln.

»Wir warten auf die Spurensicherung!«

Als wäre ihm die Situation irgendwie peinlich, ging Luca zurück zum Auto, um nach Rotti zu sehen. Doch der Hund war nicht da. Ein Gefühl der Schuld stieg in ihm auf. Oh Mann, stöhnte Luca auf, das hat mir gerade noch gefehlt! Mit dem leeren Kofferraum habe ich mich schon zum Narren gemacht, und jetzt ist auch noch der Hund weg. Was ist nur los heute, dachte Luca verzweifelt und wäre am liebsten verschwunden.

»Rotti! Rotti! Wo bist du?«, rief Luca in Richtung Wald.

»Wo ist der Hund?«, fragte sein Onkel.

»Ich weiß es nicht. Ich habe nicht mitbekommen, dass er aus dem Auto gesprungen ist.«

»Passt bloß auf, dass er hier nicht in die Spuren tritt!«, ermahnte Manchini die umstehenden Polizisten. »Mit der Schiene kann er ja nicht allzu weit gekommen sein!«

Luca nickte und ging ein paar Schritte in das Waldstück hinein. Einer der Polizisten, der zuerst am dem Auto eingetroffen war, berichtete, er habe ein Bellen vom Wald her gehört.

»Hören Sie es auch?«, fragte er den Kommissar.

Luca ging ein paar Schritte in den Wald hinein und hörte schließlich das immer lauter werdende Bellen von Rotti. Er rannte einen kleinen Abhang hinunter, immer dem Bellen nach, bis er Rotti in der Ferne erblickte.

»Hab ich dich endlich!«, murmelte Luca verärgert und blieb gleich darauf wie angewurzelt stehen. Vor dem bellenden Hund lag reglos Salvatore Contesti auf dem Waldboden.

»Kommt alle her!«, rief Luca laut. »Hier liegt Salvatore!« Der Kommissar und einer der beiden Polizisten rannten herbei. Rotti bellte sie an, und Luca näherte sich vorsichtig, um den Hund zu beruhigen. Salvatore lag auf dem Rücken auf der feuchten Erde. Seine Beine waren abgewinkelt und unter seinem Körper, als wäre er eilig und achtlos auf den Boden geworfen worden. Die Arme waren mit Klebeband hinter dem Rücken gefesselt. Das Klebeband war auch um Mund und Kopf gewickelt, genau wie Luca gesagt hatte. Der einzige Unterschied war, dass Salvatore nun ein Einschussloch in der Mitte der Stirn aufwies. Stirn und Hals waren blutverschmiert, und der entsetzte Blick, der den Moment des Todes widerspiegelte, stand ihm ins Gesicht geschrieben.

Als Luca Salvatore in diesem Zustand sah, drehte sich ihm der Magen um. Dieser verdammte Scali! Dieser skrupellose Bastard, dachte er. Er bückte sich, stützte sich mit den Händen auf den Knien ab und versuchte, das Würgen unter Kontrolle zu bringen, das seine Speiseröhre erfasst hatte. Er wollte sich nicht übergeben. Wut und Verzweiflung stiegen in ihm auf. Seine Augen funkelten zornig.

Manchini, der sah, dass es Luca, der zum ersten Mal in einer solchen Situation war, schlecht ging, trat zu ihm und sagte:

»Hör mir mal zu, mein Junge. Das musste so kommen. So etwas passiert, wenn man es mit Menschen zu tun hat, die auf der Flucht sind und Angst haben, von der Justiz erwischt zu werden. Offenbar wollte er Salvatore zum Schweigen bringen. Und das ist ihm gelungen. Er hat einfach kurzen Prozess mit Salvatore gemacht. Es sind Feiglinge, die auf diese Art töten. Echte Hurensöhne!«, schimpfte der Kommissar.

Luca begann, auf und ab zu laufen. Er raufte sich die Haare und rief verzweifelt aus:

»So eine Scheiße! Vielleicht war alles meine Schuld. Ich hätte das verhindern können. Ich habe ihn doch verfolgt und überhaupt erst zum Reden gebracht!«

Onkel Mauro packte Luca am Hemdkragen, schüttelte ihn ein paarmal und sagte ernst:

»Sag so was nie wieder, Luca! Hast du mich verstanden? Die Menschen bringen sich selbst in diese Situationen. Es ist nicht deine Schuld, was ihnen passiert!«

»Ich hätte ihn aber vielleicht retten können!«, klagte Luca. »Niemand verdient es, so zu sterben!«

»Das ist was anderes. Aber die Menschen sind grausam, Luca. Grausamer, als wir es uns in unserer schlimmsten Fantasie vorstellen können. Das bessert sich mit der Zeit. Du wirst dich daran gewöhnen.«

Manchini klopfte Luca beruhigend auf die Schulter.

»Unsere Aufgabe ist es, zu versuchen, das Gesetz durchzusetzen und den Frieden so weit wie möglich zu wahren.«

Luca zitterte. Schweigend hörte er seinem Onkel zu.

»Tut mir leid, wenn ich dein Hemd zerknittert habe.«

Luca antwortete nicht. Diese Kälte und Gefühllosigkeit, die der Onkel an den Tag legte, erschienen ihm unfassbar. Wie konnte man nur so abstumpfen? Oder war das eine Taktik, Stärke zu zeigen in Situationen, die jeden in die Knie zwangen? Luca sah seinen Onkel argwöhnisch an.

»Salvatore wusste doch, dass er von korrupten Menschen

umgeben war«, erklärte Manchini. »Korrupte Menschen, die Angst haben, haben kein Mitleid, und sie haben auch keine Zeit zu verlieren. Es war Salvatores eigene Fehlentscheidung, die ihn dorthin gebracht hat, wo er jetzt ist. Und glaub mir, Luca, wenn Menschen etwas Schlechtes tun wollen, dann tun sie es auch. Ohne Rücksicht darauf, dass sie möglicherweise erwischt werden. Verstehst du, was ich meine?«

»Ja, ich denke schon.«

»Also, quäl dich jetzt nicht, indem du zu viel darüber nachdenkst. Wir müssen den Täter finden und dafür sorgen, dass er hinter Gitter kommt. Das ist unsere Pflicht, und genau das werden wir tun.«

Zwei weitere Polizeibeamte trafen zusammen mit der Spurensicherung ein. Die Kriminaltechniker versiegelten das Auto, begaben sich an die Stelle, an der Salvatore Contestis Leiche lag, und begannen mit der Tatortarbeit. Sie sperrten den Ort ab, machten Fotos, werteten die Spuren aus und sicherten Beweismaterial. Manchini wandte sich an einen von ihnen:

»Sobald Sie den Todeszeitpunkt und den Waffentyp kennen, geben Sie mir bitte Bescheid.«

»Sicher, Chef!«

Manchini, der in seinen fast 40 Dienstjahren schon viele Kopfschussverletzungen gesehen hatte, schien es dem Einschuss nach eine neun Millimeter-Kugel aus einer halbautomatischen *Beretta PX4 Storm*-Pistole zu sein. Aber er musste abwarten.

Luca betrachtete Rotti, der ihn empört ansah, als wartete er darauf, mit einer gewissen Zuneigung bedacht zu werden. Er brachte den Hund zurück zum Auto und grübelte darüber nach, was ihm in den letzten Tagen alles widerfahren war. Er dachte an die brutale Art und Weise, auf die Fabrizio Leone und Salvatore Contesti getötet worden waren. Nun mussten sie alles daransetzen, um den Täter zu finden. Luca schnaubte heftig. Vielleicht war dies noch nicht das Ende der Geschichte.

22. KAPITEL

Als Großmutter Theresia Luca gegen 19 Uhr nach Hause kommen sah, war sie überglücklich.

»Hallo, Luca. Schön, dich zu sehen. Ich wusste nicht, dass du zum Abendessen kommst.«

»Hallo, Oma«, antwortete Luca und gab ihr einen Kuss auf die Wange. »Ich habe aber gar keinen Hunger. Ich bin nur müde und brauche eine Dusche.«

»Oh, das ist doch genau richtig. Wenn du müde bist, dann dusch dich zuerst, iss etwas und ruh dich aus. Wenn du willst, mach ich dir ganz schnell Spaghetti aglio e olio, die magst du doch so gern. Oder ich wärme dir den Rest des Rindereintopfs auf, den ich noch vom Mittagessen habe.«

»Danke, Oma. Aber es ist nicht nötig. Ich muss nur ein paar Stunden schlafen, und alles ist wieder gut. Ich habe übrigens einen Freund mitgebracht.«

»Kein Problem. Wenn er möchte, kann er auch zum Abendessen bleiben.«

»Frag ihn lieber selbst. Er ist im Hof«, sagte Luca und stieg schon die Treppe zu seinem Zimmer hinauf.

Als Oma Theresia durch den Türspalt in den Hinterhof lugte, legte Rotti den Kopf zur Seite, spitzte die Ohren und wedelte mit dem Schwanz. Es war Liebe auf den ersten Blick.

»Oh, mein Gott, was bist du nur für ein süßer Kerl! Du siehst ja fast aus wie Bello, der Retriever, den wir mal hatten. Das kann doch nicht wahr sein.«

Rotti lag auf der Seite, die geschiente Pfote zeigte nach oben, und er jaulte vor Vergnügen, als Oma Theresia ihn streichelte. Sie ging zur Treppe und rief nach Luca, doch der stand schon unter der Dusche und hörte sie nicht. Also kehrte sie voller Energie auf den Hof zurück, streichelte den Hund, fütterte ihn und verdrückte eine kleine Träne, als sie sich daran erinnerte, wie ihr Bello, ein brauner Retriever, seinen Kampf gegen den Krebs verloren hatte. Luca kam mit noch nassen Haaren die Treppe herunter. Er ging zu seiner Großmutter, küsste sie auf die Wange und sagte:

»Oma, hat dir die Überraschung gefallen?«

»Woher hast du den Hund? Es sieht unserem Bello so ähnlich.«

»Ja, als ich ihn sah, dachte ich, dass du dich freuen würdest, wieder Gesellschaft zu haben. So könnt ihr beide spazieren gehen, und du kommst wieder mehr aus dem Haus.«

Oma Theresia schmunzelte. »Soll er wirklich bei uns bleiben?«

»Es ist noch nicht ganz sicher, aber fürs Erste schon.«

»Na, dann mach ich unserem Gast gleich mal ein Plätzchen zurecht. Soll ich dein Essen aufwärmen?«

»Nein, vielen Dank. Ich muss noch weg. Ich habe da jemanden, der auf mich wartet.«

»Du wolltest dich doch ausruhen!«

»Ja, aber dafür habe ich jetzt keine Zeit. Ich schlafe später«, sagte Luca, bereits im Gehen.

»Sei vorsichtig, mein Schatz!«, rief ihm Oma Theresia hinterher, dann fiel ihr Blick auf Rotti, der sie erwartungsvoll ansah. »Na komm, mein Kleiner. Wir machen es uns jetzt gemütlich«, sagte sie, und Rotti hinkte ihr fröhlich ins Haus hinterher.

Luca rannte hinaus, stieg auf seine Vespa und raste zum Restaurant *La Traviata*.

Als er dort ankam, fuhr gerade ein Krankenwagen mit eingeschaltetem Blaulicht und Sirene los. Durch das hintere Fenster erkannte er noch das Gesicht von Antonella in dem Krankenwagen, die jemanden zu begleiten schien. Totti stand vor dem Restaurant, hielt sich die Hände an den Kopf und sah fassungslos dem Krankenwagen nach.

»Was ist passiert?«, fragte Luca, noch während er seine Vespa abstellte.

»Hallo, Luca«, antwortete Totti besorgt. »Wie schrecklich! Herr Casella hatte wahrscheinlich einen Herzinfarkt.«

»Oh nein! Wie kann das sein?«

»Ich weiß es nicht. Maurizio Scali kam hier an, er war außer sich, total wütend. Sie hatten Streit. Überraschenderweise kam dann auch Alberto Mantovani dazu. Der, den du letztes Mal geschlagen hast. Er war schon wieder völlig betrunken und hat sich ins Gespräch eingemischt. Irgendwann sind sie handgreiflich geworden, und Alberto hat Casella zu Boden gestoßen. Der hat sich dann an die Brust gefasst und um Hilfe gerufen. Er sagte, dass er Schmerzen in der Brust habe und keine Luft mehr bekäme. Wir haben dann sofort den Rettungsdienst gerufen. Das war's. Ich mach mir Sorgen. Casella hatte vor zwei Jahren schon mal einen Infarkt, hoffentlich geht das gut aus!«

Luca ging an Totti vorbei und fragte:

»Wo sind diese Wichser?« Doch im Restaurant war niemand mehr zu sehen. Er kam zurück auf die Terrasse, wo sich die Aufregung langsam legte.

»Ich weiß es auch nicht«, antwortete Totti. »Als der

Krankenwagen ankam, waren sie schon durch die Hintertür verschwunden. Ich habe keine Ahnung, was ich jetzt machen soll. Das Restaurant schließen und das gesamte Personal nach Hause schicken? Soll ich warten, bis ich was Neues höre? Was meinst du?«, fragte Totti und strich sich über den Bart.

Luca konnte ihm auch nicht raten.

»Hast du eine Ahnung, was passiert sein könnte? War Antonella hier?«

»Ich weiß, dass sie um die Mittagszeit aufgetaucht ist und einen heftigen Streit mit ihrem Vater hatte. Und unter uns gesagt, nach dem wenigen, das ich mitgehört habe, hat sie recht.«

»Was soll das heißen, sie hat recht?«

»Maurizio Scali macht Herrn Casella das Leben schwer. Aber Casella ist ein gutmütiger Mensch, mit einem Herzen so groß wie die Welt. Der merkt nicht, wenn er über den Tisch gezogen wird.«

So ein Mist, dachte Luca. Warum habe ich sie nur in diese Situation gebracht? Es wäre besser gewesen, sie hätte von nichts gewusst. Wenn ihrem Vater das Schlimmste passiert, wird sie sich und mir die Schuld geben. Luca hatte das Gefühl, dass er Totti vertrauen konnte:

»Weißt du etwas über die dubiosen Geschäfte von Maurizio Scali hier im Restaurant?«

Totti antwortete nicht sofort. Er sah Luca vielsagend an, sagte aber nichts. Den wenigen Leuten, die noch auf der Terrasse herumstanden, bedeutete er zu gehen. Dann holte er zwei Bier, zog einen Stuhl für sich und einen für Luca heran und sagte:

»Marco Casella ist einer der nettesten Menschen, die ich je in meinem Leben getroffen habe. Als Boss ist er wunderbar. Er hat ein Herz aus Gold, und ich weiß das, weil ich seit vielen Jahren hier arbeite. So viele Jahre, dass ich sie nicht mehr zählen kann. Und genau aus diesem Grund fühlt es sich falsch an, etwas Schlechtes über ihn zu sagen. Herr Casella blickt mit einem Lächeln auf die Welt. Er singt voller Leidenschaft und liebt seine Tochter über alles.«

Luca beugte sich etwas vor, und in den nächsten zehn Minuten erzählte Totti ihm aus dem Leben Marco Casellas. Von der zerbrochenen Ehe bis zu der Enttäuschung, auch musikalisch gescheitert zu sein, ohne es je zugeben zu wollen. Und über die schwierige finanzielle Situation des Restaurants, das, obwohl es sich in einer der besten Lagen Veronas befand, nicht gut lief.

»Und warum funktioniert es nicht?«, warf Luca ein.

»Es klappt nicht, weil Herr Casella neben seinem Herzen aus Gold auch eine große Hand hat.«

»Große Hand?«, fragte Luca, der nicht verstand, was eine große Hand mit dem Geschäft zu tun haben könnte.

»Nun, große Hand bedeutet, dass er gern viel ausgibt. Und dabei geht es gar nicht um ihn selbst. Er fühlt sich einfach besser, wenn er, statt Geschäfte zu machen, seiner Familie und seinen Freunden etwas abgibt, manchmal auch Menschen, die er gar nicht kennt.«

»Er hat also immer die Spendierhosen an?«, fragte Luca. Totti nickte. »Aber nicht, um anzugeben, sondern weil er einfach gern alle Menschen um sich herum glücklich machen will. Und dann kann er nicht Nein sagen.« Totti zog die Schultern hoch und machte eine entschuldigende Geste.

»Verstehe. Das ist für dich bestimmt auch nicht einfach.« Luca runzelte die Stirn. »Kann ich irgendwas für dich tun?«

Totti machte eine abwehrende Handbewegung. »Nein, nein, ist schon okay. Das wird schon wieder.«

Luca klatschte mit den Händen auf seine Oberschenkel und stand auf. »Ich muss los.«

Er trank das restliche Bier im Stehen aus, half Totti noch, einige Stühle auf der Terrasse wegzuräumen, und verabschiedete sich mit dem Versprechen, am nächsten Tag wiederzukommen. Dann sprang er auf die Vespa und fuhr die etwa 200 Meter zum Laden der Mantovanis, um zu sehen, ob Scali vielleicht vom Restaurant zum Laden gegangen war, um Alberto nach Hause zu bringen, der laut Totti kaum noch gehen konnte.

Doch der Laden war geschlossen. Luca spähte durch das Schaufenster. Drinnen waren die Delikatessen kunstvoll arrangiert und umrahmt von der schönen Dekoration, die Francesco so gern anfertigte. Spots beleuchteten die Waren von allen Seiten und setzten die Leckereien verführerisch in Szene. Francesco schaffte es, Atmosphäre in den Laden zu bringen. Er gab dem Althergebrachten einen modernen Anstrich, was den Raum zu einem gemütlichen, aber auch edlen Ort machte. Luca ging ein paar Schritte weiter und schaute durch das nächste Fenster. Er erblickte drinnen Maurizio Scali, der sich, wild gestikulierend, mit Alberto Mantovani stritt. Sie befanden sich in einem Raum am Ende des Flurs, hinter Francescos Schreibtisch. Die Beleuchtung war in diesem Teil des Geschäfts nicht die beste, aber man konnte trotzdem sehen, dass der Streit heftig war. Dann stürmte Maurizio Scali plötzlich durch das Geschäft auf die Ladentür zu, gefolgt von dem taumelnden Alberto, und brüllte:

»Du blödes Arschloch! Kümmere dich lieber um deine Ex-Frauen und ihre Kinder, anstatt im Vollsuff durch die Gegend zu rennen und in irgendwelchen Bars abzustürzen. Hast du mich verstanden?«

Luca versteckte sich rasch im nächsten Hauseingang und betete, dass Maurizio Scali, wenn er den Laden verließ, in die andere Richtung ging. Er hatte kein Glück. Also drückte er sich an die Tür und hoffte, sich im Schatten des Eingangs verbergen zu können. Scali war jedoch so frustriert und verärgert, dass er stampfenden Schrittes in Richtung Piazza Brà und *La Traviata* ging und Luca nicht bemerkte, der so tat, als würde er dort an der Tür klingeln. Luca atmete auf und ging zurück zum Schaufenster, weil er sehen wollte, was Alberto machte. Zu seiner Überraschung beobachtete er, dass Francesco Mantovani aus der Toilette herauskam, den am Boden liegenden Alberto erblickte, sich zu ihm hinunterbeugte und versuchte, ihm aufzuhelfen. Oh, was ist denn hier los, fragte sich Luca. Er zückte sein Mobiltelefon, schoss ein paar Fotos und rannte zurück zu seiner Vespa.

Anschließend machte Luca sich auf den Weg ins Krankenhaus Borgo Roma und hoffte, dass Marco Casella den Infarkt überlebt hatte. Unruhig und aufgewühlt fuhr er die fünf Kilometer durch das nächtliche Verona. Hoffentlich gab ihm Antonella nicht die Schuld an allem, was passiert war.

Es war nicht schwer, Antonella im Krankenhaus zu finden. Sie saß vor dem Eingangsbereich auf dem Boden, hatte die Augen geschlossen und den Kopf an die Wand gelehnt. Luca wusste nicht, was er tun sollte. Er wollte nicht, dass sie ihn als aufdringlich empfand und vielleicht wegrannte, ohne dass sie die Möglichkeit hätten, miteinander zu reden. Also näherte er sich ihr ganz langsam und setzte sich vorsichtig neben sie an die Wand. Sie bemerkte seine Anwesenheit, sagte aber nichts. Er sah sie an und betrachtete ihr schönes Gesicht, das besorgt und traurig wirkte. Nach ein paar Sekunden liefen Antonella Tränen über die Wangen. Sie öffnete kurz die Augen, reagierte aber nicht auf Lucas fragenden Blick. Sie schloss die Augen wieder und gab ihm mit der Hand ein Zeichen, dass er gehen sollte.

»Antonella, es tut mir so leid. Du hast alles Recht der Welt, sauer auf mich zu sein und mich nicht sehen zu wollen, aber hör mir kurz zu, ich wollte nur verhindern, dass dein Vater völlig unvorbereitet in ein großes Schlamassel gerät.« Antonella reagierte nicht.

»Als ich dich das erste Mal im Restaurant gesehen habe, als dieser Trottel von Alberto versucht hat, dich im Flur in die Enge zu treiben, da wusste ich nicht, wer du bist, das schwör ich dir. In deiner Situation kannst du das natürlich nur schwer glauben. Wenn ich an deiner Stelle wäre, würde ich vielleicht auch so denken wie du. Aber es ist die Wahrheit. Und es kann einfach kein Zufall sein, dass wir uns über den Weg gelaufen sind. Ich mochte dich vom ersten Augenblick an und war untröstlich, als du so schnell wieder verschwunden warst. Versteh mich nicht falsch, bitte! Ich würde dich nie für irgendwas benutzen!« Luca zögerte, dann fuhr er ruhiger fort: »Kannst du mir wenigstens sagen, wie es deinem Vater geht?«

Antonella bewegte sich nicht, und die Tränen liefen ihr noch immer über die Wangen. Luca wusste nicht, was er tun sollte. Er wartete ein wenig und stand dann auf. Sein Herz klopfte wie wild. Er wollte einfach nicht glauben, dass es so enden sollte. Traurig wandte er sich zum Gehen.

»Luca, warte«, flüsterte Antonella auf einmal. »Ich will nicht, dass du gehst. Aber ich weiß nicht, was ich tun soll. Mein Vater liegt bewusstlos auf der Intensivstation. Es ist das zweite Mal, dass er einen solchen Anfall hat. Sie lassen mich nicht zu ihm, und ich fühle mich schuldig, weil ich ihn auf die Sache mit Scali angesprochen habe, so wie du dich schuldig fühlst, weil du es mir gesagt hast. Es ist doch die Wahrheit. Und wir dürfen uns nicht schuldig fühlen, oder?«

Luca ging vor Antonella in die Knie, wischte ihr die Tränen ab und sagte:

»Nein. Es ist nicht unsere Schuld.«

23. KAPITEL

Am Freitag wachte Luca um 8 Uhr morgens auf, weil sein Mobiltelefon klingelte. Es war eine Münchener Nummer, und als er abnahm, wurde er von Jakob Feldmers Stimme begrüßt.

»Hallo, Luca, guten Morgen. Ich hoffe, ich habe Sie nicht geweckt.«

»Nein. Das ist schon okay«, antwortete Luca, der noch müde war von der kurzen Nacht. Er rechnete schnell aus, dass er nur fünf Stunden Schlaf gehabt hatte.

»Ich wollte nur wissen, ob es irgendwelche Neuigkeiten gibt. Maurizio Scali geht nie ans Telefon. Ich brauche eine große Menge Trüffel, aber ich wollte nichts bei den Mantovanis bestellen, ohne vorher zu wissen, was los ist.«

»Ich wollte Sie auch schon anrufen«, log Luca. »Es herrscht das totale Chaos hier. Erinnern Sie sich an Salvatore Contesti? Das ist derjenige, der Ihren Mitarbeiter Eckstein mit einer ordentlichen Tracht Prügel ins Krankenhaus gebracht hat.«

»Ja, natürlich. Wie könnte ich das vergessen? Ich bin ihm nie persönlich begegnet, aber nach dem, was Sie mir erzählt haben, war er derjenige, der die Trüffellieferungen für Maurizio Scali durchgeführt hat. Warum fragen Sie? Ist etwas passiert?«

»Oh ja, eine Menge ist passiert. Er ist tot.«

»Wie, tot?«

»So tot, wie man nur sein kann. Eine Patrone hat ihn genau zwischen den Augen getroffen, ein glatter Kopfschuss.«

»Mein Gott! Wie kann so etwas passieren? Ich hoffe, Klaus Eckstein hat nichts damit zu tun. Er arbeitet jetzt nicht mehr für mich, und ich glaube, er ist immer noch im Krankenhaus. Aber man weiß ja nie, was manche Leute aus Rache so tun.«

»Ich denke nicht, dass er etwas damit zu tun hat, aber ich wollte Sie fragen, ob er Ihnen noch etwas über den Deal mit Maurizio Scali erzählt hat.«

»Wie meinen Sie das?«

»Hat er Ihnen vielleicht von anderen Personen erzählt, die ebenfalls in den illegalen Trüffelhandel verwickelt sein könnten?«

»Ich habe nicht mehr mit ihm gesprochen. Aber Toby hat mit ihm gesprochen. Erinnern Sie sich an ihn?«

»Ja, ich erinnere mich. Toby Ganser.«

»Genau. Er erzählte mir, er hätte gehört, dass dieses Geschäft über die Grenzen zwischen Italien und Deutschland und Frankreich gehen würde. Aber Details weiß ich nicht.«

»Er hat Ihnen also nichts von anderen Beteiligten erzählt? Hat keine Namen genannt? Geschäfte? Regionen?«

»Nein. Das ist auch alles noch sehr frisch. Wenn Klaus Eckstein aus dem Krankenhaus kommt, wird er sich mit einer Klage befassen müssen, die ich gerade mit meinem Anwalt vorbereite.«

»Verstehe. Vielen Dank, Herr Feldmer. Wenn Sie etwas Neues hören, lassen Sie es mich bitte wissen.«

Luca legte auf und dachte an die Prügel, die Salvatore Klaus Eckstein verabreicht hatte. Aber was hatte es ihm genützt? Jetzt hatte er eine Kugel im Kopf, während der andere wahrscheinlich gerade auf dem Weg vom Krankenhaus zu einem Ballermann-Klub auf Mallorca war. Da klingelte wieder Lucas Telefon.

Mein Gott, das ist ja heute wie in einem Callcenter, dachte Luca genervt. Als er sah, dass es sein Onkel war, ging er sofort ran:

»Hallo, Onkel Mauro. Guten Morgen. Gibt es was Neues?«

»Guten Morgen, Luca. Eigentlich nicht. Eher im Gegenteil, ich glaube, wir haben in unserem Fall ein wichtiges Detail übersehen.«

»Wie meinst du das? Ich bin ganz Ohr.«

»Erinnerst du dich, dass wir darüber gesprochen haben, dass die Leiche von Fabrizio Leone von einem Boot aus in den See geworfen worden sein muss, damit sie zum Fundort treiben konnte?«

»Ja, ich erinnere mich, dass wir darüber gesprochen haben. Aber wir haben dazu noch keine Nachforschungen angestellt.«

»Aber das Schlimmste ist, dass ich gerade erfahren habe, dass Fabrizio an dem Tag, an dem er ermordet wurde, mit seinem kleinen Boot zur Arbeit in den Naturpark fuhr.«

»Ja, und?«

»Ja, und? Sie haben mich vorhin aus Tignale angerufen und gefragt, was sie mit dem Boot von Fabrizio Leone machen sollen!«

»Mit seinem Boot? Aber wenn er …«

»Ja, genau das ist es, was ich mich auch gefragt habe. Wenn er mit seinem Boot zur Arbeit in den Naturpark gefahren ist, wie kam das Boot dann zurück nach Tignale?«

»Wow. Jetzt haben wir ein Problem. Gibt es keine Videos vom An- und Ablegen der Boote?«

»Im Hafen von Navene gibt es zwar eine Videoüberwachung, aber er legte immer an der Rampe des kleinen Porticciolo turistico an.«

»Und in Tignale?«, fragte Luca hoffnungsvoll.

»Sie sind gerade erst dabei, Überwachungskameras im Porto di Pra dela Fam anzubringen. Ich habe den Leuten dort gesagt, sie sollen das Boot nicht anfassen. Wo bist du? In Verona oder im Bootshaus?«

»In Verona, aber ich kann in 30 Minuten bei dir sein.«

»Komm einfach direkt zum Hafen, wir nehmen ein Boot. Ich werde noch mal die Koordinaten überprüfen, an denen die Leiche gefunden wurde, und warte dann im Hafen von Bardolino auf dich.«

Luca packte rasch einige Sachen zusammen und verließ das Haus ohne Frühstück, stieg in seinen Pick-up und fuhr nach Bardolino. Während der Fahrt dachte er an Antonella, die sich in der Nacht zuvor geweigert hatte, nach Hause zu gehen, und im Krankenhaus geblieben war. Man ließ sie nicht zu ihrem Vater, der auf der Intensivstation lag. Zunächst saß sie auf einer Bank im Flur, dann gab man ihr ein Privatzimmer. Als Luca sie in guten Händen wusste, war er gegangen. Sie würde erst am nächsten Morgen etwas über ihren Vater hören und wollte das Krankenhaus nicht verlassen, ohne ihn gesehen zu haben und ohne zu wissen, wie es ihm ging. Luca überlegte, ob er sie vom Auto aus anrufen sollte, aber es war noch früh am Morgen. Da er es eilig hatte, nach Bardolino zu kommen, verschob er den Anruf auf später.

Als er im Hafen ankam, saß Kommissar Manchini bereits auf dem Polizeiboot in Begleitung eines Polizisten, den Luca nicht kannte. Sie begrüßten sich, und der Polizist steuerte das Boot zu den Koordinaten, die ihm der Kommissar gegeben hatte.

»Natürlich kann die Alufelge mit der Leiche von Fabrizio Leone nicht den ganzen Weg von Navene bis hierher getrieben sein. Halten Sie bitte das Boot an!«, sagte der Kommissar zu dem Polizisten, der das Boot steuerte.

»Herr Kommissar«, unterbrach der Polizist, »die Strömungen im Gardasee sind trügerisch. Manche Leute sehen sich Bilder von stürmischen Tagen an und sind überzeugt, es sei ein Sturm auf hoher See.«

»Nein«, entgegnete Luca. »Nach den uns vorliegenden Informationen des Wetterdienstes gab es zwischen Donnerstag und Samstag zwar etwas Wind, aber nichts, was in Richtung schlechtes Wetter oder gar Sturm gehen könnte. Meiner Meinung nach hat jemand die Leiche von Fabrizio Leone mit einem Boot hierhergebracht. Vielleicht sogar in Fabrizios Boot.«

»Und warum sollte er oder sie das tun?«, fragte Manchini.

»Ich glaube, um uns auf eine falsche Fährte zu locken, falls die Leiche gefunden wird. Vielleicht auch, weil es hier tiefer ist, das erhöht die Chance, dass die Leiche gar nicht erst auftaucht. Und auch, damit die Leiche nicht mit etwas in Verbindung gebracht wird, das im Park passiert ist.«

»Da hast du vielleicht recht«, stimmte Manchini zu.

»Und jetzt, wo wir wissen, dass der Mord an Fabrizio mit dem Trüffelschmuggel zusammenhängt, ergibt das auch Sinn, oder?«

Onkel Mauro stimmte zu, und als er in Gedanken die Distanz zum Seeufer ausgerechnet hatte, befahl er dem Polizisten, das Boot wieder zu starten.

»Volle Fahrt nach Tignale! Wir sehen uns das Boot an.«

Das Boot von Fabrizio Leone, ein halbstarres Schlauchboot mit Mittelkonsole und einer Länge von ungefähr sechs Metern, war mit einem 115 PS starken Außenbordmotor von *Suzuki* ausgestattet. Das Boot war in dem kleinen Porto di Tignale an einer Stelle festgemacht worden, an der man normalerweise nicht anlegte. Der Hafenmeister hatte bei Fabrizio zu Hause angerufen, Lucia hatte die Beschwerde entgegengenommen und an die Polizei weitergeleitet. Die Informationen wurden sofort Kommissar Manchini übermittelt. Als sie in den Hafen einfuhren, verringerte der steuernde Polizist die Geschwindigkeit und näherte sich vorsichtig dem Boot des Toten, damit der Kommissar es von außen inspizieren und feststellen konnte, ob es sichtbare Schäden aufwies. Das Boot war, abgesehen davon, dass es gereinigt und auf der Unterseite von Algen und Muscheln befreit werden musste, in einem guten Zustand und wies keine Spuren auf, die auf eine Kollision hindeuteten. Luca und der Kommissar sprangen auf den Steg, und der Polizist machte das Polizeiboot an einem für die Polizei reservierten Platz fest. Luca machte mit seinem Mobiltelefon Fotos. Auf den ersten Blick gab es keine Anzeichen für einen Kampf oder irgendetwas anderes Verdächtiges, das belegen würde, dass Fabrizio von seinem eigenen Boot aus in den See geworfen wurde. Die Spurensicherung würde demnächst eintreffen. Vielleicht brachten die Kriminaltechniker neue Dinge ans Licht.

Kommissar Manchini und Luca warteten auf ein Polizeiauto, das sie abholen sollte, und fuhren dann die Straße hinauf nach Tignale zum Haus von Fabrizio Leone hinauf. Der Kommissar stieg aus und klopfte an die Tür, doch niemand antwortete. Die Nachbarin spähte herüber, öffnete ihr Fenster einen Spalt breit und sagte:

»Die Witwe von Fabrizio ist bestimmt auf dem Friedhof. Seit der Ermordung ihres Mannes verbringt diese Seele Gottes all ihre Tage dort.«

»Vielen Dank«, antwortete Manchini.

Die Nachbarin öffnete ihr Fenster, falls die Polizisten noch etwas sagen sollten oder sich gar auf ein Gespräch einließen. Aber nein. Kommissar Manchini ging zurück zum Auto und wies den Fahrer an, zum Friedhof am Santuario di Montecastello zu fahren.

Man konnte sehen, dass frische Blumen auf das Grab von Fabrizio Leone gelegt worden waren. Lucia stand am Rand des Friedhofs, hoch auf den Klippen, und blickte auf den See. Manchini trat zu ihr, räusperte sich zweimal, und Lucia wandte sich um. Luca, der ein paar Schritte hinter seinem Onkel stand, erkannte sofort ihren Schmerz an ihrem Gesichtsausdruck. Die rot verweinten Augen drückten deutlich ihren Kummer und auch eine gewisse Verwirrung aus, wie bei jemandem, der kaum geschlafen hatte.

»Hallo, Lucia«, grüßte der Kommissar. »Wie geht es Ihnen? Es tut mir leid, dass ich Sie in Ihrer Privatsphäre störe, aber ich würde gern mit Ihnen reden. Ist das in Ordnung?«

Lucia wischte sich mit dem Handrücken die Tränen ab und nickte zustimmend.

»Ich möchte, dass Sie wissen, dass wir alles tun, um die Person oder Personen zu finden, die für den Tod Ihres Mannes verantwortlich sind.«

»Dann war es also nicht Simone Palermo?«

»Alles deutet im Moment darauf hin, dass er es nicht war.«

»Aber dann ... ich verstehe das nicht.«

»Ja, ich weiß. Es war ein Fehler unsererseits, und ich hoffe, Sie nehmen unsere Entschuldigung an.«

»Wenn er es also nicht war, wer war es dann?«

»Genau das untersuchen wir gerade. Übrigens, vielen Dank, dass Sie uns über Fabrizios Boot informiert haben. Diese Information war für uns sehr wichtig.«

»Die Leute am Hafen haben das Boot gefunden. Ich war das nicht. Wenn Sie mich fragen, ich wusste nicht mal, dass er dieses neue Boot hatte. Das letzte Mal, als wir mit seinem Boot rausgefahren sind, war es noch ein ganz kleines, eher eine größere Streichholzschachtel.«

»Ach ja? Und wo ist das alte Boot?«

»Keine Ahnung. Ich glaube, Fabrizio hat es verkauft. Er hat mir nicht gesagt, dass er ein neues hat. Aber das ist ja jetzt auch egal.«

Luca sah, dass Lucia sich etwas entspannte, und nutzte die Gelegenheit, sich vorzustellen und zu fragen:

»Hallo. Ich bin Luca Conti. Und was ist mit dem Hund?«

»Was für ein Hund?«

»Hatten Sie nicht einen Hund? Einen braunen Labrador-Retriever?«

»Nicht dass ich wüsste.«

»Vielleicht wussten Sie es nicht, aber Fabrizio hatte sich vor kurzem einen Hund gekauft.«

»Ich kenne keinen Hund. Machen Sie mir bitte keinen Ärger mehr. Ich habe schon genug Probleme. Wir haben nie einen Hund gehabt.«

Manchini nickte, damit Luca mit den Fragen über den Hund aufhörte, und sagte:

»Haben Sie weitere Informationen, die für uns nützlich sein könnten? Haben Sie sich in den letzten Tagen an etwas erinnert?«

»Welche weiteren Informationen wollen Sie haben? Sie scheinen doch viel mehr über das Leben meines Fabrizio zu wissen als ich. Die Zeit lässt sich nicht zurückdrehen, und mein armer Fabrizio ist unter der Erde. Das Grab dort drüben ist alles, was ich noch habe. Welche weiteren Informationen wollen Sie denn? Ich habe doch schon alles gesagt. Was wollen sie noch von mir?«, schrie Lucia unter Tränen.

»Entschuldigen Sie bitte, Lucia. Wir wollten Sie nicht verärgern«, versuchte Manchini zu trösten. »Wenn wir irgendwie helfen können, lassen Sie es uns einfach wissen.«

»Sie von der Polizei sagen immer das Gleiche. Sie sind genau wie die Politiker. Sie bieten Hilfe an, aber das sind nur Lippenbekenntnisse. Letzten Endes ist es nur Gerede. Damit Sie sich besser fühlen und mit gutem Gewissen zu Ihren Familien zurückkehren können. Diese Beileidsbekundungen und die Aussage, dass man an die Leidenden denkt, sind einfach nur Blödsinn. Wenn Sie mir helfen wollen, dann schicken Sie mir einen großen Scheck. Ich habe eine Menge Rechnungen zu bezahlen, und die kann ich nicht mit Ihren Beileidsbekundungen begleichen. Fabrizio ist tot. Er liegt zwei Meter unter der Erde, das ist alles, was ich noch habe. Ich kann nur noch Blumen, viele Blumen, auf sein Grab legen und beten, ich muss viel beten, damit Gott seiner und meiner Seele Gnade schenkt. Verstehen Sie das? Ich habe nichts mehr! Und jetzt lassen Sie mich bitte in Ruhe.«

Lucas Miene verdüsterte sich. Lucia war das beste Beispiel für jemandem, der, weil er nicht wusste, was er tun sollte, anfing, über alles und jeden zu schimpfen. Der Kommissar, der schon viele Momente erlebt hatte, in denen Menschen sich in einer Phase der Trauer befanden, in der Realität und Wahnsinn sich sehr nahe kamen, entschuldigte sich höflich, wünschte Lucia alles Gute und verließ mit Luca den Friedhof.

Manchini gab im Hafen die Anweisung, Fabrizios Boot aus dem Wasser zu holen, damit die Spurensicherung ihre Arbeit tun konnte.

Auf der Rückfahrt dachte Luca an den Schmerz, den Lucia gerade durchmachte, und an ihre Verzweiflung. Ihr Leben war zusammengebrochen, und sie konnte keinen Sinn mehr darin finden. Die Ehe des Paares war zwar nicht die harmonischste gewesen, aber es war eine Gemeinschaft gewesen. Sie hatte einen Partner gehabt, einen Ehemann. Jetzt blieb ihr nur noch die Einsamkeit und das Getuschel der Nachbarn, die ihr Unglück ausnutzten, in dem kleinen Dorf Gerüchte verbreiteten und dem allgemeinen Klatsch noch einiges an Erfundenem hinzufügten.

Luca sagte dem Polizisten, der das Boot fuhr, er solle ihn am Bootshaus in Bardolino absetzen. Als sie dort ankamen, verabschiedete er sich von seinem Onkel, rannte zum Haus, zog seine Badehose an und tauchte in den See ein. Das kühle Nass tat ihm gut und half ihm, die Emotionen des Tages abzuwaschen. Sein Körper wurde leicht im Wasser, und er drehte sich auf den Rücken, sah in den weiten Himmel und ließ sich treiben.

24. KAPITEL

Am nächsten Morgen ging die strahlende Sonne über Bardolino auf und deutete einen herrlichen Spätsommertag an. Luca stieg aus dem Wasser, setzte sich in einen Liegestuhl und lehnte sich zurück. Seine Gedanken schweiften zu den Ereignissen der letzten Tage. Er ließ sich die Sonne ins Gesicht scheinen und atmete tief durch. Auf dem See tummelten sich bereits Menschen mit Surfbrettern, Tretbooten und Kajaks, und Luca war dankbar, dass das Bootshaus etwas abseits der belebten Strände und Flaniermeilen von Bardolino lag, denn so hatte er etwas Ruhe vom bunten Treiben der Touristen. Sein Mobiltelefon klingelte. Es war Antonella. Das ist das erste Mal, dass sie mich anruft, dachte er. Hoffentlich gibt es gute Neuigkeiten zu ihrem Vater. Luca zögerte kurz und ging dann ran:

»Hallo, Antonella. Ich habe mir schon Sorgen gemacht. Wie geht es deinem Vater?«

»Hi, Luca. Die Nachrichten könnten nicht besser sein. Mein Vater ist bei Bewusstsein, und ich konnte ihn sogar schon sehen.«

»Das sind ja hervorragende Neuigkeiten«, antwortete Luca erleichtert.

»Ich weiß nicht warum, aber ich vermisse dich. Die Nacht verging so langsam, und ich konnte nicht schlafen. Es tut mir leid, dass ich mich gestern dir gegenüber so schlecht verhalten habe, aber ich will einfach nicht, dass meinem Vater etwas passiert. Er ist alles, was ich habe.«

»Ich weiß, Antonella. Mach dir keinen Kopf. Ich glaube, seit ich dich kenne, möchte ich immer nur in deiner Nähe sein. Deinem Vater wird es bald besser gehen, und dann haben wir Zeit füreinander. Das Wichtigste ist jetzt aber, dass er wieder gesund wird.«

Antonella spürte, wie ihr Herz klopfte und die Luft vor Aufregung knapper wurde. Sie fasste sich ein Herz und sagte:

»Weißt du, Superman, du bist das Beste, was mir in den letzten Tagen passiert ist. Nein, in den letzten Monaten oder vielleicht auch … Jahren.«

Luca lachte und sagte: »Sag jetzt nichts, was du später bereuen würdest. Weil ich dich jedes Mal daran erinnern werde, wenn ich dich sehe.«

Antonella dachte, dass sie vielleicht zu viel gesagt hatte, und wechselte das Thema: »Ich hoffe, mein Vater kommt bald hier raus.«

»Dass du die Nacht bei deiner Mutter im Bootshaus in Bardolino verbringst, das war eher eine Ausnahme, oder?«, fragte Luca.

»Ja, das mache ich nur, wenn sie hier ist. Manchmal bin ich aber auch allein dort oder mit meinem Vater, aber das ist eigentlich sehr selten.«

»Verstehe.«

»Was verstehst du?«

»Ähm, nichts, nichts …«

»Um deine Neugier zu stillen: Ich lebe die meiste Zeit bei meinem Vater in Verona. Hin und wieder mache ich Ausflüge, um zu fotografieren, aber das ist eine andere Geschichte.«

»Okay, jetzt habe ich es verstanden. Ich wollte dich schon fragen, warum du deine Kamera immer dabei hast. Ich dachte, du wüsstest nicht, dass man mit Handys auch Fotos machen kann.«

»Haha, sehr witzig. Werde nicht frech, sonst schicke ich dir kein Bild mehr.«

»Wie wäre es, wenn wir uns später zum Essen treffen?«, fragte Luca hoffnungsvoll.

»Hm ... mal sehen, wie es meinem Vater geht. Ich rufe dich an, okay?«

»Okay. Brauchst du was? Soll ich dir was vorbeibringen?«

»Nein, mir geht's gut. Aber danke für das Angebot.«

»Okay, dann hoffe ich, dass wir uns später sehen.«

»Schön. Bis bald«, antwortete sie.

Antonella legte auf, und Luca hatte das Gefühl, dass er sich gerade in Marco Casellas Tochter verliebte. In seinem Inneren regte sich etwas. Er lächelte, schüttelte dann den Kopf und stürzte sich mit einem Hechtsprung in das kühle Wasser des Gardasees. Er verspürte ein seltsames Glücksgefühl. Ein Glücksgefühl, das er schon lange nicht mehr empfunden hatte. Er tauchte in die Tiefe des Sees ab und genoss die Geborgenheit, die das Wasser ihm gab.

Als Luca eine Weile später aus dem Wasser stieg, sah er, dass sein Handy blinkte und zwei unbeantwortete Anrufe von seinem Onkel darauf waren. Noch ganz nass, rief er ihn sofort an. Manchini nahm ab und sagte:

»Hallo, Luca. Komm schnell ins Kommissariat. Simone Palermo sagt, er will eine neue Aussage machen. Es ist besser, wenn du auch hier bist, um sie zu hören.«

»Gib mir zehn Minuten«, antwortete Luca. »Ich bin gleich da.«

Seit seiner Ankunft im Gefängnis hatte Simone Palermo kein Auge zugetan. Als er mit seiner Frau telefonierte, die ihn anflehte, um Gottes und seines Sohnes willen wieder rauszukommen aus dem Gefängnis, und die ihn außerdem bat, der Polizei die Wahrheit zu sagen, statt jemanden zu decken, kam er auf die Idee, dass er sein aktuelles Problem auch anders angehen konnte. »Genau das werde ich tun, Valentina. Mach dir keine Sorgen. Jetzt sofort, sobald wir unser Gespräch beendet haben.« Und genau das tat Simone Palermo dann auch. Er schlug mit dem Wasserkrug gegen die Zellentür und sagte dem Aufseher, er wolle mit dem Kommissar sprechen. Manchini schickte daraufhin den Polizisten, der ihm die Information überbracht hatte, noch einmal zurück, damit er mit Simone Palermo abklärte, ob er wirklich reden wolle, um die Wahrheit zu sagen, oder ob es wieder nur Zeitverschwendung sei.

Als Luca im Kommissariat ankam, überraschte sein Onkel Mauro ihn mit der Einladung, bei der Befragung von Simone Palermo persönlich anwesend zu sein. »Wenn du neben mir sitzt, brauchst du mir keine Nachrichten zu schicken.« Luca wusste nicht, was er davon halten sollte, und wurde nervös. Er betrat den Raum nach seinem Onkel und vor dem Polizisten, der die Tür schloss, und stellte sich zunächst in eine Ecke. Ihm war bewusst, dass seine Verantwortung für die Aufklärung des Mordprozesses nun eine neue Dimension erreichte. Anders als beim ersten Mal stand Simone Palermo auf, als er den Kommissar sah.

»Setzen Sie sich«, sagte Manchini bestimmt. Er zog ein Päckchen *Marlboro* heraus und fragte:

»Möchten Sie eine Zigarette?«

Simone Palermo machte einen zerknirschten Eindruck. Er sah aus, als wäre er in den letzten drei Tagen um fünf

Jahre gealtert, mit dunklen Augenringen, wirrem Haar und zerknitterter Kleidung. Er nahm das Angebot erleichtert an: »Ja. Danke. Vielen Dank.«

»Wie Sie vielleicht schon bemerkt haben, habe ich nicht die Geduld, mit Ihnen Katz und Maus zu spielen. Der Richter Riccardo Gentile ist wütend auf Sie, und Sie sollten wissen, dass es nichts Schlimmeres gibt, als im Gefängnis zu sitzen, ohne zu wissen, wann man wieder rauskommt. Wenn Gentile keine Lust hat, dann sitzen Sie noch ewig hier ein.«

Simone Palermo zog zweimal hastig an seiner Zigarette und reagierte ansonsten nicht weiter.

»Das ist Ihre zweite Chance, die Wahrheit zu sagen und alles, was Sie über den Tod von Fabrizio Leone wissen, zu Protokoll zu geben. Ich glaube nicht, dass es eine dritte Chance geben wird.«

»Ich weiß. Ja, ich weiß«, murmelte Palermo eingeschüchtert. »Ich will ja reden. Ich möchte alles sagen, was ich weiß. Aber ich will nicht länger hierbleiben. Ich will weg von hier. Meine Frau wird schon depressiv und krank. Mein Sohn weiß nicht mal, wo ich bin, und er braucht meine Hilfe. Ich muss so schnell wie möglich raus hier. Ich bitte Sie«, flehte Simone Palermo und drückte die Zigarette, die er bis zum Filter aufgeraucht hatte, im Aschenbecher aus.

»Sehr gut. Ich hoffe, diese Tage hier im Gefängnis haben Ihrem Gedächtnis ein wenig auf die Sprünge geholfen«, sagte Manchini.

»Ich weiß, wo die Mordwaffe ist. Die Mordwaffe, also, ich meine den Gegenstand, mit dem Fabrizio getötet wurde«, sagte Palermo.

Der Kommissar holte ein kleines Tonbandgerät aus seiner Hemdtasche, stellte den Rekorder auf den Tisch, drückte auf Aufnahme und sagte: »Okay. Ich bin ganz Ohr.«

»Ich weiß, ich hätte den Richter nicht schlechtmachen dürfen. Ich weiß auch, dass ich einen Fehler gemacht habe. Aber es ist hart, wenn man eines Verbrechens beschuldigt wird, das man gar nicht begangen hat. Wer würde da nicht den Kopf verlieren? Das möchte ich mal wissen.«

»Im Moment spielt es keine Rolle, was Sie denken oder nicht denken. Ich weiß, dass Richter Riccardo Gentile wütend auf Sie ist, und er wird es Sie sicherlich spüren lassen, falls Sie wieder auf die Idee kommen, vor Gericht durchzudrehen oder zu vergessen, dass es sich hier um einen sehr ernsten Fall handelt. Sie sind verpflichtet, vor Gericht die Wahrheit zu sagen«, sagte der Kommissar und nutzte die Gelegenheit, um direkt zu fragen: »Also, wo ist die Mordwaffe?«

»Im Park«, antwortete Simone Palermo, ohne zu zögern, und fügte hinzu: »Im Naturpark Gardesana.«

»Und was war die Mordwaffe?«, wagte Luca zu fragen.

Simone Palermo ignorierte Lucas Frage, wandte sich an den Kommissar und sagte: »Ich will als Erstes wissen, ob Sie mich hier rausholen. Wenn nicht, warum sollte ich dann kooperieren? Ich habe niemanden umgebracht.«

»Beantworten Sie die Frage meines Assistenten! Und zwar sofort. Sie sind nicht in der Position, um über irgendetwas verhandeln zu können. Haben Sie mich verstanden? Über nichts!«

Luca errötete ein wenig, als er sah, dass sein Onkel sofort aufsprang und ihn verteidigte. Er fasste Mut und fragte erneut:

»Was war die Mordwaffe? Wissen Sie, wo sie ist? Sie haben genau fünf Sekunden Zeit, um zu antworten.« Und er begann mit den Fingern seiner Hand zu zählen: »Fünf, vier, drei, zwei …«

»Okay, okay. Ich weiß, wo sie ist. Ich erzähle Ihnen alles. Wenn Sie mich in den Park bringen, führe ich Sie an die richtige Stelle.«

»Das ist ein Kompromiss, den man akzeptieren kann«, warf Manchini ein und versuchte, nicht zu zeigen, wie stolz er auf seinen Neffen war, der es geschafft hatte, Druck aufzubauen. »Ich hoffe, Sie wissen, was Sie da sagen, denn wenn wir jetzt in den Park gehen und Sie sich nicht mehr genau erinnern, wo die Tatwaffe ist, wird nicht Riccardo Gentile Ihnen in den Arsch treten, sondern ich persönlich!«

»Nein, nein. Ich schwöre, ich weiß, wo sie ist. Aber wir werden einen Metalldetektor mitnehmen müssen. Sie ist im Boden vergraben, und ich weiß nur ungefähr, wo sie ist.«

»Sie?«, fragte Luca.

»Die Heugabel! Fabrizio wurde mit einer Heugabel getötet!«

Der Kommissar warf die *Marlboro*-Packung auf den Tisch und sagte:

»Rauchen Sie so viele, wie Sie wollen. Wir kommen in 20 Minuten zurück und holen Sie ab.«

Der Kommissar nickte dem im Raum anwesenden Polizisten zu, ging hinaus und rief sofort von seinem Büro aus den Staatsanwalt an, um sich Rat zu holen.

»Hallo, Mauro, ja, ich verstehe«, sagte der Staatsanwalt. »Aber ich denke, es ist das Beste, direkt mit Richter Riccardo Gentile zu sprechen. Nach den unschönen Ereignissen vor Gericht, nachdem Simone Palermo ihn so bloßgestellt hat, wird es ihm sicher schwerfallen, Mitgefühl für ihn zu zeigen.«

»Okay. Alles klar. Danke. Dann werde ich das gleich machen.«

»Hör mir mal zu. Damit der Richter keinen Groll hegt und sich nicht an Simone Palermo mit einer überzogenen Strafe rächt, muss er etwas, na ja, sagen wir mal, verwöhnt werden. Du weißt doch, was ich meine?«

»Ja. Ich weiß, was du meinst«, sagte der Kommissar lachend, bevor er sich bei dem Staatsanwalt bedankte und sich verabschiedete.

Manchini sah die Telefonliste auf seinem Mobiltelefon durch und rief das Büro von Richter Riccardo Gentile an. Die Sekretärin meldete sich mit einer so pompösen, heruntergeleierten Begrüßung, dass Manchini nicht einmal die Hälfte davon verstand.

»Einen wunderschönen guten Morgen. Ich würde gern mit Richter Gentile sprechen, wenn das möglich ist. Sagen Sie ihm, es ist Kommissar Manchini.«

»Bitte warten Sie einen Augenblick. Ich werde sehen, ob der Herr Richter Ihren Anruf entgegennehmen kann.«

In den zwei Minuten, die er mit seinem Handy am Ohr wartete, hörte der Kommissar das Gedudel einer langweiligen Lounge-Musik, die ihm überhaupt nicht zusagte. Es war eine Mischung aus *Café del Mar*- und Bachgeräuschen, die ihn fast zum Einschlafen brachte.

»Hallo, Manchini«, begrüßte der Richter ihn endlich mit lauter Stimme. »Ich wollte auch schon mit Ihnen reden. Was war das für ein Ding gestern? Wissen Sie immer noch nicht, wie man diese Leute darauf vorbereitet, vor Gericht zu erscheinen? Was für eine lächerliche Situation! Wenn ich etwas nicht gebrauchen kann, dann sind es diese respektlosen Leute, die hier auftauchen.«

»Ich bitte um Entschuldigung. Diese Reaktion von Simone Palermo kam völlig unerwartet, und sie war wirklich nicht nötig.«

»Es tut mir leid, aber es liegt schon in Ihrer Verantwortung, diesen Leuten ausreichend zu erklären, wie sie sich vor Gericht zu verhalten haben, damit sie nicht hierherkommen und sich wie barbarische Wilde aufführen.«

»Es war wirklich dumm, er hat sich benommen wie ein Esel. Ich bitte um Entschuldigung.«

»Entschuldigungen und Ausreden helfen hier nicht mehr. Ihr Gerede können Sie sich sparen. Mir ist bereits zu Ohren gekommen, dass man einen Artikel zu diesem Thema für die morgige Ausgabe der Zeitung vorbereitet. Und was mache ich jetzt?«

»Nun ja, das überrascht mich nicht. Sie haben ja recht, Palermo hat sich schlecht benommen. Aber was er gesagt hat, das hat natürlich viele Journalisten neugierig gemacht.«

»Das war eine absolut ungerechtfertigte Beleidigung, hier in meinem Gerichtssaal und vor aller Augen. So ein Mistkerl. Es waren völlig haltlose Beschuldigungen.«

»Ob es sich dabei um Verleumdung handelt oder nicht, kann ich nicht beurteilen, aber Simone Palermo kannte Sie doch schon lange.«

»Was wollen Sie damit sagen?«, brüllte Riccardo Gentile empört ins Telefon.

»Überhaupt nichts. Man weiß heutzutage nie, ob da auch Feuer war, wo Rauch ist, oder? So lautet doch das Sprichwort. Aber nichts ist doch für Sie einfacher abzuwehren als ein von der Presse gegen Sie vorgebrachter Angriff. Als Richter dürfte es für Sie doch ein Leichtes sein, sich zu verteidigen, nicht wahr?«

»Was wollen Sie damit andeuten? Mehr Respekt bitte!«, brüllte Gentile erneut.

»Sie erzählen mir was von Respekt? Wer keine Schuld hat, braucht sich nicht zu fürchten, oder? Wenn Sie nichts zu verbergen haben, müssen Sie sich doch auch keine Sorgen machen, wenn die Zeitung mit Verleumdungen ankommt. Reichen Sie einfach eine Klage gegen die Zeitung ein, und das war's. Damit ist die Sache erledigt. Oder ist das etwa nicht so?«

»Mein guter Name wird wegen dieses Bastards durch den Dreck gezogen. Verstehen Sie das nicht?«

»Guter Name? Wer hat heutzutage noch einen guten Namen? Wenn Sie, Herr Richter, im Glashaus sitzen, sollten Sie vielleicht nicht mit Steinen werfen, wenn Sie mit jemandem sprechen.«

»Was soll das jetzt schon wieder? Rufen Sie mich etwa nur an, um mich schlecht zu behandeln und mir zu drohen?«

»Es ist gut, Herr Richter!«, sagte Manchini lauter als gewöhnlich. »Kommen wir zur Sache! Ich habe Ihnen noch gar nicht gesagt, warum ich Sie anrufe.«

»Offenbar haben Sie nur angerufen, um mich zu ärgern«, beschwerte sich der Richter in beleidigtem Ton.

»Nein, das war nicht der Grund. Im Gegenteil.«

»Also, schießen Sie los!«

»Simone Palermo hat zugegeben, dass er weiß, wo die Mordwaffe ist. Er hat auch geschworen, dass er unschuldig und am Mord nicht beteiligt ist. Wie es um seine Schuld steht, werden wir noch sehen. Aber falls er uns die Wahrheit sagt, kann ich dann darauf zählen, dass Sie ihm helfen? Ich weiß, er hat sich schlecht benommen, aber wer würde das in seiner Situation nicht tun?«

»Diesem Bastard, der mich vor allen verleumdet hat, soll ich helfen? Niemals!«

»Beruhigen Sie sich doch bitte. Wir werden Simone Palermo helfen, falls er die Wahrheit sagt. Das ist das Mindeste, was wir tun können. Letzten Endes sind wir ja auch schuld daran, dass dieser ganze Prozess so misslich gestartet ist.«

»Ich habe überhaupt keine Schuld an irgendwas. Wenn Sie von der Polizei es vermasselt haben, ist das Ihr Problem, nicht meins.«

»Ich habe da gerade so eine Idee«, erwiderte Manchini. »Wenn Sie Palermo helfen, falls er die Wahrheit sagt, und Sie ihn früher nach Hause schicken, dann könnte eventuell die Polizei Ihnen helfen, dass der Bericht über die Anhörung, der morgen in die Zeitung soll, sofort verschwindet. Wir haben da so unsere Beziehungen. Wie sehen Sie das?«

Riccardo Gentile schwieg einen kurzen Moment lang, dann legte er auf. Der Kommissar, der Gentiles Schweigen als Zustimmung deutete, machte sich auf den Weg, um Simone Palermo abzuholen und zum Naturpark Gardesana zu fahren.

25. KAPITEL

Kommissar Manchini forderte Kriminaltechniker an, die mit Metalldetektoren in den Naturpark Gardesana kommen sollten. Zwei Polizeifahrzeuge folgten dem Wagen des Kommissars, und sie fuhren im Konvoi auf der Via Gardesana Richtung Norden, bogen dann in die Via de Mezzo ein, die sie steil nach oben führte. Der Ranger öffnete die Schranke, und sie gelangten zu dem Durcheinander von kleinen Fußwegen an der Bassa Via del Garda. Sie folgten einem als Wanderweg ausgewiesenen Trampelpfad, und als sie es am wenigsten erwarteten, wies Simone Palermo sie an, nach rechts auf einen sehr schmalen, kaum erkennbaren Weg abzubiegen. Hundert Meter weiter forderte er sie auf, anzuhalten. Simone Palermos Unruhe war deutlich zu spüren. Er stieg aus dem Auto, fuhr sich mit der Hand durch die Haare und kaute nervös auf seinen Lippen herum. Schließlich lief er mit der Selbstverständlichkeit des Ortskundigen von einer Seite zur anderen. Er schaute sich um, als wollte er sich vergewissern, dass ihm die Polizisten folgten und sich nichts verändert hatte. Mit Handflächen und Armen nahm er Messungen vor, als würde er das Geschehene gerade noch einmal durchleben.

»Ist es hier?«, fragte Manchini, der bereits genervt war von der theatralischen Art, mit der Simone Palermo versuchte, die genaue Stelle zu finden. »Es bringt nichts, wenn du hier eine Show abziehst. Weißt du, wo die Mordwaffe ist, oder nicht?«

»Einen kleinen Augenblick, ich hab's gleich«, entgegnete Simone Palermo und ging noch ein paar Schritte weiter in den Wald hinein. Manchini atmete hörbar aus. So sehr er den Naturpark am östlichen Gardasee Ufer mit all seinen seltenen Pflanzen schätzte, so mühsam fand er es nun, Simone Palermo abseits der Wege unter den großen Eichen zu folgen. Schließlich blieb Palermo stehen, wandte sich an die Kriminaltechniker mit den Metalldetektoren und sagte: »Kämmt das Gebiet von hier bis zu den beiden großen Eichen dort drüben durch. Ich weiß, dass sie irgendwo hier in diesem Rechteck sein muss.« Er fuchtelte wild mit den Armen, um das zu durchforstende Gebiet zu verdeutlichen.

Die Polizisten waren mit zwei Metalldetektoren ausgestattet, die bis in zwei Meter Tiefe sämtliche Metalle aufspüren konnten. Einer sah den Kommissar fragend an, der ihm zunickte und mit einer einladenden Bewegung signalisierte, dass er mit der Suche beginnen konnte. Die Polizisten schalteten die Metalldetektoren ein, und es vergingen nicht einmal zehn Sekunden, da hatten sie schon ein Signal. Manchini schob das Gras mit der Fußspitze beiseite und stieß auf eine zerdrückte *Red-Bull*-Dose. Sie suchten weiter, bis der Alarm des anderen Polizisten mit einem langen Pfeifen ertönte. Aber auf den ersten Blick war nichts zu sehen. Es handelte sich um eine unauffällige Stelle im Waldboden, an der weder Müll zu sehen war noch der Boden irgendwelche Spuren aufwies. Der Polizist sah auf dem Kontrollgerät, dass das Objekt 30 Zentimeter entfernt war.

»Ein Objekt in 30 Zentimetern Tiefe«, erklärte er laut.

»Ich bin mir sicher, das ist sie«, schaltete Simone Palermo sich ein.

Einer der Polizisten begann, mit einer Schaufel zu graben. Das Signal wurde stärker. Sie hoben den Waldboden aus. In 20 Zentimetern Tiefe stieß er mit der Schaufel auf das abgebrochene Ende eines Holzstocks, der knapp über dem Sockel eines Metallgegenstands abgebrochen war.

»Ja. Das muss sie sein!«, rief Palermo aus.

»Beruhigen Sie sich, beruhigen Sie sich«, sagte Manchini. Er zog sich Handschuhe an und bedeutete dem Polizisten innezuhalten. Dann nahm er eine kleinere Schaufel und höhlte das Loch um das abgebrochene Holzstück herum aus, bis er erkennen konnte, dass es sich um einen Holzstiel handelte, der über dem Metall einer in der Erde steckenden Gabel abgebrochen war. Luca dokumentierte mit seinem Handy die Prozedur und drehte ein kurzes Video davon, wie sein Onkel vorsichtig tiefer grub und kurz darauf die Heugabel aus der Erde zog. Man konnte sehen, dass sich an den Zinken verkrustete Erde befand. Manchini nickte zufrieden, da die auffälligen Stiche in Fabrizio Leones Hals durchaus von solch einer Heugabel stammen konnten.

»Es sieht so aus, als könnten wir hier eine Erklärung für den Schlag auf Fabrizio Leones Hinterkopf bekommen«, kommentierte der Kommissar. »Aber der Bastard, der dann noch die Frechheit besaß, ihm die Gabelzinken in den Hals zu stoßen, sollte wirklich in der Hölle schmoren«, schnaubte Manchini verächtlich.

Luca spürte, dass irgendetwas richtig war und er sich an etwas erinnerte, das in diesem Zusammenhang Sinn machte, aber er wusste in diesem Augenblick nicht, was es war. Sein Onkel bat ihn, die Heugabel mit dem abgebrochenen hölzernen Ende genau zu begutachten und zu fotografieren, bevor er die vermeintliche Mordwaffe behutsam in eine Plastiktüte steckte und den Kriminaltechnikern übergab.

Der Kommissar wandte sich an Simone Palermo und fragte in sehr ernstem Ton:

»Simone, Simone … Was für ein Schlamassel, in das Sie sich da gebracht haben. Wer hat die Heugabel dort vergraben?«

»Salvatore Contesti«, antwortete Simone Palermo sofort.

»Salvatore Contesti? Ist das Ihr Ernst?«

»Ja. Ich schwöre es.«

»Bitte lassen Sie uns nicht diesen Weg einschlagen«, sagte der Kommissar. »Denken Sie bloß nicht, Sie können jetzt Salvatore Contesti, nur weil er tot ist, die Schuld für alles, was passiert ist, in die Schuhe schieben.«

»Wie bitte? Salvatore ist tot? Ich hatte ja keine Ahnung, dass Salvatore gestorben ist. Was ist passiert?«

Luca sah seinen Onkel an, als würde er um Erlaubnis bitten, in das Gespräch einzugreifen, und fragte:

»Vielleicht war es ja sogar Salvatore Contesti, der die Heugabel vergraben hat, aber wer war es, der Fabrizio Leone getötet hat?«

»Das weiß ich nicht«, antwortete Palermo.

»Okay, dann kommen wir jetzt mal zur Sache. Wir haben genug von unvollständigen Geständnissen, und für irgendwelche Halbwahrheiten haben wir weder die Zeit noch die Geduld.«

»Herr Palermo, hören Sie mir zu«, unterbrach der Kommissar. »Das ist die letzte Chance, die Sie haben, um uns zu sagen, was Sie wissen. Wir haben geklärt, dass Sie es nicht waren. Aber Sie stecken immer noch in Schwierigkeiten wegen Richter Riccardo Gentile, den Sie beleidigt haben und der Ihnen das Leben sehr schwermachen kann. Mein Rat wäre also, alles zu erzählen, alles, was Sie gesehen haben und wissen. Ich könnte sogar einen Weg finden,

den Richter dazu zu bringen, Sie in Ruhe zu lassen. Wie fänden Sie das? Sie werden kein besseres Angebot als dieses bekommen. Das kann ich Ihnen garantieren.«

Simone Palermo kratzte sich am Kopf. Er schaute von Luca zum Kommissar und wieder zurück. Dann richtete er seinen Blick auf die Polizisten, die mit den Metalldetektoren gekommen waren, und verlagerte das Gewicht von einem Bein auf das andere.

»Sie können jetzt gehen«, sagte Manchini zu den Polizisten, die schon dabei waren, die Metalldetektoren einzupacken.

»Herr Kommissar, sollen wir auch die *Red-Bull*-Dose mitnehmen?«, fragte einer der Polizisten.

»Ja, natürlich. Und sobald Sie Ergebnisse haben, lassen Sie es mich wissen.«

»Alles klar!« Die beiden Polizisten schulterten die Geräte und traten den Rückweg durch das Waldstück an.

Manchini wandte sich an Simone Palermo und sagte: »Also? Erklären Sie uns jetzt, wie das alles passiert ist?«

Palermo trat von einem Fuß auf den anderen und steckte die zitternden Hände in die Hosentaschen. »Okay. Aber bitte glauben Sie mir. Alles, was ich Ihnen jetzt sage, ist die reine Wahrheit. Und es ist alles, was ich weiß.«

»Erzählen Sie uns einfach alles der Reihe nach«, sagte der Kommissar. Luca holte sein Handy heraus und drückte auf die Aufnahmetaste.

»Also gut. Die Sache war die, dass die Trüffelbestellungen in den letzten Wochen deutlich zugenommen hatten. Zu dem Stress, den wir bereits wegen der Versorgung des Restaurantzelts *La Traviata* auf der Messe hatten, kam dann noch die große Bestellung aus München dazu, eine gigantische Menge Trüffel. Zum ersten Mal waren es über

100 Kilo. Dabei geht es, wie Sie sicher verstehen werden, um eine Menge Geld. Fabrizio Leone wusste nichts von dem Auftrag aus München, aber er schimpfte herum und mischte sich bei dem Auftrag für die Messe in Tignale ein. Maurizio Scali versuchte anfangs noch, Fabrizio zu ignorieren. Aber am Donnerstag, dem Tag vor dem Beginn der *Sagra del Tartufo* in Tignale, suchte Fabrizio sich die besten Trüffel aus, ohne zu wissen, dass wir noch einen anderen sehr wichtigen Auftrag zu erfüllen hatten. Fabrizio nahm sich also die besonders prächtigen Trüffelknollen, und Scali ärgerte sich darüber und schnauzte Fabrizio an. Dadurch merkte Fabrizio natürlich, dass es wohl noch weitere lukrative Geschäfte als nur die Trüffelmesse in Tignale gab, und wollte auch beteiligt werden. Er drohte Scali, so wie er mir auch gedroht hat: Wenn er nicht den gleichen Anteil an diesen Geschäften bekäme, würde er alles der Polizei erzählen. Natürlich haben sie sich gestritten. Ich war an dem Tag mit dem Motorrad zur Arbeit gekommen, und Salvatore fuhr den Mercedes Sprinter von Scali, in dem Alberto Mantovani saß. Alberto hat ein ernsthaftes Alkoholproblem. Er saß auf dem mittleren Sitz und konnte sich kaum aufrecht halten. Ich wusste, der Streit würde ausarten, also sagte ich Scali, dass ich bei ihm in Val di Sogno vorbeifahren und eines der Pakete holen würde, die wir bereits für die Messe vorbereitet hatten. Das könne man ja Fabrizio geben. Ich saß schon auf meinem Motorrad und war auch bereits ein gutes Stück gefahren, als mir auffiel, dass ich die Schlüssel für die Garage und den Keller, in dem wir die Trüffel aufbewahrten, nicht dabeihatte. Als ich in den Park zurückkam, war nur noch Salvatore da, der gerade die Heugabel in dem Loch verbuddelte, aber weder der Mercedes Sprinter noch Fabrizio oder Scali. Sie müssen den unteren Waldweg

genommen haben. Irgendwas war merkwürdig, deshalb bin ich wieder umgedreht. Salvatore hat mich nicht gesehen, und ich bin zurück zum Motorrad und nach Hause gefahren. Und nicht mehr nach Val di Sogno.«

Manchini und Luca tauschten Blicke aus, äußerten sich aber nicht. Simone Palermo hatte geschildert, was geschehen war, und setzte sich nun auf den Waldboden, presste die Hände gegen seinen Kopf und wiederholte wie ein Verrückter: »Das ist die Wahrheit. Das ist alles, was ich weiß. Ich habe Fabrizio nicht getötet. Was fange ich jetzt mit meinem Leben an? Bitte lassen Sie mich nach Hause! Bringen Sie mich nicht mehr zurück in den Knast. Bitte lassen Sie mich nach Hause. Ich muss zu meinem Sohn. Ich verspreche, dass ich künftig nichts mehr mit dem Trüffelgeschäft zu tun haben werde.«

Der Kommissar ging vor Simone Palermo in die Hocke und sagte:

»Hören Sie mir zu, Palermo. Sie haben gut daran getan, uns die Wahrheit zu sagen, aber wir können Sie jetzt noch nicht nach Hause lassen.«

»Aber ich habe Ihnen doch alles gesagt, was ich weiß. Warum lassen Sie mich nicht nach Hause? Warum?«, rief Simone Palermo aus, den Tränen nah.

»So einfach geht das leider nicht«, erwiderte Manchini. »Aber ich werde alles Nötige veranlassen, damit Sie morgen noch vor Sonnenuntergang nach Hause dürfen.«

Sie machten sich auf den Rückweg zu den Autos und schritten über den weichen Boden durch das schon herbstlich anmutende Waldstück. Luca hielt Palermo die Tür des Polizeiwagens auf und übergab ihn dann in die Obhut der Kollegen. Er setzte sich im Wagen seines Onkels auf den Beifahrersitz und dachte auf der Rückfahrt an das, was mit

Salvatore Contesti geschehen war. Schließlich wandte er sich an den Kommissar:

»Hast du Salvatores Familie schon über seinen Tod informiert?«

»Ja, aber nicht selbst. Ich habe das in Auftrag gegeben.«

»Und seine Freundin?«

»Nein. Wenn die Familie seine Freundin informieren will, kann sie das gerne tun. Wir sind nicht verpflichtet, Freundinnen oder Freunde zu benachrichtigen.«

Komisch, dachte Luca und betrachtete die vorbeiziehende Landschaft, wie man die Dinge sortiert, wenn das Leben vorbei ist. Ein paar Anrufe, und schon ist man vergessen.

»Hast du was gesagt?«, fragte Manchini.

»Nein, nichts. Ich habe nur nachgedacht.«

In Bardolino kehrte Palermo in der Hoffnung, am nächsten Tag nach Hause gehen zu dürfen, in seine Zelle zurück.

»Und was machen wir jetzt?«, fragte Luca seinen Onkel.

»Wir müssen Maurizio Scali festnehmen. Aber wir sollten sehr vorsichtig sein. Wenn der gesamte Ablauf schiefgeht, handeln wir uns eine Menge Ärger ein.«

»Und an welchen Ärger denkst du ganz konkret?«

»Oh, da gibt es einiges. Ich habe zum Beispiel Simone Palermo gesagt, dass er morgen nach Hause kann, aber das war keine gute Idee. Es liegt ja nicht in meiner Hand. Ich wollte ihn nur beruhigen, damit er Licht am Ende des Tunnels sieht. Er hat einiges mitgemacht. Er wird eines Verbrechens beschuldigt, das er nicht begangen hat, und muss für etwas büßen, das er nicht getan hat. Das muss schrecklich sein. Das können wohl nur die nachempfinden, die so was schon mal erlebt haben. Und davon gibt es einige in den Gefängnissen. Manchmal sollten wir besser nicht voreilig handeln.«

»Und was hat das mit Maurizio Scali zu tun?«

»Wenn wir Simone Palermo freilassen, bevor wir Scali hinter Gitter gebracht haben, könnte er in Gefahr geraten, denn Scali könnte sich dafür rächen wollen, dass er geredet hat.«

»Hm, verstehe.«

»Es besteht auch die Möglichkeit, dass Palermo ausbricht und jemanden tötet. Man weiß nie, was in jemandem vorgeht, der sich in so einer Situation befindet. Erst wird man verhaftet, und dann spürt man, wie man immer weiter in die Enge getrieben wird. Wir können ihm auch nicht einfach bedingungslos glauben, sondern müssen hier und da noch einige Punkte miteinander verbinden. Natürlich deutet alles darauf hin, dass Scali bis zum Hals in dieser Sache drinsteckt. Aber wir haben noch keine eindeutigen Beweise.«

»Ich habe das Gefühl, dass ich irgendwas weiß, das diese Punkte miteinander verbindet. Aber im Moment kann ich mich einfach nicht mehr daran erinnern, was es ist. Aber irgendwas habe ich gesehen, ich weiß nur nicht mehr, was.«

»Hör mal, mach es wie ich. Wenn es mir so geht, also wenn ich solche Ahnungen habe wie du, versuche ich, zum Anfang zurückzugehen, und tue so, als wüsste ich nichts über den Fall. Dann erinnere ich mich Schritt für Schritt an alles, was passiert ist, und schreibe es auf. Bei diesem Fall habe ich noch keine Lösung gefunden, aber manchmal funktioniert es.«

Luca versprach, genau das zu tun, und verabschiedete sich in der Absicht, mit Antonella zu sprechen und herauszufinden, wie es ihrem Vater inzwischen ging. Er dachte zuerst daran, sie anzurufen. Doch dann hielt er es für besser, im Krankenhaus vorbeizuschauen. Auf diese Weise konnte er sie auch sehen und bei ihr sein. Bevor er sich aber auf den Weg ins Krankenhaus machte, hatte er das Gefühl, dass es vielleicht keine schlechte Idee wäre, im Laden der Mantovanis vorbeizuschauen, um zu sehen, was dort so vor sich ging. Nach dem Streit zwischen Maurizio Scali und Alberto Mantovani, der damit geendet hatte, dass Alberto auf dem Boden lag, hatte Francesco, der wie aus dem Nichts aufgetaucht war, um seinem Bruder zu helfen, vielleicht Neuigkeiten. Er schnappte sich seine Vespa und fuhr los.

Der Laden war geschlossen. Luca sah Francesco Mantovani jedoch an seinem Schreibtisch sitzen und klopfte mit den Fingerspitzen an das Türglas. Francesco stützte sich auf seinen Stock und stand auf, um Luca die Tür zu öffnen. Als er ihm aufmachte, sah Luca ein trauriges Gesicht, das nichts mit dem humorvollen Mantovani zu tun hatte, mit dem er sich ein paar Tage zuvor so nett unterhalten hatte. Der ältere Mantovani trug keine Brille und sah aus, als hätte er einiges an Gewicht verloren und wäre in den letzten drei Tagen um zehn Jahre gealtert.

»Hallo, Herr Mantovani, was ist mit Ihnen passiert? Sind Sie krank?«

Francesco antwortet ihm nicht. Er winkte ihn herein und ging zurück an seinen Schreibtisch. Dort setzte er sich mühsam hin, und als er aufblickte, sah Luca, dass irgendetwas nicht stimmte.

»Sind Sie allein hier? Möchten Sie, dass ich Ihnen Medizin besorge oder einen Arzt anrufe? Sie sehen nicht gut aus.«

»Nein, Luca, vielen Dank. Ich habe letzte Nacht sehr schlecht geschlafen, und der Tag zieht sich in die Länge. Mach dir keine Sorgen.«

»Sind Sie sicher? Ich könnte schnell zur Apotheke laufen.«

»Das ist nicht nötig, mein lieber Freund.«

Ein seltsames Gefühl überkam Luca, und ohne zu überlegen, fragte er:

»Hat es etwas mit dem zu tun, was ich Ihnen über Maurizio Scali erzählt habe? Ist etwas geschehen?« Um Francesco Mantovani nicht in Verlegenheit zu bringen, fuhr Luca fort: »Ich habe zufällig gesehen, was kürzlich hier passiert ist. Ihr Bruder hat im Restaurant *La Traviata* für Unruhe gesorgt. Ich war dort und bin Maurizio Scali gefolgt, der ihn hierhergebracht hat.«

»Mein Bruder ist ein unheilbarer Alkoholiker. Ich weiß nicht, was ich mit ihm machen soll.«

»Ich habe durchs Fenster gesehen, dass die beiden da hinten einen Streit hatten. Man konnte alles sehen von draußen.«

»Dann musst du mich auch gesehen haben«, sagte der ältere Mantovani mit ruhiger Stimme.

Das hatte Luca nicht erwartet. Um seine Verunsicherung zu verbergen, sagte er schnell: »Ja. Nachdem Maurizio Scali gegangen war, habe ich gesehen, dass Sie Ihrem Bruder beim Aufstehen behilflich waren. Ich weiß nicht, wo Sie hergekommen sind, aber ich habe Sie gesehen.«

»Und was hast du noch gesehen?«

»Nichts weiter. Ich hatte die Befürchtung, dass Alberto vielleicht an die Tür kommt, bin auf meine Vespa gesprungen und losgefahren. Antonellas Vater, Herr Casella, liegt im Krankenhaus. Ich bin zum Krankenhaus gefahren, um nach ihm zu sehen.«

»Du kennst Marco Casella?«

»Nein. Ich meine, nicht persönlich.« Luca zog es vor, Francesco zu verheimlichen, dass sein Bruder nicht nur ein

Trinker war, sondern auch gerne Frauen bedrängte. »Aber Antonella und ich haben uns im Restaurant kennengelernt und sind Freunde.«

»Freunde?«

Luca errötete und antwortete nicht.

»Das, was du mir erzählt hast, Luca, hat mir die Augen über Scali und meinen Bruder geöffnet. Ich habe angefangen, die Dinge anders zu sehen, und habe an diesem Tag bis spät am Abend gearbeitet. Als die beiden hierherkamen, war ich gerade auf der Toilette. Ich blieb dort und hoffte, dass sie gleich wieder gehen würden. Aber sie blieben da, und ich habe von der Toilette aus den Streit mitgehört und die Beleidigungen und Verleumdungen, die sie sich gegenseitig an den Kopf warfen.«

»Und?«, fragte Luca, der einen Hoffnungsschimmer sah, dass er an weitere Informationen käme.

»Es ist nichts, was sich zu wiederholen lohnt.«

»Verstehe«, sagte Luca enttäuscht.

»Was ich dir aber sagen kann, ist, dass heute der Geburtstag von Maurizio Scali ist. Mein Bruder organisiert und bezahlt eine große Party für ihn.«

»Findet die Party im *La Traviata* statt?«, fragte Luca.

»Nein. In Val di Sogno, im Landhaus von Maurizio Scali. Ich bin auch eingeladen, aber ich werde nicht hingehen«, seufzte Francesco.

»Und wie alt wird Scali?«, fragte Luca, nur um das Gespräch am Laufen zu halten.

»Ehrlich gesagt, weiß ich das gar nicht. Ich weiß nur, dass dieser Mistkerl nach seinem Geburtstag keinen Fuß mehr in meine Firma setzen wird«, erwiderte er und sah Luca traurig an. »Nicht er und auch nicht mein trinkender Bruder, dieser Alkoholiker und Volldepp, um ihn nicht noch schlimmer zu beschimpfen. Was sollte ich auch sonst tun? Man kann sich seine Familie leider nicht aussuchen. Und wenn es dir nichts ausmacht, gehe ich jetzt nach oben. Ich bin müde.«

»Oh, natürlich. Sind Sie sich sicher, dass Sie nichts brauchen, Herr Mantovani?«

»Nein, mein Freund. Ich danke dir vielmals. Ich will dir nur sagen, dass es selbst unter diesen Umständen eine Freude war, mit dir zu sprechen. Ich muss jetzt aber nach oben gehen und mich ausruhen.«

Luca nickte betroffen und wandte sich zum Gehen. Dann hielt er plötzlich inne, sah sich noch einmal um, legte den Kopf zur Seite und betrachtete Francesco Mantovani ein paar Sekunden lang besorgt. »Ruhen Sie sich gut aus. Auf Wiedersehen!«

»Mach dir keine Sorgen, mir geht es gut, und ich bin in Frieden mit dem Herrn.«

26. KAPITEL

Antonella rief Luca an, und die Nachricht hätte nicht besser sein können. Ihr Vater erholte sich außerordentlich gut und sollte möglicherweise bereits am Montag aus dem Krankenhaus entlassen werden.

»Schon am Montag? Das sind ja großartige Neuigkeiten!«, rief Luca aus, als er spürte, wie erleichtert Antonella war.

»Luca, ich kann dir gar nicht sagen, wie sehr ich mich freue. Es war Gott sei Dank doch kein Herzinfarkt. Ich weiß nicht, was ich getan hätte, wenn mein Vater noch länger im Krankenhaus hätte bleiben und wieder diese schreckliche Operation über sich hätte ergehen lassen müssen wie vor zwei Jahren. Das war die Hölle. Ich hatte furchtbare Angst um ihn. Sie haben gesagt, es kommt vom Stress, und er braucht jetzt Ruhe, um sich zu erholen.«

»Das klingt doch super! Ich freue mich sehr, dass es ihm besser geht. Es wird alles gut. Hast du später noch Zeit, dass wir zusammen essen gehen?«

»Mal sehen, was du zu bieten hast.«

»Es tut mir leid, dass ich heute ein bisschen spät dran bin«, entschuldigte sich Luca. »Aber ich werde mich beeilen.«

»Du bist noch kein richtiger Kommissar und entschuldigst dich schon für deine Verspätung«, lachte Antonella. »Ich kann mir gut vorstellen, dass du später, wenn du mal in dieser Position bist und wirklich tief drinsteckst in den

Fällen, für gar nichts mehr Zeit hast. Hobbys sind dann Fehlanzeige. Bye, bye, Windsurfen ...«

»Nein, das wird nicht passieren. Ich kann ohne das Surfen nicht leben, und ich glaube auch nicht, dass ich weiteratmen kann, wenn ich dich nicht bald wiedersehe«, ließ Luca seinen Gedanken freien Lauf.

»Ich weiß nicht, was du zum Frühstück gegessen hast, Superman, aber diese romantischen Anwandlungen am späten Nachmittag stehen dir nicht schlecht. Hier in der Stadt von Romeo und Julia, der Stadt der Liebe, legt man großen Wert auf Romantik, und mir gefällt das!«

»Wo bist du jetzt?«, fragte Luca, um das Thema zu wechseln.

»Im *La Traviata*. Samstage sind Tage, an denen es drunter und drüber geht. Mein Vater wollte, dass ich Totti helfe, den Trubel zu überstehen.«

»Was für ein Zufall. Ich bin 200 Meter entfernt.«

»Wirklich? Dann reserviere ich draußen einen Tisch und bereite ein Überraschungsmenü vor, wenn du kommst.«

»Klingt super. Ich bin gleich da.«

Auf Tottis Empfehlung wurde der gleiche Tisch, an dem Luca bei den früheren Besuchen im Restaurant gesessen hatte, für zwei Personen gedeckt und mit einem Blumenstrauß dekoriert. Luca betrat das Restaurant, um zu sehen, ob er Antonella irgendwo entdeckte, aber Totti bat ihn gleich nach der herzlichen Begrüßung, sich zu setzen. Nach ein paar Sekunden erschien Antonella mit zwei Tellern Rindfleisch-Carpaccio mit Artischocken, Rucola, Parmesan und Trüffeln, gefolgt von Totti, der eine Flasche Wasser und ein kaltes Bier vom Fass dabeihatte.

»Schön, dich zu sehen«, sagte Antonella und küsste Luca leicht auf die Lippen, bevor sie sich setzte. Totti drehte das

Etikett des Bierglases zu Luca, zwinkerte ihm zu und verschwand schwungvollen Schrittes im Restaurant.

»Wow! Damit habe ich nicht gerechnet. Was für tolle Delikatessen! Danke schön.«

»Gerne«, entgegnete Antonella und sah Luca dabei direkt in die Augen. »Ich danke *dir*! Nicht nur dafür, dass du mir erklärt hast, was mit meinem Vater und dem Restaurant los ist, sondern auch dafür, dass du so bist, wie du bist. Also, ich meine, dass du so besorgt um mich bist.«

»Haha. Das stimmt. Besorgt um dich bin ich.«

»Na dann«, lächelte Antonella, »guten Appetit.«

»Es tut mir leid, Antonella, es sieht einfach so gut aus, dass ich jetzt wie die Japaner ein Foto von diesem wunderschön dekorierten Gericht machen muss.«

»Soll ich meine Kamera holen?«, fragte Antonella lachend.

»Nein, nicht nötig. Es kommt einfach nicht jeden Tag vor, dass man eine Vorspeise mit Trüffeln vor sich hat, und dann noch in so guter Gesellschaft.«

Luca holte sein Handy aus der Tasche und machte ein Foto von Antonella und ihrem Teller. Auf dem Bild sah sie glücklicher und schöner denn je aus. Und plötzlich fiel es ihm wie Schuppen von den Augen. Er erinnerte sich an das, was ihm seit dem Moment, in dem er die abgebrochene Heugabel, die Fabrizio Leones Hals durchbohrt hatte, gesehen hatte, nur undeutlich vor Augen geschwebt hatte. Er rief laut aus:

»Ich weiß es! Jetzt weiß ich, was es ist!«

»Was weißt du?«

»Warte, ich zeig es dir gleich. Ich weiß es!«

Luca blätterte aufgeregt die Fotos durch, die er auf seinem Handy gespeichert hatte. Er kam zu den Fotos von der Verfolgungsjagd über den Brenner und der Klinik am Starnberger See und sagte euphorisch:

»Ich kann es nicht fassen. Das ist es!«

»Ja, was denn nun?«, fragte Antonella, die vor Neugierde fast platzte.

Luca nahm einen Schluck von seinem Bier, stand auf, zog einen Stuhl heran und setzte sich neben Antonella.

»Meine Gedanken haben sich die ganze Zeit im Kreis gedreht, und ich konnte mich an eine sehr wichtige Sache einfach nicht erinnern. Das hat mich ganz verrückt gemacht, aber jetzt ist es mir wieder eingefallen.«

»Und? Was ist es?«

»Dieses Foto. Schau!«

Luca zeigte ihr eines der Fotos, die er von dem Kofferraum des Mercedes-Transporters gemacht hatte, als er Salvatore Contesti am Brenner überprüfte. Auf dem Foto waren hauptsächlich Styroporboxen zu erkennen, aber auch die Gartenwerkzeuge, die seitlich über dem linken Hinterrad mit einem Gummiband befestigt waren.

»Was siehst du? Fällt dir etwas auf?«

Antonella nahm sein Handy in die Hand, zoomte das betreffende Foto heran und fragte:

»Gibt es etwas Bestimmtes, auf das ich mich konzentrieren sollte?«

»Konzentrier dich auf die Gartengeräte. Was springt dir auf den ersten Blick ins Auge?«

»An dem Holzstiel neben dem Rechen fehlt das obere Stück. Man sieht, dass der Stiel abgebrochen ist. Ist es das?«

»Ja! Du bist super! Genau das ist es! Mein Gott, hier ist das fehlende Beweisstück zur Vervollständigung der Mordwaffe«, rief Luca.

»Es tut mir leid, aber ich verstehe nicht ganz, wovon du redest.«

»Es ist viel passiert, Antonella, wovon du nichts weißt. Fabrizio Leone wurde mit einem Schlag auf den Kopf getötet, und dann wurde ihm auf makabre Weise eine Heugabel in den Hals gestochen. Genau so, wie es auch in der Zeitung stand. Aber heute Morgen sind wir zum Naturpark Gardesana gefahren und haben die Heugabel gefunden, die im Boden vergraben war, aber der Stiel fehlte. Jetzt weiß ich, wo der Heugabelstiel ist.«

»Aber das ist doch der Lieferwagen von *Fratelli Mantovani – Italian Gourmet*, oder? Der, den Maurizio Scali fährt?«, fragte Antonella, als sie das Grün des Lieferwagens erkannte.

»Das ist richtig. Aber als ich dieses Foto machte, fuhr ihn Salvatore Contesti, und er transportierte, wie du auf dem Foto sehen kannst, fast 100 Kilo Trüffel für eine Party nach München. Alles geschmuggelt natürlich.«

»Geschmuggelt von Maurizio Scali?«, vergewisserte sich Antonella.

»Ja, von ihm und einem Klaus Eckstein aus München, der wahrscheinlich immer noch im Krankenhaus liegt, weil Salvatore Contesti ihn verprügelt hat.«

»Und wo ist Salvatore Contesti?«

»Hm. Salvatore Contesti wurde am Donnerstag ermordet. Alles deutet darauf hin, dass es Scali war. Wir können es aber noch nicht beweisen. Er ist mit einem Kopfschuss getötet worden. Schrecklich. Wir haben ihn in einem Waldstück nahe Casetta gefunden.«

»Was zum Teufel hast du jetzt vor, Luca? Das ist ja furchtbar. Und der Lieferwagen? Wo ist der Lieferwagen?«

»Das ist es, was ich herausfinden muss. Salvatore hat mir

erzählt, dass er den Lieferwagen mit den Trüffelbestellungen immer von Maurizio Scalis Landhaus in Val di Sogno abholt. Weißt du, wo das ist?«

»Ja. Ich war ein- oder zweimal mit meinem Vater dort. Es ist ein schönes Haus, vielleicht eher eine Villa, aber ein bisschen zu aufgemotzt für meinen Geschmack.«

»Was meinst du damit?«

»Na ja, meiner Meinung nach ist das Haus völlig übertrieben eingerichtet. Es hat keinen Stil.«

»Wirklich?«

»Ja. Scali hat einen schlechten Geschmack. Das sieht man an allen Ecken und Enden. Ziemlich deutlich sogar. Es sieht so aus, als hätte er das Haus nur, um Gäste zu beeindrucken und ausgefallene Partys zu feiern.«

»Hm, dann werde ich dort mit der Suche beginnen. Ich muss den abgebrochenen Stiel der Heugabel unbedingt finden. Ohne ihn kann ich nicht alles zusammenbringen, was passiert ist.«

»Du bist doch komplett verrückt!«, entfuhr es Antonella. »Wenn Maurizio Scali dich erwischt, macht er mit dir genau das, was er mit Salvatore gemacht hat.«

»Ich bin vorsichtig. Außerdem wird es kein Mensch mitkriegen. Ich weiß nämlich, dass heute eine große Party in Val di Sogno stattfindet.«

»Wie kommst du da drauf?«

»Der ältere Mantovani, Francesco, hat mir erzählt, dass Maurizio Scali heute Geburtstag hat.«

»Ist das wahr? Ich wusste gar nicht, dass Betrüger auch Geburtstag feiern. Wann hast du mit ihm gesprochen?«

»Kurz bevor ich hierhergekommen bin.«

»Ah, deshalb warst du nur 200 Meter entfernt. Jetzt verstehe ich.«

»Er ist ein außergewöhnlicher Mensch. Ich mag ihn. Es ist eine Schande, dass er einen so dummen Bruder hat, der nicht nur ständig besoffen ist, sondern auch verhaftet werden sollte, weil er Frauen belästigt und glaubt, die Welt gehöre ihm.«

»Luca, bitte geh nicht hin«, flehte Antonella.

»Sie sind dort sicher alle am Feiern, sind abgelenkt und machen sich bestimmt keine Sorgen um einen Lieferwagen.«

»Luca, versprich mir, dass du nicht dort hingehst. Sag der Polizei, dass sie jemanden hinschicken soll.«

»Ich bin die Polizei.«

Antonella war der Appetit vergangen. Nach dem Rindfleisch-Carpaccio erschien Totti mit der Speisekarte, aber keiner der beiden hatte Lust, noch etwas zu bestellen. Nach einigen Minuten der Stille, in denen man nur das laute Treiben der Menschen auf der Piazza Brà hörte, sagte Antonella:

»Ich muss jetzt wieder zu meinem Vater. Ich habe ihm versprochen, vorbeizukommen und zu berichten, wie es im Restaurant läuft. Außerdem will ich ihm ein paar CDs mitbringen, die er signieren und dem Krankenhauspersonal schenken kann.«

»Dein Vater hat wirklich ein Herz aus Gold«, sagte Luca, der nicht wusste, wie er Antonella beruhigen sollte.

»Ja, das hat er. Ich kann immer noch nicht verstehen, warum sich meine Eltern getrennt haben. Sicher lag es nicht an meinem Vater. Er würde nie im Leben jemandem was Böses antun.«

Luca wollte sich dazu nicht weiter äußern und entgegnete:

»Ich muss auch los und nachsehen, ob meine Großmutter mit dem Hund zurechtkommt.«

»Welcher Hund? Ich wusste gar nicht, dass du einen Hund hast.«

»Ich habe eigentlich keinen Hund. Aber bei all dem Durcheinander bin ich am Ende zu einem Hund gekommen, der ohne Besitzer dastand.«

»Und wem gehört der Hund, wenn ich fragen darf?«

»Der Hund hat Fabrizio Leone gehört. Er war mit einer gebrochenen Pfote im Haus von Simone Palermo. Das ist eine lange Geschichte. Ich habe ihn zu einem befreundeten Tierarzt gebracht, der ihn operiert hat, und jetzt erholt sich der Hund bei uns zu Hause und macht Physiotherapie bei meiner Großmutter.«

Antonella lachte. Dieser Typ, dachte sie, findet immer einen Weg, alles in was Positives zu verwandeln.

»Physiotherapie bei deiner Großmutter? Ist das dein Ernst?«

»Ja, natürlich!«

»Und wie heißt der Hund?«

»Rotti«, antwortete Luca mit einem verschmitzten Lächeln um die Augen. »Aber erst seit gestern gehört der Hund offiziell mir. Die Frau von Fabrizio Leone wusste nicht, dass ihr Mann einen Hund hat, und wollte ihn nicht.«

»Wirklich? Wie kann das sein?«

»Keine Ahnung. Wer weiß schon, was zwischen Paaren vorgeht. Und da sie ihn nicht behalten wollte, habe ich ihn zu mir mitgenommen. Es ist ein Labrador-Retriever. Ich werde ihn dir irgendwann mal vorstellen.«

»Oh, ich kann es kaum erwarten. Ich liebe Hunde.«

»Ich verspreche dir, du wirst ihn mögen. Es ist unmöglich, ihn nicht zu mögen. Er hat diesen Hundeblick, der nicht wirklich ein Blick ist, sondern eine bedingungslose

Freundschaftserklärung, und die ist so besonders, dass jeder dahinschmilzt.«

Antonella lachte, stand auf und umarmte Luca viel länger als üblich. Bevor sie ins Restaurant ging, um mit Totti zu sprechen, flüsterte sie ihm ins Ohr: »Ich glaube, ich habe mich ein wenig in dich verliebt, Superman. Pass gut auf dich auf, damit du dich auch weiterhin um mich sorgen kannst.«

Luca verschlug es den Atem. Er winkte Antonella zu, die sich im Gehen nochmals zu ihm umdrehte, und trank den Rest seines Biers aus. Dann ließ er das Geld auf dem Tisch liegen, mit dem er die Rechnung bezahlen wollte, und verließ die Terrasse des Restaurants. Er war nervös wegen der Fahrt nach Val di Sogno, aber in diesem Augenblick auch der glücklichste Mensch der Welt. Er machte sich auf den Weg zu seiner Vespa, und ein Strahlen breitete sich auf seinem Gesicht aus.

Rund um den Platz waren die Terrassen der Restaurants voll. Überall herrschte ein reges Treiben, Liebespaare schlenderten umher, Kinder spielten am Brunnen und eine Gruppe von Menschen betrachtete die über allem thronende Reiterstatue des Königs Vittorio Emanuele II.

27. KAPITEL

Oma Theresia und Onkel Mauro unterhielten sich gerade angeregt in der Küche, als Luca nach Hause kam, um zu duschen und sich umzuziehen. Er hatte das *La Traviata* verlassen und war noch wie hypnotisiert von den Worten, die Antonella ihm ins Ohr geflüstert hatte und um die nun seine Gedanken kreisten: »Ich glaube, ich habe mich ein wenig in dich verliebt, Superman. Pass gut auf dich auf, damit du dich auch weiterhin gut um mich sorgen kannst.« Er war überrascht, dass sich ihre Beziehung so gut und natürlich entwickelte. Ja, es könnte tatsächlich Liebe sein, dachte er.

Bevor er nach Hause ging, hatte er noch beim Lagerhaus der Mantovanis vorbeigeschaut, weil er sehen wollte, ob jemand da war, aber das Gebäude war abgeschlossen. Er blickte durch ein Fenster hinein, doch es war niemand da und der Mercedes-Transporter war auch nicht zu sehen. Seit er in der Lagerhalle mit klopfendem Herzen und starr vor Schrecken miterlebt hatte, wie Salvatore Contesti in den Kofferraum seines eigenen Wagens gelegt wurde, um dann brutal getötet zu werden, war ihm das Gebäude unheimlich, und allein die Erinnerung an diesen Moment verursachte in ihm ein Zittern und einen Brechreiz. Der Porsche von Maurizio Scali war neben den abgedeckten Autos in der Halle geparkt. Ein durchs Fenster fallender Sonnenstrahl wurde vom glitzernden Chrom der Harley-Davidson-Motorräder reflektiert und flackerte über die schwarzen Stoffbezüge, mit denen die Autos abgedeckt waren. Das Tageslicht bäumte sich ein letztes Mal auf, bevor es an Kraft verlor. Das schwindende Licht verlieh der Sammlung von Luxusautos und teuren Motorrädern in dem Lagerhaus plötzlich eine gespenstische Atmosphäre. Luca fröstelte und machte sich auf den Weg nach Hause.

Als Mauro Manchini bemerkte, dass Luca eingetroffen war, bedeutete er Großmutter Theresia, das Thema zu wechseln.

»Hallo, Luca, was für eine schöne Überraschung. Wir haben gerade über dich gesprochen.« Manchini verdrehte die Augen, und sie fuhr fort: »Wegen deiner … ich meine wegen dem Hund. Rotti. Ich bin so froh, dass du ihn mir gebracht hast. Ich könnte mir keine bessere Gesellschaft vorstellen.«

»Das freut mich, Oma.«

»Das war wirklich eine gute Idee, Luca«, gab Manchini zu. »Aber ich muss mich jetzt leider auf den Weg machen. Ich muss noch nach Tignale, um mit dem Bürgermeister zu reden. Er ruft mich nie zurück, aber dann macht er für Samstagabend einen Termin aus. Wer soll so was verstehen?«

»Politiker machen das so«, kommentierte Oma Theresia.

»Sonst alles in Ordnung, Luca? Gibt es was Neues?«, fragte der Kommissar.

»Ich prüfe da noch eine Sache, die sich gerade ergeben hat. Sobald ich was Konkreteres weiß, werde ich dich informieren. Fährst du mit dem Boot oder mit dem Auto nach Tignale?«

»Ehrlich gesagt, habe ich darüber noch gar nicht nachgedacht. Warum? Brauchst du das Boot?«

»Nein, ich glaube nicht. Ich war nur neugierig, nichts weiter.«

»Neugierig? Komm mir nicht mit so was. Brauchst du das Boot jetzt oder nicht? Für mich macht es keinen Unterschied.«

»Okay. Wenn du mit dem Auto fahren würdest, wäre es vielleicht besser. Ich könnte das Boot brauchen.«

Manchini sah Oma Theresia an, die ihm zuzwinkerte, und sagte: »Unser Luca denkt wahrscheinlich daran, einer Frau im Mondschein auf dem See den Hof zu machen, und ich muss deshalb den ganzen Weg um den See fahren. Ich wünsche dir, dass es ein wundervoller Abend wird.«

»Oh, da bin mir ganz sicher«, erwiderte die Oma.

»Es ist nicht das, was ihr denkt«, sagte Luca und errötete. »Oma, du scheinst es ja auch sehr lustig zu finden. Du solltest lieber aufpassen, dass du nicht an deinem Gekicher erstickst«, sagte Luca lachend und fand die Vorstellung, die sich die beiden da ausmalten, eigentlich ganz lustig.

Manchini verabschiedete sich, konnte sich aber eine letzte Bemerkung nicht verkneifen: »Falls ihr Hilfe braucht, Luca, ruft das Kommissariat an. Dort kann man sich Schwimmwesten und Picknickkörbe ausleihen.«

»Na warte, du!«, rief Luca und rannte hinter seinem Onkel her, aber Onkel Mauro entkam lachend und verschwand.

»Willst du nichts essen, Luca?«, fragte die Oma.

»Nein, danke. Ich habe gerade gegessen und muss mich beeilen, weil ich schon spät dran bin.«

»Ja, natürlich«, pflichtete sie ihm schmunzelnd bei.

Luca trat auf den Hinterhof und sah nach Rotti. Zu seiner Überraschung stellte der Hund schon ab und zu seine verletzte Pfote auf den Boden und belastete sie. Die Wunde schien gut zu heilen. Dann duschte er sich und verließ kurz darauf das Haus. Motorrad oder Pick-up, was sollte er nehmen? Er entschied sich für die Vespa und fuhr zum Bootshaus in Bardolino.

Der Gardasee, den Luca an diesem frühen Abend vom Balkon des Bootshauses aus betrachtete, hatte einen anderen Farbton, der nicht vermischt war mit dem Bunt der Touristen oder der ankommenden und abfahrenden Fähren, sondern allein durch das dunkle Blau des Himmels und des Wassers erzeugt wurde. Es war diese besondere Färbung der blauen Stunde, wenn die Sonne gerade hinter dem Horizont verschwunden und alles in magisches Licht getaucht war. Der tiefblau schimmernde See und die warmen, rötlich glänzenden Farben der Altstadt von Bardolino ließen ihn staunen. Es gibt besondere Tage wie diesen, dachte Luca, als er auf den Steg ging. Er sprang in das Boot, vergewisserte sich, dass der Tank voll war, ließ den Motor an und fuhr los. Er wusste nicht, was ihn auf der Party von Maurizio Scali in Val di Sogno erwartete, aber er war sich sicher, dass es keine gute Idee wäre, zu früh dort aufzutauchen. Deshalb drehte er in der Abenddämmerung ein paar Runden auf dem See. Irgendetwas sagte ihm, dass der See noch Informationen barg, die er für seine Schlussfolgerungen brauchte. Er landete schließlich ungefähr an der Stelle, an der die Leiche von Fabrizio Leone aus dem Wasser gezogen worden war. Sein Instinkt ließ ihn spüren, dass da noch irgendetwas war. Ein anderes Boot, dachte er plötzlich. Es muss ein anderes Boot geben. Fabrizio war gewöhnlich von Tignale nach Navene zur Arbeit im Naturpark gefahren. Er wurde tot aus dem See geborgen, doch sein Boot wurde in Tignale gefunden. Wie war es also nach

Tignale gekommen? Da die Spurensicherung auf dem Boot von Fabrizio Leone keinerlei Hinweise hatte finden können, musste die Leiche auf einem anderen Boot transportiert worden sein. Die Ermittlungen haben ergeben, dass Maurizio Scali ein auf seinen Namen registriertes Boot im Jachthafen von Cassone di Malcesine besitzt, dachte Luca. Aber Malcesine war nicht Navene. Hatte Scali Fabrizio nach Malcesine gebracht? Oder war es umgekehrt gewesen? Was könnte Scali dazu gebracht haben, sein Boot in dieser Nacht nach Navene zu bringen? Ein schnellerer Transport der Trüffel nach Tignale? Das könnte es sein. Er wusste, dass die Marina in Navene über Überwachungskameras verfügte. Nichts war einfacher, als die Ein- und Ausfahrt von Booten zu überprüfen. Luca hatte noch etwas Zeit und machte sich auf den Weg zum Jachthafen von Navene, um zu sehen, ob auf dem Video vom 26. September irgendetwas Auffälliges bei den ein- und auslaufenden Booten auszumachen war. Noch vom Boot aus rief er den Hafenmeister an und meldete sich an. In einem zweiten Anruf ließ er sich von der Polizei in Bardolino noch mal das Modell des Bootes von Maurizio Scali durchgeben. Es war ein kleines *Buster Motorboot* mit Kabine. Luca hatte sein Boot noch nicht einmal richtig im Hafen von Navene festgemacht, als schon der Hafenmeister auf ihn zukam. Er half ihm beim Vertäuen und sagte: »Sie haben offensichtlich recht, wir haben einen *Buster* auf den Aufnahmen. Kommen Sie!« Luca sprang aus dem Boot und ging mit ihm in den Kontrollraum. Die Aufnahme hätte nicht deutlicher sein können. Tatsächlich kam Maurizio Scali am Donnerstagabend gegen 20.30 Uhr mit dem Mercedes-Transporter und einem Anhänger im Hafen an und krante sein Boot, einen *Buster* mit Kabine, ins Wasser.

»Ich wusste es! Das macht natürlich Sinn«, sagte Luca triumphierend.

»Was?«, fragte der Kontrolleur.

»Nichts, nichts. Können Sie das Video bitte zurückspulen?«

»Ja, klar. So oft Sie wollen.«

Luca filmte die Aufnahmen mit seinem Handy ab.

»Sie waren ein Team! Das ist es!« Damit das Boot von Fabrizio Leone wieder in den Hafen nach Tignale zurückkam, bedurfte es einer zweiten Person. Während Scali mit seinem Boot die Leiche im See entsorgte, fuhr der andere das Boot zurück. Wenn Simone Palermo die Wahrheit sagt, kann nur Alberto Mantovani das Boot von Fabrizio Leone gefahren haben. Das könnte es sein, überlegte Luca.

»Was?«

»Nichts, hören Sie mir jetzt mal gut zu und sagen Sie mir, ob mein Gedankengang Sinn macht, in Ordnung?«

»Okay«, sagte der Hafenmeister, ohne wirklich zu wissen, wovon Luca sprach.

»Wenn ich ein Boot in Navene habe und noch ein weiteres benötige, muss ich es mir selbst beschaffen, richtig?«

»Richtig«, bestätigte der Hafenmeister. Er konnte Luca zwar noch nicht ganz folgen, aber die Annahme war korrekt.

»Dann kann ich mit einem Transporter und einem Anhänger das andere Boot holen und es in Navene zu Wasser lassen.«

»Nichts einfacher als das«, bestätigte der Hafenmeister.

»Schauen wir mal. Es war am frühen Abend so gegen 19 oder 19.30 Uhr. Eine Fahrt von Navene nach Val di Sogno und zurück mit dem Auto und dem Boot auf dem Anhänger kann man in ungefähr einer halben Stunde schaffen, oder?«

»Ja, mehr oder weniger.«

»Okay. Mit dem Kranen des Bootes müssen wir vielleicht 15 bis 20 Minuten dazurechnen. Stimmt's?«, fragte Luca enthusiastisch.

»Das könnte gut sein. Das hängt aber auch davon ab, wie schwer das Boot ist und wie schwer die Ladung.«

»Nichts Schweres ist geladen«, sagte Luca.

»Ja, ich glaube, das stimmt mit der Zeit überein, zu der dieses Boot hier ankam und zu Wasser gelassen wurde. 20.30 Uhr. Die Uhrzeit auf dem Video lügt nicht. Wenn etwas nicht gestimmt hat, dann waren es die Boote, auf denen sie waren, das haben wir nicht verstanden.« Luca hielt kurz inne.

»Das war's! Das war's! Wir haben es nicht verstanden. Und das war genau das, was sie wollten. Dass wir es nicht verstehen. Aber da hatten sie Pech. Ich danke Ihnen vielmals. Wie ist Ihr Name?«

»Adriano.«

»Vielen Dank, Adriano. Sie haben uns sehr geholfen!«

Luca rannte zu seinem Boot und fuhr mit Höchstgeschwindigkeit zum Bootshaus in Bardolino zurück. Die Nacht war inzwischen angebrochen, und die letzten Boote kehrten in den Hafen zurück. Auf den Terrassen und in einigen Hotels waren die Lichter angegangen. Während er das Geräusch des Wassers genoss, das an den Bug des Bootes klatschte, wurde ihm klar, dass er für sich noch einmal alles zusammenfassen musste: Simone Palermo war also nach dem Streit in dem Waldstück mit seinem Motorrad weggefahren. Als er zurückkam, um den Schlüssel zu holen, war nur noch Salvatore Contesti da. Das bedeutete, dass Maurizio Scali Fabrizio Leone in den Lieferwagen verladen hatte und zu seinem Haus in Val di Sogno gefahren war. Dort legte er den toten Fabrizio Leone in die Kabine seines Bootes und fesselte ihn an die Aluminiumfelge. Dann hängte er das Boot an den Transporter und fuhr zurück zum Park, holte dort Salvatore ab, und sie fuhren zum Jachthafen. Salvatore Contesti oder Alberto Mantovani, aber vielleicht eher Salvatore, denn Mantovani war laut Simone Palermo völlig betrunken, hatte dann Fabrizios Boot nach Tignale gefahren, und Maurizio Scali hatte sein Boot in Navene zu Wasser gelassen, um die Leiche von Fabrizio Leone im See zu versenken. Später hatten sie sich in Tignale getroffen, um die Trüffel auf der Messe abzuliefern. Doch was war mit dem Transporter geschehen? War er in Navene geblieben oder wartete der Lieferwagen schon auf Scali, als sie mit Maurizio Scalis Boot nach Garda zurückkehrten? Hatte Alberto ihn gefahren? So musste es sein. Oder Alberto Mantovani fuhr Fabrizios Boot und Salvatore Contesti den Lieferwagen? Warte, warte. Nicht so schnell. Langsam, denk nach, Luca. Aber wenn Scali den Bootsliegeplatz in Marina di Cassone di Malcesine hat, warum sollte er dann nach Garda fahren? Vielleicht, um das Boot an einen anderen Ort zu bringen? Oder einfach, um es vom Tatort wegzubewegen? Und von dort aus könnte er auch schneller nach Verona verschwinden. »Wow!«, rief Luca lautstark in den offenen Himmel. »Das ist es! Es kann nur so gewesen sein!«

Luca rief seinen Onkel an. Aber der war zu dem Gespräch mit dem Bürgermeister von Tignale verabredet und ging nicht ran. Er würde es später noch mal versuchen, diese Nachricht konnte nicht warten. Aber wo war das Motorboot von Scali jetzt? Das musste er herausfinden! Er rief im Kommissariat in Bardolino an und bat den diensthabenden Polizisten, das Boot von Scali suchen zu lassen. Es dauerte nicht lang, bis der Polizist ihn zurückrief und berichtete, dass es ihn nur einen Anruf beim Hafenmeister gekostet habe. Scalis Motorboot lag in Garda! »Also doch!«, rief Luca aus. »Verständigen Sie die Spurensicherung.«

Luca kam am Bootshaus an, vertäute das Boot, ging zum Kühlschrank, holte sich ein kaltes Bier und saß dann auf der Veranda und starrte in die Nacht, die sich über den See und die Ortschaften legte. Er beschloss, um 21.30 Uhr nach Val di Sogno zu fahren.

28. KAPITEL

Luca kannte das Haus von Maurizio Scali in Val di Sogno nur aus den Erklärungen von Salvatore, der erzählt hatte, wie er dort die Trüffellieferungen abgeholt hatte. Seine Vorstellung war daher sehr vage. Er fuhr die Via Gardesana entlang und bog, nachdem er das Krankenhaus und die Tennishalle passiert hatte, rechts in die Località Val di Sogno ein, die ihn in steilen Kurven nach oben führte. Als er schon ordentlich an Höhe gewonnen hatte, bog er wiederum nach rechts in die Via Caris ein, die ihn in einer langen Linkskurve bis zu Scalis Haus brachte. Er fuhr zunächst an dem Haus vorbei und stellte seine Vespa dann etwas weiter weg auf dem Parkplatz einer kleinen Pension unter Olivenbäumen ab. Es war 22 Uhr. Er hatte sich vorgestellt, dass das Haus für den Geburtstag aufwendig dekoriert wäre, doch das, was er nun sah, übertraf seine kühnsten Erwartungen. Überall parkten Autos sämtlicher Geschmäcker und Marken. Sogar Luxuslimousinen waren dabei. Es wurde Livemusik gespielt, die man schon von weitem hören konnte. Luca näherte sich dem Grundstück und fand sich nur wenige Augenblicke später im bunten Treiben neben der Bühne wieder, wo die Musikgruppe spielte und viele Menschen tanzten. Jeder tanzte auf seine Weise, aber alle waren ausgelassen und hatten Spaß. An den Selbstbedienungsbars, die es auf den unterschiedlichen Etagen gab, konnte man sich Getränke seiner Wahl holen.

Es waren Erwachsene und Jugendliche da, gut gekleidete Menschen und andere, die aussahen, als kämen sie direkt vom Strand. Luca sah sich um, konnte aber keine offizielle Einlasskontrolle entdecken. Stattdessen beobachtete er ein unübersichtliches Kommen und Gehen. Ihm gelang es, in der Menge der Partygäste unterzutauchen, die ins Haus strömte, und so trat er ein. Er hatte sich eine Checkliste mit Dingen erstellt, die er auskundschaften wollte, und einen Punkt davon konnte er gleich abhaken, denn neben der kleinen Bühne und parallel zu einer Garage stand der Trailer von Maurizio Scalis Boot. Nun, das Boot ist ja vermutlich in Garda, und die Spurensicherung wird frühestens morgen erste Ergebnisse liefern, überlegte Luca. Das Haus war mit bunten Lichtern, Lampions, Bändern und Heliumballons geschmückt, die überall mit Nylonfäden befestigt waren. Neben dem Pool sah Luca etwas, was er noch nie zuvor gesehen hatte. Bei einem Land Rover waren starke Seile in die Hinterräder gespannt worden. An den Seilen war ein Bergsteigergurt und an diesem wiederum waren viele übergroße Heliumballons befestigt worden, die auf das notwendige Volumen aufgeblasen worden waren, um eine Person auf eine Höhe von circa 30 Metern zu heben. Eine große Menge an Partygästen stand begeistert an, um sich in den Himmel erheben zu lassen. Das Spektakel war groß und kam gut an. Unter dem Gekreische der Umstehenden stiegen die Gäste auf, und dort oben schossen sie Fotos von der atemberaubenden Aussicht auf das Val di Sogno über dem See und vollführten verschiedene akrobatische Kunststücke. Luca überkam kurz die Lust, auch mit den Ballons aufzusteigen, aber er hatte Wichtigeres zu tun. Er machte ein oder zwei Fotos von dem lustigen Schauspiel und begab sich dann in den hinteren Teil des Hauses.

Dass sich so viele Gäste auf dem Gelände tummelten, kam Luca entgegen, denn so konnte er nach dem suchen, was ihn interessierte, ohne dass er in dem Gedränge auffiel. An der Hinterseite des Hauses entlang ging Luca zur Garage. Daneben war ein Fenster, durch das man in einen großen Raum sehen konnte. Aus dem Raum drangen fröhliche Stimmen, und Luca wagte einen Blick hinein. In der Mitte des Raums stand ein mit einem Tischtuch bedeckter Billardtisch, auf dem kleine Teller mit Snacks und Tapas standen. Der Rauch im Raum zog sich bis unter die Decke, und Luca hatte den Eindruck, als wären die Menschen alle miteinander vertraut. Die Partygäste in diesem Raum schienen zu einem exklusiveren Kreis zu gehören. Junge Frauen in Minibikinis balancierten Tabletts mit Getränken und Cocktails zwischen den Herren. Die Männer hatten schon ein gewisses Alter, und sie küssten die Frauen und befummelten sie von den Armen bis zum Hintern, wenn sie die ihnen gereichten Getränke annahmen. In den Ecken des Raumes waren Spieltische aufgestellt, mit Platz für zwei bis vier Personen. Es gab auch einen Roulettetisch, und die Stimmung war ausgelassen und fröhlich. Luca bemerkte Alberto Mantovani in dem Raum. Er sah verwirrt aus und hatte Mühe, das Gleichgewicht zu halten. In der Hand hatte er ein Glas und eine Brünette im Arm, die ihn durch den Raum führte, als würde er ein Museum besuchen. Luca ging zur Garage. Das Garagentor war geschlossen, aber nicht abgesperrt. Er öffnete es vorsichtig, ging hinein und zog das Tor leise hinter sich zu. Bingo! Da war der Mercedes-Transporter. Luca öffnete die hintere Tür und suchte nach dem Heugabelstiel. Und tatsächlich steckte neben den anderen Gartengeräten links im Transporter auch der abgebrochene Stiel der Heugabel. Luca wollte gerade eine große Plastiktüte aus seiner Tasche holen, die er vorsorglich mitgebracht hatte, damit er den Stiel darin verstauen und an die Forensik übergeben konnte, als er einen heftigen Stoß in den Rücken verspürte und ein verächtliches Lachen vernahm. Maurizio Scali legte ihm ein Kabel um den Hals, zog es fest und zischte:

»Sieh mal einer an, wen haben wir denn hier? Eine Ratte! Die kleine Ratte, der Neffe von Manchini!«

Luca versuchte, das Kabel von seinem Hals zu ziehen, um den Druck zu lindern, aber ohne Erfolg. Er wand sich unter dem Würgegriff. Maurizio Scali sprach weiter und zog immer mehr zu: »Was hast du denn erwartet? Dass du hier einfach so reinlaufen kannst, einfach so? Und dass das eine unbewachte Höhle ist?«

»Lass mich sofort los!«, stieß Luca mit zusammengebissenen Zähnen aus.

»Salvatore hat mich gewarnt, dass die Ratte vom Manchini ihre Nase in Dinge stecken würde, die sie nichts angehen. Und er hatte recht!«

Luca zuckte mit dem ganzen Körper und versuchte, sich von Scalis Würgegriff zu befreien, aber es gelang ihm nicht.

»Lass mich los!«, röchelte Luca, doch seine Stimme versagte.

»Haha. Und wozu? Damit du dich wie ein Schnüffler aufführen kannst? Hast du gesehen, was mit Salvatore passiert ist, weil er sich eingemischt hat, wo er sich nicht hätte einmischen dürfen? Ich werde dir schon noch zeigen, was wir mit Schnüfflern machen!«

Luca packte Maurizio Scalis Arme und versuchte, sie wegzuschieben, aber er hatte zu wenig Kraft. Die Luft wurde ihm knapp und er fing an, alles verschwommen zu sehen und das Bewusstsein zu verlieren. Er spürte den

Druck am Hals, Schwindel, kalten Schweiß. Er röchelte, rang um Luft, bis ihm schwarz vor Augen wurde. Dann brach er vor dem Laderaum des Transporters zusammen. Scali nutzte Lucas Ohnmacht, ließ ihn aus dem Würgegriff los und hievte ihn in den Laderaum, drehte ihn auf den Bauch, legte ihm die Arme auf den Rücken und fesselte ihm mit Kabelbindern die Hand- und Fußgelenke. Dann drehte er ihn auf die Seite und klebte ihm ein Klebeband über den Mund. Es war mehr oder weniger die gleiche Art, wie er auch Salvatore gefesselt hatte.

»Du verdammter Bulle! Ich mach dich fertig! Du kleiner Bastard! Jetzt fehlt nur noch dieser Mistkerl Palermo. Den kriege ich auch noch. Dann werden wir sehen, ob er aufhört zu tratschen und der Polizei Sachen zu verraten, über die er besser geschwiegen hätte. Er sitzt zwar im Knast, aber seine Frau und sein kranker Junge werden dafür bezahlen!«, zischte Scali verächtlich. Er trat Luca in die Seite. »Okay. Die Party findet draußen statt. Wir wollen feiern. Ich werde dich gleich noch ein bisschen aufmuntern, du Scheißbulle.«

Maurizio Scali ging nach draußen zur Party. Er blickte sich um, ließ sich an den Bars und auf der Tanzfläche sehen, nahm hier und da Glückwünsche entgegen und ging schließlich in den Billardraum, um einen doppelten Whiskey zu trinken und einen Zigarillo zu rauchen. Doch anstatt sich zu beruhigen, wuchs die Wut in ihm. Er hatte das Gefühl, in der Falle zu sitzen. Sollte er sich vielleicht besser aus dem Staub machen und untertauchen, überlegte er. Schließlich kam er zu einem Entschluss: Es war das Beste, den kleinen Mistkerl einfach loszuwerden, damit sein Onkel einen gehörigen Schrecken bekam. Es gab keinen Weg zurück. Jetzt musste er aufräumen, den Scheißbullen und was auch immer ihm in die Quere käme verschwinden lassen. Er konnte auch nicht zulassen, dass Simone Palermo weiterhin Aussagen bei der Polizei machte. Der Verräter hatte die Polizei bis in sein Haus geführt. Jetzt musste er handeln! Noch war genügend Zeit. Scali stürzte den zweiten Whiskey hinunter und blickte sich um. Überall um sich herum sah er nur lebenslustige, sorglose Menschen. Als er den Trubel im Zimmer betrachtete, war er angewidert. Wieder überkam ihn die Wut. All diese Schmarotzer profitierten von seinem Werk, und das wollte er sich nicht nehmen lassen. Aber half es, jetzt nach Schuldigen zu suchen? Macht und Gier waren in den letzten Jahren sein Motto gewesen. Aber er war kein Mörder. Das Töten war etwas, das in seinen Plänen nie vorgesehen gewesen war. Er überlegte, Alberto Mantovani anzurufen und ihm mitzuteilen, dass er den Neffen von Kommissar Manchini als Eindringling auf seinem Grundstück angetroffen hatte. Aber wozu sollte das gut sein? So unberechenbar, wie Alberto sich verhielt, würde er ihm nur noch mehr Ärger bereiten. Maurizio Scali hatte Geburtstage noch nie gemocht, doch dieser war zweifellos der schlimmste von allen. Das Leben hatte sich verändert, und er musste die Schwierigkeiten in seinem Leben überwinden. Die fröhlichen Partygäste ekelten ihn an. Es war an der Zeit, die Sache zu Ende zu bringen und den Möchtegern-Bullen in seine Schranken zu weisen. Es war auch an der Zeit, das Restaurant *La Traviata* ganz zu übernehmen, damit mehr Geld in seine Kasse floss. Und es war an der Zeit, sich nichts mehr von dem besoffenen Alberto Mantovani sagen zu lassen. Scali schlug mit der Hand auf den Tisch. Die Entscheidung dieses Geburtstags wird sein, dass ab morgen *ich* das Kommando übernehme. Ich treffe die Entscheidungen. Es läuft nach meinem Kommando. Genug von diesem Chaos, ich muss es beenden, um eine sorgenfreie Zukunft zu haben. Und ich werde nicht zurückblicken.

Luca kam zu sich und konnte nicht richtig atmen. Wo bin ich, fragte er sich. Was zum Teufel mache ich hier? Er versuchte, sich zu bewegen, aber das war nicht möglich. Sein Rücken tat ihm weh. Auch seine Arme und Hände schmerzten, als er versuchte, sich auf der Ladefläche des Lieferwagens umzudrehen, aber es war ihm unmöglich, sich aus dieser Position zu befreien. Plötzlich hörte er, wie sich das Garagentor öffnete. Luca erstarrte. Was hatte Scali mit ihm vor? Gleich darauf ging die Tür des Mercedes auf. Zu seiner Überraschung erschien Totti, der ihm signalisierte, ruhig zu bleiben. Er riss ihm mit einem Ruck das Klebeband vom Mund, und Luca konnte nur mit Mühe den Schmerzensschrei unterdrücken. Mit einem Taschenmesser schnitt Totti dann eilends die Kabelbinder durch.

»Psssst. Sei leise. Sag nichts.«

»Was zum Teufel machst du hier, Totti? Ist Antonella mitgekommen?«

»Ja. Sei still.«

»Das ist viel zu gefährlich für sie hier, der Typ ist verrückt. Lass uns abhauen. Wo ist sie?«, flüsterte Luca, rieb sich die Handgelenke und fuhr fort:

»Schau mal dort!«

»Was?«

»Die drei Aluminium-Felgen.«

»Ja. Und? Lass uns verschwinden.«

»Normalerweise sind es vier, nicht wahr?«

»Ja, komm jetzt raus!«

»Ja, das fehlende Exemplar ist definitiv das, an das Fabrizio Leone gebunden war.«

»Oh Gott! Was für eine Hölle ist das hier?«

Luca zog mühsam das Handy aus seiner Tasche und machte ein Foto von den drei Alufelgen. Dann ging er zu den Gartengeräten, nahm den abgebrochenen Heugabelstiel und legte ihn vorsichtig in die mitgebrachte Plastiktüte.

»Lass uns abhauen. Wo ist Antonella?«

Antonella, die Maurizio Scali abgelenkt hatte und so tat, als wäre sie auf Empfehlung ihres Vaters zu der Party gekommen, musste nun die erotischen Annäherungen von Alberto Mantovani über sich ergehen lassen, der sie mit Maurizio auf der Tanzfläche hatte reden sehen. Aus dem Augenwinkel beobachtete sie, dass Totti mit Luca die Garage verlassen hatte, entschuldigte sich, dass sie auf die Toilette müsse, und ging schnell in Richtung Parkplatz, wo Luca und Totti auf sie warteten. Die drei rannten zu Tottis Auto, das in einiger Entfernung von Scalis Haus geparkt war. Luca sah sich um, ob ihnen jemand folgte. Als er sich ganz sicher war, dass niemand kam, nahm er Antonellas Hand und sah ihr in die Augen. Sie ließ ihn nicht sprechen, sondern gab ihm einen Kuss und flüsterte ihm ins Ohr: »Oh mein Gott, Luca, was bin ich froh, dass dir nichts passiert ist.«

»Hey, los geht's!«, rief Totti, der bereits hinter dem Steuer saß. »Hebt euch diese Dinge für später auf.«

Totti ordnete, ohne ihnen eine Gelegenheit zum Widerspruch zu geben, an: »Ich spiele den Taxifahrer, und ihr zwei setzt euch auf den Rücksitz.«

Sie sprangen ins Auto.

»Wie kommt ihr auf die Idee, hier aufzutauchen?«, fragte Luca.

»Schau mich nicht so an«, antwortete Totti. »Ich bin nur mitgekommen, weil Antonella mich darum gebeten hat.

Sie hat sich solche Sorgen gemacht, da konnte ich natürlich nicht Nein sagen.«

Lucas Handy vibrierte in seiner Tasche, er schaute auf das Display und meldete sich:

»Hallo, Onkel Mauro. Ja, mir geht es gut. Wie war das Treffen mit dem Bürgermeister?«

»Immer die gleiche Scheiße. Diese Politiker wollen gewählt werden, dann verstricken sie sich in Korruption, spielen die Heiligen und bitten am Ende Gott und die Polizei um Hilfe, damit die sie retten.«

»Wie meinst du das?«

»Der Bürgermeister hat Angst, in den Scali-Betrug und die Sache mit dem *La Traviata*-Zeltrestaurant auf der Messe verwickelt zu werden. Du erinnerst dich doch an das Zeltrestaurant auf der *Sagra di Tartufo*. Wo bist du gerade?«

»Ich bin auf dem Weg nach Garda.«

»Ich habe dich nicht gefragt, wohin du willst, sondern wo du bist!«

»Im Auto. Ja, ich sitze in Tottis Auto.«

»Totti? Wer ist Totti?«

»Ich erzähle dir später alles. Aber es gibt etwas Wichtiges, das ich dir sagen muss.«

»Ich bin ganz Ohr.«

»Ich habe Angst. Ich glaube, Maurizio Scali hat vor, der Familie von Simone Palermo etwas anzutun.«

»Wie meinst du das?«

»Du hattest recht. Wir sollten Simone Palermo lieber im Gefängnis behalten. Aber wir müssen Maurizio Scali so schnell wie möglich hinter Gitter bringen.«

»Gibt es Neuigkeiten? Sag mir einfach, was los ist.«

»Na ja. Ich habe den abgebrochenen Stiel der Heugabel gefunden, die wir im Park ausgegraben haben.«

»Und woher hast du den?«

»Er war im Lieferwagen der Mantovani-Brüder, in dem Mercedes-Transporter, mit dem Salvatore Contesti die Trüffel nach Deutschland gefahren hat.«

»Wie bitte?«

»Ja. Ich habe dort auch drei Alufelgen in der Garage gesehen. Ich glaube, du weißt, wo die vierte ist.«

»Oh, mein Gott im Himmel. Wo bist du gewesen, Junge?«

»Ich bin schon nicht mehr dort. Wie gesagt, ich bin auf dem Weg nach Bardolino. Aber ich denke, du solltest sofort drei Polizeifahrzeuge losschicken, um Maurizio Scali festnehmen zu lassen.«

»Drei? Bist du dir sicher, was du sagst?«

»Ich bin mir sicher. So sicher wie noch nie im Leben. Das Haus ist in der Via Caris, Val di Sogno. Mach schnell. Sorg dafür, dass sie noch vor Mitternacht ankommen. Es ist seine Geburtstagsparty. Ich glaube nicht, dass er ein besseres Geschenk bekommen könnte.«

»Okay. Na, dann wollen wir mal!«

Der Kommissar legte auf. Er schlug die Hände über dem Kopf zusammen und rief: »Dieser Luca macht mich noch wahnsinnig, bevor ich in Rente gehe.« Dann rief er die diensthabenden Polizisten an.

29. KAPITEL

Die drei Polizeiautos trafen in der Via Caris in Val di Sogno ein und unterbrachen die beste aller Geburtstagsfeiern. Maurizio Scali, der so betrunken war, dass er kaum noch laufen konnte, war gerade dabei, die Kerzen auf seiner Geburtstagstorte auszublasen. Aus der war kurz zuvor unter dem tosenden Beifall der Gäste eine junge Frau in einem Tanga-Bikini herausgesprungen, mit je einem Stern in den Farben der italienischen Flagge auf den voluminösen Brüsten. Das erste Polizeifahrzeug wurde direkt vor der Eingangstür abgestellt. Die beiden anderen parkten mit eingeschaltetem Blaulicht so, dass sie das gesamte Grundstück abriegelten, damit niemand mit dem Auto wegfahren konnte. Einige der Gäste, die sich auf der Party vergnügten und bereits ziemlich angetrunken waren, dachten, das von dem Blaulicht an die Hauswände geworfene Lichterspiel und die ganze Aufregung seien Teil einer Überraschung, die Maurizio Scali vorbereitet hatte. Sie vermuteten, dass gleich eine Gruppe von Tänzern aus den Polizeifahrzeugen steigen würde, und kreischten vor Vorfreude. Auch Maurizio Scali wusste nicht, was er davon halten sollte. Er ging auf einen der Polizisten zu und fragte:

»Was soll das? Was machen Sie hier? Hat Sie jemand zu meiner Party eingeladen?«

»Nein. Niemand hat uns eingeladen. Aber wir möchten Sie einladen, uns zu begleiten«, sagte der für den Einsatz zuständige Polizeibeamte.

»Es tut mir leid, aber das ist ein schlechter Zeitpunkt. Sie sehen doch, dass ich das Haus voller Gäste habe, und die kann ich nicht allein lassen.«

»Ich glaube, Ihnen ist nicht klar, dass wir keine Rücksicht darauf nehmen können, ob es für Sie gerade günstig ist oder nicht. Wir haben den Auftrag, Sie mitzunehmen, und werden dem auch nachkommen.«

»Auf wessen Befehl? Ist es der verdammte Manchini? Was ich tun kann, ist, Ihnen einen Drink anbieten. Ihnen allen! Und ich verspreche Ihnen, dass ich morgen früh gleich auf dem Polizeirevier vorbeikommen werde. Wie wäre das?«

Die Polizisten sahen sich an, als zweifelten sie an Maurizio Scalis Verstand. Einer von ihnen trat missmutig auf Scali zu und sagte: »Sie sollen im Zusammenhang mit mindestens zwei Morden zur Befragung erscheinen. Ganz gleich, ob es Ihr Geburtstag ist oder nicht, Sie werden jetzt mitkommen! Haben Sie mich verstanden oder sollen wir Ihnen Handschellen anlegen?«

»Nein. Nein. Schon gut. Das ist nicht nötig«, sagte Scali ruhig. Er fuhr sich mit der Hand durch die Haare, sah sich um und rannte plötzlich los.

»Verdammt noch mal!«, rief einer der Polizisten und stürmte hinterher. Doch Scalis Beine machten nicht mit, er machte panisch ein paar wankende Schritte und stürzte dann. Zwar rappelte er sich wieder auf, doch da packte ihn schon der erste Polizeibeamte am Arm.

»Hiergeblieben!«

Scali stützte sich mit den Händen auf den Knien ab,

schaute die Polizisten an, die sofort zur Stelle waren, und sagte: »Was wollen Sie von mir? Ich habe niemanden umgebracht.«

»Wenn das so ist, dann haben Sie doch sicher auch keine Angst davor, auf dem Kommissariat ein paar Fragen zu beantworten«, stellte einer der Polizisten.

Die Geburtstagsgäste begannen sich zu nähern. Die Atmosphäre wurde feindseliger. Pfiffe ertönten, Flaschen zerbrachen und Sprechchöre wurden laut. Alberto Mantovani schlüpfte durch die Menge, trat auf die beiden Polizisten zu, die Maurizio Scali gerade Handschellen anlegen wollten, und lallte:

»Was glauben Sie, wer Sie sind? Lassen Sie meinen Freund in Ruhe und gehen Sie!« Er zog eine Handvoll Geldscheine, Fünfziger und Hunderter, aus der Hosentasche und warf sie respektlos einem der Polizisten zu. »Was Sie wollen, ist doch Geld! Frisches Geld!« Er versuchte, noch mehr Geld aus der anderen Tasche herauszuholen, aber sie war leer. »Geld ist alles, was Sie wollen. Frisches Geld!« Er zeigte auf einen der Polizisten und fügte hinzu: »Lassen Sie meinen Freund in Ruhe, und zwar sofort! Haben Sie mich verstanden? Wenn jemand gestorben ist, dann deshalb, weil er sterben musste. Was wollen Sie hier? Sie sollten lieber Strafzettel verteilen und meinen Freund in Ruhe lassen!«

Einer der Polizisten, der diese Respektlosigkeit nicht länger hinnehmen wollte, mischte sich ein:

»Passen Sie auf, was Sie sagen, sonst werden Sie uns auch noch begleiten.«

»Los geht's, Leute«, sagte einer der Polizeibeamten, als er Maurizio Scali die Handschellen angelegt hatte.

Einer von Albertos Freunden versuchte, diesen zu beruhigen und aus der Schusslinie zu bringen: »Lass uns gehen,

Alberto. Du bist nicht in der Lage, hier mit der Polizei zu sprechen. Beruhige dich bitte und komm mit!«

»Was?«, rief der jüngere Mantovani. »Was willst du von mir? Lass mich in Ruhe!« Nach diesen Worten schien die ganze Energie, die Alberto Mantovani aufgebracht hatte, um die Polizei zu beschimpfen, zu verpuffen. Er tat ein paar Schritte rückwärts, taumelte und landete schließlich in den Armen eines Gastes, der ihn dann auf eine Bank zerrte und laut ausrief: »Wasser! Wir brauchen Wasser!«

Luca spürte blaue Flecken am ganzen Körper, und seine Lippe war aufgerissen, aber das war alles nichts gegen das Glück, neben Antonella zu sitzen und in Tottis Auto in Sicherheit zu sein. Totti raste in Richtung Bardolino. Luca atmete auf, als er die nächtliche Landschaft an sich vorbeiziehen sah. Antonella, die einen Teil der Fahrt nach Bardolino geschwiegen hatte, fragte: »Luca, wie bist du eigentlich nach Val di Sogno gekommen?«

»Mit meiner Vespa.«

»Und wo hast du die gelassen?«

»Unter den Olivenbäumen, auf dem Parkplatz vor der kleinen Pension, in der Nähe von Scalis Haus. Warum?«

»Nur so. Meinst du nicht, wir sollten sie holen?«

»Nein. Sie wird niemanden interessieren.«

»Okay. Wie du meinst«, antwortete Antonella. Sie legte ihren Kopf auf Lucas Brust und spürte seinen schnellen Herzschlag. Sie hatte keine Ahnung, was mit Luca geschehen war. Totti kurbelte ein Fenster herunter und ließ die warme Nachtluft herein. Er und Luca sprachen nichts, doch Tottis Herz schlug aufgeregt. Der Adrenalinschub hielt an. Er war hellwach. Lucas Handy klingelte. Es war sein Onkel: »Luca, wir haben Scali.«

Der verdammte Bastard, dachte Luca und sagte: »Und jetzt?«

»Und jetzt? Das fragst du noch? Ich habe dir doch gesagt, dass du solche Dinge nicht allein machen darfst. Schon gar nicht bei so gefährlichen Leuten wie Maurizio Scali. Wir arbeiten bei der Polizei im Team! Aber das willst du ja anscheinend nicht hören.«

»Es ist doch jetzt alles in Ordnung. Wir haben ihn ja, oder, Onkel Mauro?«

»Ja. Es sieht gut aus. Aber wir müssen noch abwarten.« Er räusperte sich, machte eine Pause und sagte: »Trotz allem – gut gemacht, Luca!«

»Ich habe gar nichts getan. Wenn es bei dieser Aktion jemanden zu würdigen gibt, dann sind das Totti und Antonella. Die haben alles richtig gemacht. Ich, äh, ich war kurzzeitig verhindert.« Totti sah Luca an und schüttelte den Kopf. »Wann wird Maurizio Scali verhört?«, fragte Luca. Er kam auf eine Idee: »Wie wäre es, wenn er heute Nacht in der Zelle bliebe, um seine Gedanken zu sortieren, und wir ihn morgen zum Tatort bringen, statt ihn auf dem Polizeirevier zu verhören?«

»Morgen ist Sonntag, Luca.«

»Ja, und? Gibt es keine Verbrechen am Sonntag? Werden sonntags keine Menschen ermordet? Wir müssen das so schnell wie möglich zu Ende bringen, um die Bevölkerung zu beruhigen, damit wir uns dann um anderes kümmern können. Oder liege ich da falsch?«

»Nein, nein. Du liegst schon richtig«, erwiderte der Kommissar und dachte daran, dass dieser Idealismus am Anfang immer so rein, so ernst und besonders war. Leider ließ das mit der Zeit nach. Aufgrund von Personalmangel, Zeitmangel, fehlendem Ehrgeiz und Mut, gegen die ganzen Verbrechen anzugehen. Irgendwann waren die Polizisten desillusioniert, und das anfängliche Feuer wich einer großen Müdigkeit.

»Okay. Wir treffen uns morgen um 10 Uhr auf dem Kommissariat.« Bevor er auflegte, sagte er noch spöttisch: »Mit diesem Enthusiasmus wirst du irgendwann noch Polizeichef, Bürgermeister von Verona oder Präsident der Italienischen Republik. Bei einem Kerl wie dir kann man nie wissen.«

»Was? Wir haben schlechten Empfang.«

»Nichts. Wo schläfst du heute Nacht?«

»Im Bootshaus.«

»Okay. Bis morgen. Ich bin sehr stolz auf dich, mein Junge!«

»Was?«

»Nichts. Schlaf gut.«

»Du auch, Chef!«, witzelte Luca.

Es war schon spät, und Antonella hatte ein schlechtes Gewissen, weil sie ihren Vater nicht, wie versprochen, besucht hatte. Sie wollte noch im Krankenhaus vorbeischauen, aber Totti mischte sich ein:

»Um diese Zeit lässt dich da niemand mehr rein. Deinem Vater geht es besser. Er ist in guten Händen, und wir besuchen ihn morgen und holen ihn am Montag ab. Einverstanden?«

»Na gut«, stimmte sie etwas widerwillig zu.

Als sie sich dem Bootshaus in Bardolino näherten, spürte Luca ein Kribbeln im Bauch. Sie stiegen alle aus, um sich zu verabschieden. Totti hatte versprochen, Antonella noch nach Hause nach Verona zu fahren. Er umarmte Luca zum Abschied, der ihn ansah, wie man nur jemanden anschauen konnte, der einem das Leben gerettet hatte.

»Danke, Mann! Ohne dich wäre ich echt am Arsch gewesen!«

Totti nickte nur vielsagend und klopfte Luca auf die Schulter. »Schon gut.«

Antonella küsste und umarmte ihn, bis Totti das Auto startete und wegzufahren drohte. Sie stieg ein, Totti hupte, winkte durch das heruntergekurbelte Fenster und fuhr los. Luca erhaschte durch die Heckscheibe noch einen letzten Blick von Antonella, blieb dann mit klopfendem Herzen mitten auf der Straße vor dem Bootshaus stehen und blickte dem Auto nach, das sich langsam entfernte. Doch plötzlich leuchteten die Bremslichter auf, die Beifahrertür sprang auf, und Antonella kam zu ihm zurückgerannt. Wörter wie Glückssträhne, Glückslotterie oder die magische Kraft des positiven Denkens schossen ihm durch den Kopf. Sie umarmten sich, als wären die Zeit und die Welt in diesem Moment für sie stehen geblieben. Totti fuhr mit einem Lächeln auf den Lippen weiter nach Verona. Trotz der ganzen Aufregung empfand er es als Segen, Teil der *La Traviata*-Familie zu sein.

30. KAPITEL

Um 8.30 Uhr morgens ging Kommissar Manchini in Bardolino in die Bäckerei, um frisches Brot zu kaufen und um mit Luca zu frühstücken. Es war Sonntag, die Schlange bei der Bäckerei war ungewöhnlich lang, und er rief an, um nicht wieder ungelegen im Bootshaus zu erscheinen und Luca vielleicht in Gesellschaft anzutreffen.

»Hallo, Luca. Guten Morgen.« Am anderen Ende herrschte Schweigen und der Kommissar fragte nach: »Luca? Bist du noch dran?«

»Guten Morgen, Herr Manchini«, antwortete Antonella. »Es tut mir leid, dass ich ans Telefon gehe, aber Luca ist gerade surfen, und wie ich das hier von der Veranda aus sehe, ist er gerade auf dem Weg nach Hause. Soll ich ihm etwas ausrichten?«

Mauro Manchini blickte auf die frisch gekaufte Tüte mit dem Brot und sagte: »Ähm. Nein. Alles in Ordnung. Sag ihm nur, er soll nicht vergessen, um 10 Uhr im Kommissariat zu sein.«

»Ja, natürlich. Ich glaube, er weiß das. Gibt es sonst noch was?«

»Nein. Nichts weiter.«

Antonella wollte gerade auflegen, als sie hörte:

»Ach, warte kurz! Ich leg euch gleich noch eine Tüte mit frischem Brot fürs Frühstück vor die Tür.«

»Oh, das ist sehr nett. Ich danke Ihnen vielmals. Wollen Sie nicht mit uns frühstücken?«, schlug Antonella vor.

»Nein, danke. Ich habe schon gefrühstückt«, log der Kommissar.

Luca kam zehn Minuten vor der verabredeten Zeit im Kommissariat an. Er begrüßte seinen Onkel mit den Worten: »Morgen, Onkel Mauro, du hättest ruhig mit uns frühstücken können.«

»Guten Morgen, Luca. Mach dir keine Sorgen. Ich hatte bereits gefrühstückt.«

»Tut mir leid, aber das kauf ich dir nicht ab. Ich benutze das Bootshaus, als wäre es mein eigenes. Aber ich möchte nicht, dass du denkst, du würdest mich stören, denn das tust du nie. Wenn du das Haus jetzt meidest, wenn ich dort bin, werde ich lieber wieder bei Oma übernachten.«

»Alles klar, Chef«, antwortete Manchini scherzhaft. »Machen wir uns also an die Arbeit.«

»Hat mit Maurizio Scali alles geklappt?«, fragte Luca. »Ist er hier?«

»Natürlich, was hast du erwartet?«, schnaubte Manchini. »Er hat wohl, wie die Beamten meinten, in der Zelle etwas Krawall gemacht. Aber er ist hier und wohlauf.«

»Gut. Ich habe da nämlich eine Idee, jetzt, wo wir Scali festgesetzt haben«, sagte Luca. »Wir könnten doch, falls möglich und weil heute Sonntag ist, Simone Palermo freilassen, damit er bei seiner Familie sein kann. Unsere Leute könnten ihn nach Hause bringen, und ich bin mir sicher, dass er vor Gericht erscheinen wird, wenn der Termin feststeht. Ich denke, das ist das mindeste, was wir für ihn tun können. Was meinst du?«

Der Kommissar fand die Idee weder gut noch schlecht. Er

hielt sie vielleicht für riskant, weil ja irgendetwas Unvorhergesehenes passieren konnte. Doch es wüsste ja keiner von Palermos Entlassung, also antwortete er: »Warum nicht? Ich rufe den Richter an und bespreche mit ihm die Sachlage. Wenn er zustimmt, dann informiere ich Palermos Familie und richte ihnen aus, dass er bald nach Hause kommt.«

Simone Palermo und Maurizio Scali verließen ihre Zellen im Abstand von nur einer Minute. Der Kommissar hatte dafür gesorgt, dass Scali als Erster das Gefängnis verließ und in einen parkenden Polizeiwagen gesetzt wurde. Simone Palermo wurde als Zweiter entlassen und zu einem Polizeiauto gebracht, das ihn nach Hause fahren sollte. Vielleicht, um Maurizio Scali zu ärgern oder um ihm eine Lektion zu erteilen und ihn zu ermutigen, die Wahrheit zu sagen, gab Manchini die Anweisung, dass der Wagen, der Scali zum Naturschutzgebiet Gardesana Integrale fahren sollte, so geparkt würde, dass Scali von dort aus beobachten konnte, wie Simone Palermo freigelassen und nach Hause gefahren wurde. Das war hart, aber das waren die Tricks, die dem Kommissar je nach Situation spontan einfielen, um die Verdächtigen einzuschüchtern.

Simone Palermo wurde von zwei Polizeibeamten nach Hause gebracht. Als seine Frau Valentina vom Fenster aus sah, dass das Polizeiauto eingetroffen war, rannte sie schreiend hinaus auf den staubigen Hof, um ihren Mann mit weit geöffneten Armen zu empfangen.

»Simone, mein Simone. Du kannst dir gar nicht vorstellen, wie sehr wir dich vermisst haben und in welche Traurigkeit du uns gestürzt hast. Ich hatte mich bereits auf das Schlimmste gefasst gemacht. Gott sei Dank bist du wieder da!« Simone Palermo zitterte von Kopf bis Fuß und ließ sich wortlos von seiner Frau umarmen. »Was wäre aus unserem kleinen Filippo ohne dich geworden? Aus unserem Liebling?«, redete sie auf ihn ein. »Er sieht aus wie ein Vogel mit gebrochenem Flügel, seit du nicht mehr da bist. Er spricht nicht, bewegt sich nicht, der Kleine liegt nur in seinem Rollstuhl und weint.«

»Es tut mir leid, Valentina. Bitte verzeih mir. Alles wird gut«, versprach Simone Palermo, wie er es schon Hunderte Male zuvor getan hatte. Doch dieses Mal sagte er es mit dem letzten Rest an Demut, den er noch hatte.

Maurizio Scali sprach während der gesamten Fahrt zum Reserva Naturale Integrale Gardesana kein einziges Wort. Er saß allein und mit gesenktem Kopf auf dem Rücksitz des Polizeiwagens, der ihn zur Tatortbegehung in den Wald brachte, und dachte darüber nach, wie er sich von den Tücken des Lebens hatte einfangen lassen. Der Polizeiwagen folgte dem Auto von Kommissar Manchini und Luca. Er brachte sie genau zu der Stelle, an der Simone Palermo ihnen erzählt hatte, was am späten Donnerstagnachmittag, dem 26. September 2019, passiert war. Maurizio Scali schwante Übles. Es war genau die Stelle, an der die Heugabel vergraben und wieder ausgegraben worden war.

»Vertrauter Ort?«, fragte Manchini in Richtung Maurizio Scali, der gerade aus dem Auto stieg. »Im Volksmund heißt es, alle Wege führen nach Rom, bei der Polizei gibt es immer einen Weg, der zum Tatort führt. Hilft Ihnen der Tatort auf die Sprünge?«

Scali schaute den Kommissar direkt an und sagte: »Ich habe niemanden umgebracht.«

»Man braucht schon eine Menge Nerven, um so ein ernstes Gesicht zu machen und zu leugnen, was unstrittig zu sein scheint«, antwortete der Kommissar.

»Ich weiß, dass ich in meinem Leben viel Scheiße gebaut habe, aber ich habe niemanden umgebracht«, murmelte Maurizio Scali, der in den letzten Stunden die arrogante Haltung verloren hatte, die ihn bisher durchs Leben getragen hatte.

»Wenn Sie also niemanden umgebracht haben, können Sie uns dann wenigstens erklären, *wer* es war, der Fabrizio Leone getötet hat?«, fragte der Kommissar. »Denn wir werden später auch noch über Salvatore Contesti sprechen müssen. Oder wollen Sie auch leugnen, dass Sie etwas mit dem Tod des armen Kerls zu tun haben, den Sie für Ihre zwielichtigen Geschäfte benutzt haben? Ihr Lagerhaus, das Mantovani-Lagerhaus, scheint für Sie ein Ort der Geheimnisse und des Verbergens Ihrer grausamen Taten zu sein. Aber nicht für uns. Wir haben Beweise, sogar Fotos, wie Sie Contesti gefesselt in den Kofferraum seines eigenen Autos gelegt haben. Und warum? Haben Sie einen guten Grund, der erklärt, warum diese ganze Tragödie notwendig war?«

Scali sah sich mit einem gewissen Unbehagen um, holte tief Luft und sagte: »Ich habe Angst.«

»Angst?«, lachte Manchini. »Sie, der Sie das Leben so vieler Menschen ruiniert haben?«

»Ich habe Angst, dass Sie mir nicht glauben.«

»Es bleibt Ihnen wohl nichts anderes übrig, als es zu versuchen. Die Wahrheit kommt immer ans Licht. Wenn die Wahrheit auf Ihrer Seite ist, müssen Sie sich nicht fürchten.«

»Ich weiß, dass ich keine andere Wahl habe, als zu kooperieren. Ich möchte nur, dass Sie meine Aussage berücksichtigen und mir glauben, dass ich die Wahrheit sage. Aber ich bin von Alberto Mantovani manipuliert worden. Das ist keine Entschuldigung für das, was ich getan habe. Ich weiß, das war falsch. Ich wusste es immer. Aber manchmal dachte ich, wenn alles gut läuft und ich reich und mächtig geworden bin, spielt das alles keine Rolle mehr. Ich bin auch schuldig, aber ich habe weder Fabrizio Leone, der sogar ein guter Freund war, noch Salvatore Contesti getötet.«

»Wenn nicht Sie, wer dann?«, warf Luca zum ersten Mal ein.

»Es war Alberto Mantovani. Und ich sehe keinen Grund mehr, ihn zu decken. Durch meine Arbeit für die Mantovani-Brüder wurde Alberto mit der Zeit zu meinem Idol. Er hatte alles, was ich nicht hatte.«

»Alberto Mantovani wird noch befragt werden«, informierte Luca. »Und vielleicht wird er das Gegenteil behaupten! Wenn Fabrizio Leone und Salvatore Contesti tot sind, warum glauben Sie, dass Ihr Wort mehr wert ist als das von Alberto Mantovani?«

»Sie müssen mir einfach glauben!«, flehte Scali. »Albertos Wort ist sicher mehr wert als meines. Er hat alles und auch viel, viel mehr Geld als ich. Aber das ist die Wahrheit. Glauben Sie mir!«

»Wenn das die Wahrheit sein soll, dann müssen Sie uns eine Menge erklären, um uns zu überzeugen«, sagte Manchini.

»Ich verstehe Ihre Zweifel, Herr Kommissar, aber ich war es nicht, der Fabrizio Leone und Salvatore Contesti getötet hat. Und wissen Sie, warum? Weil ich gesehen habe, wer sie getötet hat und wie er sie getötet hat. Nach dem Zusammenbruch seiner Familie, zwei gescheiterten Ehen und Kindern, die er nicht einmal sehen will, hat sich Alberto in Alkohol und Drogen geflüchtet. Er macht, was er will, und schert sich nicht um andere. Für mich war er zunächst wie ein Mentor, immer stark, sicher und völlig unabhängig. Doch eigentlich hat er sich nie um etwas gekümmert. Heute weiß ich, dass er eine Illusion vom Leben lebt und denkt, dass er etwas Besseres ist und für ihn andere Regeln gelten. Er betrügt, manipuliert und missbraucht andere für seine Zwecke und zeigt dabei keinerlei Reue. Und so hat er auch ohne Reue erst Fabrizio und dann Salvatore getötet. Ich bin sicher schuldig. Ich habe ihm geholfen. Aber er ist derjenige, der sie getötet hat.«

»Erzählen Sie uns jetzt also der Reihe nach, was passiert ist. Dann schauen wir, ob sich dadurch die Aussage von Simone Palermo bestätigt«, sagte Manchini und zeigte nicht, dass ihn die Behauptungen über Alberto Mantovani überraschten.

»Simone Palermo ist ein guter Mensch und ein guter Freund. Das Leben war nicht großzügig zu ihm. Er hat einen behinderten Sohn und eine Frau, die ihr Leben lang nur das Unglück ihrer Familie beklagt, aber er kann nichts gesagt haben, weil er nichts gesehen hat.«

»Sehr gut. Und weiter?«, fragte der Kommissar, ohne sich irritieren zu lassen.

»Wir waren zusammen im Trüffelgeschäft. Es ging nicht darum, jemanden zu ermorden, schon gar nicht Freunde. Ich gebe zu, ab einem bestimmten Punkt habe ich sie nicht so behandelt, wie ich es hätte tun sollen. Aber wir waren Freunde. Und wir waren im Geschäft. Nachdem Simone das Trüffelfeld hier im Park entdeckt hatte, hat er mich aufgesucht. Er wusste, dass ich Trüffel verkaufe und gerade mit Marco Casella vom *La Traviata* verhandelte, um einen Anteil des Restaurants zu übernehmen. Und er hielt es für eine gute Gelegenheit, dort die Trüffel zu verkaufen und schnelles Geld zu machen.«

»Entschuldigen Sie, wenn ich unterbreche, nur eine

kleine Frage«, warf Luca ein. »War Marco Casella auch in dieses Trüffelgeschäft verwickelt?«

»Nein. Er wusste nichts, genauso wenig wie Francesco Mantovani. Und ich möchte klarstellen, dass Herr Mantovani ein außergewöhnlicher Mensch ist und der ehrlichste Mensch, den ich je in meinem Leben getroffen habe.«

»Okay, okay. Fahren Sie fort, bitte«, drängte Manchini.

»Wie ich schon sagte, der Trüffelhandel hat ein großes Potenzial, und wir, Alberto und ich, begannen hinter Francescos Rücken, mit den Kunden zu verhandeln. Wir haben eine Menge Geld verdient.«

»Und was hatte Fabrizio Leone damit zu tun?«, fragte Luca und ahnte schon die Antwort.

»Er arbeitete in Schichten mit Simone Palermo im Park, fand heraus, was wir taten, und erpresste uns. Ich habe versucht, ihn mit der einen oder anderen kleinen Beteiligung abzuspeisen, und habe ihm sogar einen Job im Zeltrestaurant auf der Trüffelmesse in Tignale besorgt. Aber ihm war das nicht genug und er wollte mehr. Am Donnerstag, dem Tag vor der Eröffnung der Messe, waren wir im Park, gruben Trüffel aus und bereiteten eine Lieferung für München vor. Fabrizio ging uns dort gehörig auf die Nerven mit seinen Vorwürfen wegen der Messe in Tignale. Er war draufgekommen, dass wir ihn an gewissen Geschäften nicht beteiligten, und drohte uns, dass er die Polizei informieren würde. Alberto Mantovani, der im Lieferwagen saß und betrunken war, was inzwischen wohl sein Normalzustand ist, bekam mit, dass Fabrizio uns Probleme machte. Er kam raus und nahm aus heiterem Himmel die Heugabel, die am Boden lag, und schlug Fabrizio damit auf den Hinterkopf. Der fiel sofort um. Ich konnte es nicht fassen. Ich schrie ihn an, aber nichts half. Als wäre das noch nicht genug, stach Alberto ihm dann die Gabel auch noch in den Hals, während sich Fabrizio noch am Boden wand.«

Mauricio Scali ließ die Arme sinken, als hätte er vor all dem, was er erzählt hatte, kapituliert, und blickte unsicher von Luca zu dem Kommissar.

»Sie stecken ziemlich in der Scheiße«, sagte der Kommissar und nutzte Scalis Geständnis, um gleich weiterzufragen. »Was ist mit Salvatore Contesti? Wir wissen, dass Sie es waren, der ihn gefesselt und in den Kofferraum des Golfs gesteckt hat. Und wir wissen auch, dass Sie das Auto aus der Garage gefahren haben.«

»Ja, das habe ich getan. Aber ich habe ihn nicht umgebracht.«

»Jetzt sagen Sie uns nicht, dass es wieder Alberto Mantovani war?«

»Doch. Ja, er war es. Ich fühle mich schrecklich, wenn ich daran denke. Ich hätte wissen müssen, dass Alberto zu so etwas in der Lage ist.«

»Wie meinen Sie das?«

»Wir hatten ausgemacht, Salvatore zu erschrecken, damit er in Zukunft die Klappe hält. Ich wusste, dass er Ihrem Neffen Dinge erzählt hatte, die er besser für sich behalten hätte. Aber er sollte nur erschreckt werden, nicht getötet.«

»Wollten Sie mir auch auf diese Weise Angst machen, Sie ...«

»Luca, beruhige dich. Lass ihn reden.« Der Kommissar schob Luca, der vor Wut kochte, ein wenig zur Seite.

Luca ballte die Fäuste, als er sich daran erinnerte, wie Scali ihn gefesselt und in den Transporter geworfen hatte. Er zwang sich, ruhig weiterzuatmen und beruhigte sich schließlich.

»Ich weiß. Es tut mir leid, was passiert ist, Luca.«

»Was ist passiert?«, fragte Manchini.

»Nichts. Gar nichts, Onkel Mauro. Fahren Sie mit Ihrer Geschichte fort, Scali. Sie wollten Salvatore also erschrecken, aber nicht töten. Wenn wir Ihnen das glauben sollen.«

»Ich rief Alberto an, um ihm zu sagen, dass ich Salvatore im Auto habe und wir ihn zum Schweigen bringen können.«

»Das ist ja schrecklich«, entfuhr es Manchini. Maurizio Scali stieß einen verzweifelten Atemstoß aus und sagte: »Ich hatte das Auto im Wald bei Casetta, in der Nähe des Naturpfads, angehalten. Alberto kam dort mit seinem Motorrad hin. Und da er Salvatore nicht sah, fragte er nach ihm. Ich sagte ihm, er sei hinten im Kofferraum des Golfs. Er öffnete den Kofferraum und zog, ohne zu zögern, den Revolver und feuerte auf die Stirn des armen Jungen. Das war schrecklich. Absolut schrecklich. Und es ging alles so schnell!«, rief Maurizio Scali und hielt sich wie ein Verrückter den Kopf.

Es herrschte betretenes Schweigen, und der Kommissar fragte:

»Möchten Sie noch etwas hinzufügen? Nutzen Sie die Gelegenheit. Dies ist die Stunde der Wahrheit. Wenn wir noch etwas herausfinden, was Sie uns nicht gesagt haben, werden die Jahre mehr, die Sie hinter Gitter verbringen müssen. Ein Kooperieren ist immer für den gut, der die Wahrheit sagt. Aber auch nur für den«, ermahnte Manchini.

»Natürlich habe ich noch mehr krumme Geschäfte gemacht. Aber nie mit Drogen so wie Alberto. Ich war für die Trüffel zuständig. Und eine Sache muss ich noch klarstellen. Ich habe die Verzweiflung von Marco Casella ausgenutzt. Das Geschäft, das wir abgeschlossen haben, ich meine den Prozentsatz, von dem er glaubt, ich hätte ihn vom Restaurant *La Traviata* erworben, die 49 Prozent sind eigentlich nie passiert.«

»Was meinen Sie damit?«, fragte Luca.

»Ich habe ihm gesagt, dass ich mich um alles kümmern würde und den Verkauf beim Notar regle. Schlussendlich habe ich aber nie unterschrieben. Ich wollte erst mal sehen, wie es finanziell läuft. Casella ist naiv und hat alles geglaubt, ohne irgendetwas zu überprüfen.«

»Gut, dass Sie uns das gesagt haben. Der Mann stand am Rande eines weiteren Herzinfarkts, und ich bin froh, dass er es überlebt hat. Ich bin sicher, er wird sich freuen über diese Nachricht.«

»Ich bin schuldig und ich bin bereit, für meinen Teil einzustehen. Aber der Mörder dieser zwei Männer ist Alberto Mantovani.«

Auf der Rückfahrt sprach niemand. Die Polizeibeamten setzten Maurizio Scali wieder im Gefängnis ab. Der Kommissar wollte ins Kommissariat, um ein Protokoll zu erstellen, und Luca bat seinen Onkel, wenn es ihm nichts ausmache, ihn am Bootshaus abzusetzen. Auch weil er nicht erklären wollte, was mit ihm auf Scalis Geburtstagsfeier geschehen war.

»Luca, du hattest deine Vespa doch in Val di Sogno, nicht wahr?«, fragte Manchini.

»Ja. Ich hole sie später ab. Vielleicht morgen.«

»Mach es lieber früher als später. Man weiß nie, was für Leute da rumlaufen.«

»Ja, klar. Aber nicht viele haben Lust, die steilen Straßen da hinaufzugehen. Ich hole sie schon noch ab. Mach dir keine Sorgen.«

»Okay. Pass auf dich auf. Ich glaube, du solltest vielleicht in den See springen, um alles, was du in den letzten

Tagen erlebt hast, von dir abzuschütteln. Eine Abkühlung hilft da ganz gut.«

»Ja. Vielleicht. Du könntest recht haben.«

»Wir sehen uns morgen, oder?«

»Natürlich.«

Der Wind wehte heftig aus Norden, und Luca surfte, innerlich aufgewühlt, über die Wellen in Richtung Tignale und wieder zurück, bis ihm die Energie ausging.

31. KAPITEL

Als Luca am Nachmittag das Bootshaus verließ, fiel ihm ein, dass er weder die Vespa noch den Pick-up zur Verfügung hatte. Was soll's, dachte er. Er überlegte noch kurz, Antonella anzurufen, entschied sich aber dagegen. Er wusste nicht, wie es um ihren Vater stand und ob die Nachrichten weiterhin positiv waren. Also dachte er, es wäre besser, sie nicht zu beunruhigen. Später würde er ihr sagen müssen, was am Morgen passiert war. Dass Maurizio Scali alles erzählt hatte, was er wusste, und dass ein Teil davon auch Antonellas Vater betraf. Es würde sich schon herausstellen, ob er die Wahrheit gesagt hatte oder nur ein großartiger Schauspieler war, der es verdient hätte, in Hollywood zu arbeiten, statt in ganz Italien und Umgebung illegal Trüffel zu verkaufen.

»Hallo, Onkel. Ich bin's wieder.«

»Hallo, Luca! Ist was passiert oder vermisst du mich schon?«

»Nein, das ist es nicht. Mir ist gerade eingefallen, dass ich auch meinen Pick-up nicht hier habe.«

»Das dachte ich mir schon. Aber da ich nicht wusste, ob du vielleicht jemanden hast, der dich abholt, habe ich lieber nichts gesagt. Nichts ist ärgerlicher als ein besorgter Onkel.«

»Könntest du mich nach Verona bringen? Bei dem vielen Verkehr Richtung Norden geht es viel schneller, nach Hause zu fahren, als die Vespa in Val di Sogno abzuholen.«

»Kein Problem. Ich bin gleich da.«

»Danke.«

Nach einer Viertelstunde kam Kommissar Manchini am Bootshaus an. Luca wartete bereits vor der Tür. Er stieg ins Auto, und sie fuhren Richtung Verona los.

»Es tut mir leid, Onkel Mauro. Ich weiß, dass du mit Protokollschreiben beschäftigt bist. Wegen allem, was passiert ist, habe ich ganz vergessen, dass ich gar keine Möglichkeit hatte, vom Bootshaus zurück nach Hause zu kommen.«

»Kein Problem, Luca. Vielleicht ist das ja besser so. Was Maurizio Scali uns heute gestanden hat, ist schrecklich und überraschend. Es ist außergewöhnlich und gleichzeitig grausam. Das alles zu verdauen ist nicht einfach, zumal du neu in dem Geschäft bist. Wir fahren jetzt am besten nach Verona und trinken mit Oma einen Kaffee, um die Aufregung dieses Morgens abzuschütteln. Alleine darüber nachzudenken ist nicht gut.«

»Na ja. Du hast diese Situation schon oft erlebt. Mich macht diese ganze Wahrheitsfindung unruhig und schlaflos. So viel Leid wegen ein paar Trüffelknollen? Zwei Menschen sind deshalb ermordet worden! Auf welchem Planeten leben wir denn? Diese Leute sind doch komplett verrückt.«

»Ja, es gibt eine Menge Verrückte da draußen. Du musst immer vorsichtig sein, hörst du? Jetzt, da wir eine Grundlage für die Festnahme von Alberto Mantovani haben, müssen wir aufpassen, dass er uns nicht entkommt oder wir einen Fehler machen. Wir haben keine Zeit zu verlieren und dürfen auch keinen falschen Schritt machen. Die Folgen könnten katastrophal sein. Solche Typen sind, wie wir ja von Scali gehört haben, zu allem fähig.«

»Meinst du, wir sollten Alberto Mantovani anrufen und zur Befragung einladen? Die Handynummer, die Scali uns gegeben hat, sollte doch richtig sein, oder?«

»Anrufen? Nein, Luca! Ich habe keine Zweifel, dass die Handynummer stimmt, aber wir sollten ihn nicht vorwarnen und ihm Gelegenheit zum Nachdenken oder zur Flucht geben. Wir lassen ihn erst mal orten, und ich überlege mir, wie wir vorgehen.«

»Okay, verstehe. Jedes Mal, wenn ich Alberto Mantovani getroffen habe, war er komplett betrunken. Und Antonella habe ich nur kennengelernt, weil er versucht hat, sie im *La Traviata* im Flur zur Toilette zu befummeln.«

»Ach, ich erinnere mich, du hast es erzählt.«

»Ja, ich habe die Sache ohne viel Aufhebens gelöst. Aber offenbar hat er nichts daraus gelernt.«

»Solche Leute lernen nie, Luca. Sie sind mit dem Silberlöffel im Mund geboren, wie Großmutter Theresia sagen würde, und meinen, die Welt gehört ihnen. Aber letztlich sind sie arme Schlucker. Und sieh dir jetzt an, in welchem Schlamassel Alberto steckt. Er und die Menschen um ihn herum. Diese Dinge fügen auch immer den Familienmitgliedern großen Schaden zu.«

»Francesco Mantovani, der ein guter und großzügiger Mensch ist, wird den Schock seines Lebens erleiden.«

»Ja. Es war bestimmt nicht leicht, mit so einem Bruder aufzuwachsen. Wir wissen viel über Alberto Mantovani, was nicht einmal sein älterer Bruder weiß.«

»Wie meinst du das?«

»Private Dinge. Es gab einige Fälle von Gewalt und Missbrauch in der Familie. Seine erste Frau rief immer wieder

bei uns an, aber als es darum ging, Anzeige zu erstatten, gab
sie immer klein bei. Auch bei den Zahlungen an die Kinder, denen Alberto nie nachkam. Aber ganz unter uns, die
zweite Frau hatte es noch schwerer mit ihm als die erste.
Bei ihr ging es so weit, dass er fast täglich aggressiv wurde
und sie schlug. Es kann nicht einfach gewesen sein, in der
Haut von Francesco Mantovani zu stecken, wenn so ein
Arschloch von Bruder immer alles vermasselt.«

»Als ich ihn das letzte Mal gesehen habe, war er besorgt
und müde und auch ein bisschen neben der Spur.«

»Kein Wunder. Ja, diese Halunken ohne ein Fünkchen
Respekt und Schamgefühl geraten in Schwierigkeiten und
denken auch nicht eine Sekunde lang an ihre Familien, die
sie mit hineinziehen. Aber gut, wir sind nicht dazu da,
Schuld zuzuweisen, sondern aufzuklären. Er muss gedacht
haben, dass er mit der Tötung eines und noch eines Menschen vielleicht ein weiteres Geschäft machen kann und
damit davonkommt. Es ging wieder mal ums Geld. Aber
zwei Menschen zu töten, vor allem auf so grausame und
hässliche Weise, wie er es getan hat, ist heftig. Es ist für die
Welt viel besser, wenn so einer für viele Jahre hinter Gitter
kommt und den Sonnenaufgang nur hinter schwedischen
Gardinen beobachten kann.«

»Weißt du, Onkel Mauro, ich habe das Gefühl, in Bezug
auf das Geld gibt es vier Arten von Menschen: Erstens
solche, die von dem leben, was sie geerbt haben, oder die
Arbeit anderer irgendwie ausnutzen. Zweitens gibt es die,
die völlig über ihre Verhältnisse leben und nie stabile und
ausgeglichene Verhältnisse erreichen und deshalb dem Geld
hinterherhecheln und nur Ärger haben im Leben. Und es
gibt drittens die Menschen, die ehrlich arbeiten, aber – aus
welchen Gründen auch immer – kein ruhiges und stabi-

les Leben auf die Reihe bekommen. Das sind die, die eher überleben als leben. Das Problem in unserer Gesellschaft ist, dass sie die Mehrheit sind.«

»Und was ist die vierte Art?«

»Nun, die vierte Art sind die, die wirklich unglücklich im Geiste sind. Und da kann man reich oder arm sein. Es ist eine besondere Klasse: dumm, wie es dümmer nicht geht. Und hierzu zählen Leute wie Alberto Mantovani, Maurizio Scali, Simone Palermo und Salvatore Contesti.«

»Interessante Theorie«, warf Manchini ein.

»Ah, einer fehlt noch, und dann können wir alle, die mit diesem Fall zu tun haben, in einen Sack stecken.«

»Wen meinst du?«

»Den Typen aus München, Klaus Eckstein, den Salvatore Contesti zusammengeschlagen und ihm die Nase gebrochen hat. Das sind die Überheblichen und Habgierigen. Als ich die Szene sah, fühlte ich mich wie im Kino. So ein Idiot. Der hatte die Abreibung, die Salvatore ihm verpasst hat, wirklich verdient.«

»Aber das Schlimmste ist, Luca, dass viele dieser Klugscheißer damit durchkommen. So sehr wir uns auch bemühen, wir können nicht jeden erwischen, der in kriminelle Handlungen verwickelt ist. Es ist traurig, aber wahr«, beklagte der Kommissar.

Lucas Handy vibrierte in seiner Tasche. und er sah, dass es eine Nachricht von Antonella war: ›Hallo Luca. Kannst du ins Restaurant kommen? Es ist dringend. Ich werde hier warten, bis du kommst. Antonella.‹

»Onkel Mauro, es tut mir sehr leid, aber ich denke, den Kaffee mit Oma müssen wir verschieben. Wenn es dir nichts ausmacht, kannst du mich auf der Piazza Brà absetzen.«

»Ich hatte also doch recht, als ich mir dachte, dass dich

jemand abholen würde. Ich werde Oma sagen, dass du Kopfschmerzen hast. Oder soll ich ihr sagen, einen Schmerz im ganzen Körper? Einen Liebesschmerz?«, zog der Kommissar Luca auf.

»Ach, hör schon auf!«, brummte Luca.

»Man wird doch noch scherzen dürfen, Luca! Wir sind gleich da. Wir sehen uns später oder dann morgen, okay? Pass auf dich auf, junger Mann.«

An der Piazza Brà angekommen, hielt der Kommissar kurz am Straßenrand an, damit Luca aussteigen konnte.

»Bis später!«, rief Luca, als er die Autotür zumachte. Und dann eilte er zum *La Traviata*.

Die Terrasse des Restaurants war leer. Als Luca eintrat, wusste er sofort, warum. Antonella kehrte eine Menge Glasscherben auf, die auf dem Boden verstreut waren. Auf der Seite des Raumes, wo Marco Casella normalerweise sang, richtete Totti Stühle und Tische wieder auf, die, wie man sehen konnte, absichtlich und mit einiger Gewalt umgeworfen und durcheinandergebracht worden waren. Irgendjemand hatte Chaos angerichtet. Als Antonella Luca bemerkte, stand sie auf und umarmte ihn.

»Oh Luca, ich bin so froh, dass du hier bist.«

»Was ist passiert?«, fragte Luca und war sich nicht sicher, ob er die Antwort hören wollte.

»Es war Alberto Mantovani.« Totti sah Luca an, schüttelte den Kopf und ließ Antonella fortfahren: »Er kam wütend hier rein und fing an, wie ein Verrückter Dinge auf dem Tresen zu zerschlagen, er ging auf die Terrasse und führte sich auf, fluchte und schleuderte die Stühle von einer Seite zur anderen. Die paar Leute, die da waren, sind geflüchtet. Aber das Schlimmste war, als er anfing, die Sachen von meinem Vater zu zerstören.«

»Warum war er so wütend?«

»Ich weiß es nicht. Er hat nur gerufen: ›Das wirst du mir büßen!‹ Und dann schrie er: ›Scali, du bist mehr als erledigt! Wenn ich dich erwische, weiß ich nicht, was ich mit dir anstellen werde! Du Mistkerl!‹«

»Und wo ist er jetzt?«

»Totti hat ihn von hinten gepackt und ihm den Arm verdreht, bis er sich nicht mehr bewegen konnte und am Boden lag.«

»Ja, aber wo ist er jetzt?«

»Ich weiß es nicht. Das Telefon hat in seiner Tasche geklingelt, es hat einen dieser alten Klingeltöne. Totti hat ihn aufstehen und rangehen lassen.«

»Weißt du, von wem der Anruf kam, Totti?«, fragte Luca laut.

»Es war sicher sein Bruder, denn er meinte: ›Was willst du schon wieder, Francesco. Fahr zur Hölle!‹«

»Und dann ist er weggelaufen«, fügte Antonella hinzu. »Und wir wissen nicht so recht, was wir tun sollen. Luca, ich habe Angst, dass er ins Krankenhaus geht und meinem Vater wehtut. Die Art und Weise, wie er über meinen Vater und Scali und das Restaurant geschimpft hat, hat mich zu Tode erschreckt. Was sollen wir nur tun?«

»Zunächst einmal sollten wir ganz ruhig bleiben und alles in Ordnung bringen. Ich rufe im Krankenhaus an, um zu sehen, ob dort alles normal ist, und sage ihnen, dass sie eine Wache an der Tür zum Zimmer deines Vaters aufstellen sollen. Ich glaube nicht, dass er dorthin geht. Ich rufe von draußen, von der Terrasse aus, an. Alles wird gut.«

Anstatt sofort das Krankenhaus anzurufen, rief Luca zuerst seinen Onkel an. Er wusste, die Chancen, dass Alberto Mantovani ins Krankenhaus gefahren war, waren gleich null.

»Hallo, Luca. Was gibt es Neues? Sag mir nicht, dass du doch zum Kaffee kommst?«

»Nein, das ist es nicht, Onkel Mauro. Alberto Mantovani ist verzweifelt. Er will wissen, was vor sich geht. Er war im *La Traviata*, hat dort ein Chaos angerichtet, viel kaputt geschlagen und ist wieder gegangen, weil sein Bruder ihn angerufen hat.«

»Jemand muss es ausgeplaudert haben. Es ist immer das Gleiche«, beklagte der Kommissar. »Aber egal. Lass uns zur Sache kommen. Ich spreche mit Maurizio Scali und rufe dich dann an. Vielleicht weiß er, obwohl er im Gefängnis sitzt, etwas. Heutzutage verbreiten sich Nachrichten mit Lichtgeschwindigkeit.«

Alberto Mantovani, der das Restaurant aufgewühlt und empört verlassen hatte, um zu seinem Bruder zu gehen, lief ein wenig verloren durch die Parallelstraßen zur Piazza Brà und wusste nicht, was er tun sollte. Das Telefon klingelte noch einmal und Francesco sagte: »Komm in den Laden, Alberto. Es ist dringend.«

Alberto wollte nicht noch einen lästigen Anruf seines Bruders entgegennehmen und beschloss daher, der Aufforderung nachzukommen, um zu sehen, was sein Bruder von ihm wollte. Als er dort ankam, war die Tür verschlossen. Alberto sperrte die Tür auf und rief mit lauter Stimme: »Francesco, ich bin hier! Was willst du von mir, das nicht bis morgen warten kann?« Er bekam nicht sofort eine Antwort. Francesco tauchte von hinten auf, schlurfte über die Dielen und sagte:

»Alberto, endlich! Ich bin froh, dass du hier bist. Ich sehe dich niemals hier im Laden, es ist, als hätte dich das Leben auf die Seite des Teufels gebracht.«

»Was willst du? Langweile mich nicht, ich habe nicht die Geduld, dir zuzuhören.«

»Nein, es ist nicht langweilig, Alberto. Sieh dich an. Du erwartest immer, dass sich jemand die Zeit nimmt, sich um dich zu kümmern. Ich habe es versucht, aber ich bin gescheitert. Und das lag nicht daran, dass unsere Eltern uns nicht erzogen haben, Alberto. Sie waren vorbildlich. Sie haben uns auf den richtigen Weg gebracht, und was hast du mit diesem Geschenk gemacht? Du hast nicht nur dein Leben zerstört, sondern auch das vieler Menschen um dich herum. Du solltest dich schämen.«

»O Schande!«, rief Alberto. »Wenn du mich nur gerufen hast, um mir die Leviten zu lesen, dann gehe ich lieber, bevor ich den Verstand verliere.«

»Du und den Verstand verlieren, Alberto? Du hattest doch noch nie ein Gefühl oder gar Schamgefühl, geschweige denn einen gesunden Menschenverstand! Aber bevor du gehst, bitte ich dich nur noch einmal, mir zu helfen.«

»Sag es schnell. Ich habe keine Zeit für deine komplizierten Erörterungen. Was willst du eigentlich von mir?«

»Komm hier rüber. Der Stecker von meinem Computer ist dort drüben beim Getränkeregal, ganz unten. Siehst du ihn? Kannst du ihn rausziehen, bitte, denn ich kann mich nicht bücken.«

»Oh, Mann! Erzähl mir nicht, dass du mich deswegen herbestellt hast?«

»Es tut mir leid, aber es gab keinen anderen Weg. Es tut mir sehr leid, Alberto.« Alberto bückte sich, um den Stecker aus der Steckdose zu ziehen und den Computer auszuschalten. In diesem Augenblick griff Francesco blitzschnell nach dem Hals einer Grappaflasche, die er bereits vorbereitet hatte, und schlug zu, so fest er konnte, um Alberto zu überwältigen. Alberto verlor das Bewusstsein und fiel sofort um. Francesco ging zu seinem Schreibtisch und holte die Kabelbinder, die in seiner Schublade bereitlagen. Er fesselte seinem Bruder die Hände auf dem Rücken und band ihm die Füße zusammen. Dann nahm er eine Schnur und verband die Handfesseln mit denen der Füße. Tränen liefen dabei über sein faltiges, trauriges Gesicht, aber es gab kein Zurück mehr. Jemand musste Alberto aufhalten. Er nahm ein starkes Stück Klebeband und klebte es seinem Bruder über den Mund, sodass er noch durch die Nase atmen konnte. Nach ein paar Minuten kam Alberto wieder zu sich. Er verdrehte die Augen und begann sich zu winden, als er merkte, dass er gefesselt war. Er winselte. Francesco zog ihn in die Mitte des Ladens. Alberto sah nur Francescos abgenutzte Schuhe vor sich, die nervös hin und her liefen, während sein Blick auf das lackierte Holz des Ladens gerichtet war. Francesco hatte sich vorgenommen, bei der Fesselung und Festsetzung von Alberto, so hart sie auch sein mochte, nicht auf das Gejammer zu achten. Was er wegen seines Bruders hatte erleiden müssen, war schon genug, und die Zukunft würde nur noch schlimmer werden. Als er aber sah, dass sein Bruder knurrte und Lärm machte, um seine Aufmerksamkeit auf sich zu lenken, kniete er sich vor ihn nieder und sagte:

»Wie konntest du nur so etwas tun, Alberto? Ich habe immer über alles hinweggesehen und stets eine Entschuldigung gefunden für die bösen Dinge, die du getan hast, aber nun kann ich das nicht mehr. Die Schande, dich als Bruder zu haben, hat ihre Grenzen erreicht. Es ist jetzt Schluss damit!«

»Uhmm! Uhmm!«, knurrte Alberto verzweifelt durch das Klebeband.

»Ach, Alberto, ich weiß, dass du es warst, der Salvatore, unseren Mitarbeiter, getötet hat. Wie konntest du nur so etwas tun? Ich weiß auch, dass du es warst, der Fabrizio Leone getötet hat, der im Park gearbeitet hat. Deine Geräusche schüchtern mich nicht ein und stören mich auch nicht, Alberto. Ich habe für dich gelitten, aber das ist jetzt vorbei. Ich habe gehört, wie du dich mit Scali gestritten hast, als er dir das alles vorgeworfen hat und dich hinhängen wollte. Wie konntest du nur denken, dass du damit durchkommst, du Narr. Die Traurigkeit, die ich empfinde, ist enorm, aber es gibt keinen anderen Weg. Wenn du reden willst, sprich mit den Polizisten, die dich gleich abholen werden. Sie werden bald hier sein, und ihnen kannst du dann alles sagen, was du willst. Aber nicht mir, Bruder. Es ist aus für dich. Du bist zu weit gegangen, und du hast mich mit reingezogen.« Francesco ging zu seinem Schreibtisch und unterzeichnete die Dokumente, die er für diesen Anlass vorbereitet hatte. Er wickelte ein Gummiband um die Dokumente und steckte sie in die Vordertasche seines Hemdes. Er wählte die Handynummer, die Luca ihm gegeben hatte, und ließ es einmal klingeln. Dann schob er einen Stuhl unter den Eisenbalken, der unter der Decke quer durch den Laden führte, und kletterte auf den Stuhl. Er wickelte das Seil, das er vorbereitet hatte, um den Balken, zog die Schlinge über seinen Hals, stellte einen Fuß auf die Stuhllehne und kippte diese um. Einen Augenblick später spürte er den Zug, und dann wurde alles dunkel.

Alberto war wie gelähmt vor Schreck, und in diesem Augenblick wollte auch er mit dem Leben abschließen, wollte die Vergangenheit auslöschen, ein besserer Mensch werden, aber es war für alles zu spät. Dort, wo über 100 Jahre lang das Herz des Gourmet-Ladens geschlagen hatte, hörte Francescos Herz auf zu schlagen.

32. KAPITEL

Luca sah auf seinem Handy, dass er einen verpassten Anruf von Francesco Mantovani hatte, und rief zurück. Das Telefon klingelte, aber niemand ging ran. Also legte er auf und versuchte es kurz darauf erneut. Es wurde aber wieder nicht abgenommen. Vielleicht hat er mich ja aus Versehen angerufen, dachte er. Da es aber nur ein paar 100 Meter vom Restaurant zum Laden der Mantovani-Brüder waren, beschloss er, dort hinzugehen.

»Ich gehe kurz zu Mantovanis Gourmet-Laden«, sagte Luca zu Antonella und Totti.

»Warum? Stimmt etwas nicht?«, fragte Antonella.

»Ich weiß es nicht. Francesco Mantovani hat mich angerufen, aber dann wieder aufgelegt. Und jetzt versuche ich, ihn anzurufen, aber niemand nimmt ab. Ich schau nur kurz vorbei, um zu sehen, ob es ihm gutgeht, bin gleich wieder da.«

Antonella sah Luca gehen, und ihr Herz schlug schnell.

»Totti, glaubst du, dass da was vor sich geht, von dem wir nichts wissen?«, fragte Antonella. »Luca sieht besorgt aus, und ich weiß nicht, was ich tun soll. Vielleicht hätte ich ihn nicht rufen sollen.«

»Ach, mach dir keinen Kopf. Kommissare und Kriminalbeamte sind gedanklich immer ein wenig in den Situationen, denen sie begegnen. Und das sind oft heftige Eindrücke. Offensichtlich spürt Luca bereits die Verantwortung für seinen zukünftigen Beruf.«

»Ich mache mir schon Sorgen. Ich weiß nicht, ob Luca wirklich die Entschlossenheit und das nötige dicke Fell hat, um Kommissar zu werden. Nicht aus Mangel an Fähigkeiten oder Mut, aber er sieht immer die positive Seite der Dinge. Und unter uns gesagt, er ist sehr romantisch und einfühlsam. Das passt irgendwie nicht zusammen. Ich weiß nicht, ob er es nur tut, um seinem Onkel zu gefallen, oder weil er wirklich eine Faszination und ein Talent für diesen Beruf verspürt.«

»Hm, aus dem wenigen, das ich von ihm weiß, kann man schon sagen, dass er ein sehr intelligenter Kerl ist. Ich denke, er wird zur richtigen Zeit die richtigen Entscheidungen für sich treffen.«

Antonella zuckte mit den Schultern und antwortete nicht.

»Ich weiß auch, dass er dich liebt«, sagte Totti lachend.

»Das ist es auch, was mich beunruhigt. Ich bin in ihn verliebt und möchte nicht, dass ihm etwas Schlimmes zustößt.«

»Alles wird gut, Antonella. Man muss nur Vertrauen haben. Auch in schwierigen Zeiten trägt einen das Leben. Schau, dein Vater wird morgen aus dem Krankenhaus entlassen, und anscheinend sind Luca und sein Onkel bereits dem auf der Spur, der dieses Chaos verursacht hat.«

»Dein Wort in Gottes Ohr«, sagte Antonella. »Ich hoffe, du hast recht.«

Als Luca im Laden der Brüder Mantovani ankam, blickte er durchs Fenster und konnte es nicht fassen. Francesco Mantovani hing in der Mitte des Ladens erhängt an einem Seil von der Decke. »Nein! Bitte nicht!«, schrie er in Panik. Er versuchte, die Tür zu öffnen, aber sie war verschlossen.

Verzweifelt rüttelte er an der Klinke, zog sein Handy heraus und rief den Rettungsdienst und dann seinen Onkel an, der so schnell wie möglich in den Laden kommen sollte. Er warf sich gegen die Tür und versuchte, sie mit einem Fußtritt zu öffnen, doch ohne Erfolg. Tränen der Wut brannten in seinen Augen. »Nein!«, rief Luca erneut und sah sich hilfesuchend um. Er schnappte sich den Pfosten eines Baustellenschildes, das auf dem Gehweg stand, schlug damit die Scheibe in der Tür ein, machte die Tür von innen auf und stürmte hinein.

»Oh nein! Bitte nicht! Warum, Herr Mantovani? Warum?«, klagte er laut, als er näher trat. Francesco Mantovani hing regungslos von der Decke. Sein Kopf hing vornüber, das Kinn auf der Brust und das Gesicht kreidebleich. Aus Mund und Nasenlöchern quoll blutiger Schaum. Die Zunge ragte über die Zahnbögen hinaus und hatte eine violettblaue Färbung, die Augen traten hervor, und aus den Ohren kam Blut. Luca biss sich auf die zitternden Lippen, lief hektisch auf und ab, holte sein Handy aus der Tasche und überprüfte, ob der verpasste Anruf von Francesco Mantovani schon über 20 Minuten her war. Wenn er mich angerufen hat, kurz bevor er sich erhängt hat, überlegte er, ist die Zeit schon abgelaufen und man kann nichts mehr tun. Dann richtete er den Stuhl auf, kletterte auf den Sitz, nahm all seine Kraft zusammen und hob den zusammengesunkenen Körper von Francesco Mantovani an, um ihn aus der Schlinge zu befreien, was erst beim zweiten Versuch gelang. Er legte ihn auf den Boden. Francesco Mantovani zeigte nicht die geringste Reaktion. Luca prüfte den Puls und erkannte an dem hängenden Kopf sofort, dass die Zeit, während der er am Strick gehangen hatte, ausgereicht hatte, um ihm eine Fraktur der Halswirbelsäule zuzufügen.

Kein Puls, kein Atem. »Nein, nein, nein!«, rief er aus und tastete an Francesco Mantovanis Brustbein entlang, um mit der Reanimation zu beginnen. In der Ferne hörte er schon die Sirene des Rettungswagens. Plötzlich erblickte er den gefesselten Alberto Mantovani. »Du verdammter Mistkerl!«, schrie Luca ihn an und unterdrückte den Wunsch, ihn zu treten. Die Sirene des Krankenwagens wurde lauter, und Luca rannte auf die Straße, um den Rettungssanitätern zu zeigen, wo sie anhalten sollten. Als die Sanitäter den Laden betraten, sahen sie gleich, dass es keine Rettung mehr gab. Sie überprüften die Vitalfunktionen und schüttelten den Kopf. Die Diagnose lag klar auf der Hand. Francesco Mantovani war tot.

Luca kämpfte mit den Tränen. Die Sanitäter legten Francesco auf eine Trage und warteten auf das Eintreffen des Kommissars. Luca bemerkte die Dokumente, die Francesco in seiner Hemdtasche hatte, und nahm sie heraus. Er wollte sie unbedingt lesen, aber da er das Protokoll derartiger Situationen nicht kannte, legte er die Dokumente auf den Schreibtisch und beschloss, mit dem Lesen auf die Ankunft seines Onkels zu warten. Er hatte die Sanitäter angewiesen, Alberto nicht anzufassen, und setzte sich draußen auf die kleine Stufe unter dem Schaufenster und wartete. Die Zeit verging so langsam wie noch nie, die Luft war erstickend und von einem bitteren Geschmack. Lucas Körper zitterte, und seine Brust zog sich zusammen. Warum, Herr Mantovani, warum, war der quälende Gedanke, der an seiner Seele nagte.

Nach einer Weile waren die Sirenen der Polizeifahrzeuge zu hören. Manchini stieg eilig aus dem Auto, wandte sich an Luca und fragte:

»Bist du okay, Luca?«

Luca nickte, sagte aber kein Wort.

Der Kommissar betrat das Geschäft und konnte es nicht glauben, als er Francesco Mantovani auf der Trage liegen sah, das Gesicht im Tod entstellt.

Einer der Sanitäter ergriff das Wort:

»Herr Kommissar, ich wollte fragen, ob wir dem Mann, der dort gefesselt ist, das Klebeband abnehmen können.«

Manchini sah sich um, und als er den gefesselten Alberto Mantovani mit dem Klebeband auf dem Mund erblickte, war er so angewidert, dass er ihn am liebsten erwürgt hätte. Aber er beruhigte sich wieder und antwortete:

»Nein. Schon gut. Es ist besser, er ist ruhig. Wir lassen ihn erst erzählen, was er zu sagen hat, wenn er bei der Polizei ist.« Er winkte die Kollegen heran und bedeutete ihnen, Alberto mitzunehmen.

Die ersten Leute kamen an. Sie drängten sich vor dem Geschäft, wollten herausfinden, was passiert war. Einer der Polizisten errichtete 20 Meter vor dem Eingang eine Sicherheitsabsperrung mit rot-weißem Plastikband und forderte alle auf weiterzugehen. »Es gibt nichts zu sehen! Bitte, gehen Sie weiter!« Luca betrat wieder den Laden und ging direkt zum Schreibtisch, nahm die mit einem Gummiband umwickelten Papiere und reichte seinem Onkel die Dokumente, die Francesco Manchini in der Hemdtasche hatte, als er sich erhängte. Der Kommissar zog das Gummiband ab und entfaltete drei Blätter. Die ersten beiden waren handgeschrieben und trugen in der rechten oberen Ecke das heutige Datum unter dem Firmenlogo. Das andere war ein A4-Blatt, das von oben bis unten beschrieben war und am Ende des Textes das Datum und die Unterschrift von Francesco Mantovani trug. Auf den ersten beiden Blättern stand Folgendes:

Ich hätte nie gedacht, dass ich auf diese Weise sterben würde. Um ehrlich zu sein, habe ich auch nie darüber nachgedacht.

Wenn Sie mich für einen Feigling halten, akzeptiere ich das, aber Sie sollten wissen, dass meine Entscheidung sicherlich schwieriger zu fällen war als Ihr Urteil über mich. Mein Bruder, Alberto Mantovani, ist ein Krimineller, und er ist für den Tod von zwei Menschen verantwortlich: Fabrizio Leone und Salvatore Contesti. Ich habe das Gespräch mit angehört, in dem Maurizio Scali Alberto dies vorwarf, der ohne Reue und Scham skrupellos zugegeben hat, für den unnötigen Tod dieser beiden Personen verantwortlich zu sein.

Der Bruch von Familienbanden ist ein schreckliches Gefühl, aber noch schrecklicher ist es, mit dem Wissen zu leben, dass der eigene Bruder ein Verbrecher ist. Er hat den Namen unserer Familie, Eltern, Vorfahren entehrt, und das in einer Weise, für die es keine Wiedergutmachung gibt. Es gibt keinen Sündenerlass. Ich habe getan, was ich für richtig hielt. Jetzt liegt es an Ihnen, den Verantwortlichen, Gerechtigkeit zu üben und denjenigen aus der Gesellschaft zu entfernen, der es nicht verdient, dort zu sein. Es ist schade, dass ich mein Leben auf diese Weise beende, aber noch unverzeihlicher wäre es, in Unglück und im Schatten dieser unbegreiflichen Taten zu leben, ohne zu wissen, wie wieder Gerechtigkeit hergestellt werden kann.

Ich nehme ein Gefühl der Dankbarkeit gegenüber
Luca Conti mit, der mir in den letzten Tagen die
Augen geöffnet hat und mich darüber aufklärte, was
mit meinem Bruder los war und in welche illegalen
Geschäfte und schändliche Korruption er verwickelt
war. Mein Erbe hinterlasse ich Ada und Margue-
ritha, den Müttern meiner Neffen. Meinen Bruder
überlasse ich der Justiz, er erhält nichts weiter.
Manche Menschen sterben, ohne die Gelegenheit zu
haben, sich zu verabschieden. Mir wird dieses Glück
noch zuteil, und ich bin dankbar für das Leben, das
ich hatte.
In Frieden und ohne Gewissensbisse
Francesco Mantovani

Auf dem dritten Blatt befand sich das offizielle Testament
mit der Erklärung, alles Albertos Ex-Frauen zu hinterlassen.

Manchini zögerte und zog es vor, Luca den Brief nicht
zum Lesen zu geben. Er wusste nicht, wie er darauf reagieren würde, dass Francesco Mantovani ihm vor seinem Tod
noch dankte. Ein Dankeschön von einem Selbstmörder
war vielleicht nicht das Beste für Luca, der die Korruption
und die von Alberto begangenen Verbrechen aufgedeckt
hatte. Da er sich aber nicht vorstellen konnte, seinem Neffen etwas zu verheimlichen, gab er ihm den Abschiedsbrief
schließlich doch zu lesen.

Luca las den Brief, den Francesco geschrieben hatte. Als
er zu Ende gelesen hatte, sah er seinen Onkel an und spürte,
wie sein Körper zitterte. Manchini betrachtete seinen Neffen besorgt und klopfte ihm mitfühlend auf die Schulter.
Anstatt zu sagen, was ihn so sehr bedrückte, gab Luca sich
jedoch stark und fragte:

»Und was machen wir jetzt mit Alberto Mantovani?«

»Er wird auf der Polizeiwache vernommen, möglicherweise schon morgen, und er wird Scali Gesellschaft leisten«, ließ der Kommissar durchblicken.

»Scali verdient das Gefängnis für seine Taten, und was meinst du, was eine Person wie Alberto Mantovani verdient? Gefängnis oder Irrenhaus?«

»Ich bin mir nicht sicher, welche der beiden Möglichkeiten für ihn besser geeignet ist. Ich denke, das Beste ist vielleicht beides zusammen. Aber das lassen wir das Gericht entscheiden.«

Luca fuhr mit dem Wagen des Kommissars nach Hause, holte Rotti ab und fuhr zum Bootshaus in Bardolino. Oma Theresia war von Manchini bereits vorgewarnt worden, dass sie ihn nach all den Ereignissen in Ruhe lassen sollte. Sie hörte, wie er hereinkam, und sah ihn mit Rotti weggehen, aber sie sprach ihn nicht an und ließ sich nicht blicken. Als er im Bootshaus ankam, warf er sich auf das Sofa und umarmte Rotti, der nicht recht wusste, was los war. Eine Welle der Traurigkeit übermannte ihn. Alles, woran er denken konnte, war das entstellte Gesicht des toten Francesco Mantovani und die von ihm geschriebenen Worte. Hat er sich wegen mir umgebracht, fragte er sich, und diese Frage ging ihm immer wieder durch den Kopf wie ein Lied, das sich im Hirn festsetzt und unaufhörlich gespielt wird. Er fragte sich, wie sein Onkel Mauro all das aushielt. Konnte er auch so ein Leben als Kommissar führen? Wollte er das wirklich, fragte er sich. Wollte er wirklich sein Leben mit all dieser sinnlosen Gewalt und dieser Traurigkeit verbringen? Zweifel stiegen in ihm auf, und gleichzeitig bewunderte er Onkel Mauro für seine Ruhe und Souveränität. Vielleicht, so dachte er, war es der Preis, den er zahlen musste, wenn er seinen Beitrag leisten wollte, die Welt zu einem besseren Ort zu machen. Sein Onkel hatte seine Spuren bereits hinterlassen. Er wälzte die Gedanken hin und her, klammerte sich hilfesuchend an Rotti und schlief schließlich vor Erschöpfung ein.

Eine Stunde später wachte Luca erschrocken auf, als jemand laut an der Haustür klopfte. Er stand auf und ging misstrauisch zur Tür. Es war Antonella.

»Hallo, Luca, ich wollte dich nicht stören, aber ich wollte bei dir sein.«

Luca bat sie herein und schloss die Tür. Sie umarmten sich einige Sekunden lang, bis er sagte:

»Ich bin froh, dass du gekommen bist, Antonella. Diese Traurigkeit und Einsamkeit sind allein kaum zu ertragen.«

»Es wird alles gut, Luca. Ich bin ja jetzt bei dir.«

»Antonella«, sagte Luca zögerlich. »Ich denke, ich habe mich entschieden.«

»Was meinst du damit?«

»Ich denke, dass ich es versuchen werde, so wie Onkel Mauro es getan hat, ein Kommissar zu sein. Ich glaube, dass ich meine Aufgabe gefunden habe. Trotz allem.«

Antonella betrachtete Luca einen Augenblick und nahm ihn dann bei den Händen und sagte in sanftem Tonfall:

»Wenn es das ist, was dein Herz dir sagt, dann musst du es wagen.« Sie umarmte ihn und drückte ihn fest an sich.

Luca küsste sie auf die Stirn, atmete aus und lächelte erleichtert.

»Und vielleicht wäre es keine schlechte Idee, wenn wir rausgehen und uns ein Eis holen würden. Was meinst du, Commissario?«

»Das ist eine gute Idee. Aber vorher möchte ich dir noch etwas sagen.«

»Oh. So viele Neuigkeiten auf einmal!«

»Es ist auch was Gutes. Dein Vater wird glücklich sein. Du kannst es ihm morgen sagen, wenn du ihn abholst.«

»Sag einfach, was es ist«, sagte sie voller Neugier.

»Maurizio Scali, der sich für besonders schlau hielt, hat den Kauf der Anteile am *La Traviata*, die 49 Prozent, die er deinem Vater abkaufen wollte, nie offiziell gemacht.«

»Wie meinst du das?«

»Na, so, wie ich es sage. Es gibt keinen Kauf. Er hat die Papiere nie unterschrieben. Das Restaurant gehört weiterhin deinem Vater, und zwar ihm ganz allein.«

»Oh, das ist ja eine tolle Nachricht! Er wird begeistert sein, wenn er das erfährt. Ich werde ihn fragen, ob er in Zukunft nicht lieber mit Totti zusammenarbeiten will. Er hat bewiesen, dass er ein toller Kerl ist.«

»Das denke ich auch.«

Als sie das Bootshaus verließen und ins Freie traten, stand die späte Abendsonne im Westen schon knapp über dem Horizont. Sie liefen zur Promenade, die sich am flachen Seeufer entlangschlängelte. Das späte Licht der Sonne tauchte die Umgebung in warmes Gold, und die Strahlen legten ihren matten Schein auf die sanften Weinhügel, die Bardolino im Osten umrahmten. Am Osthimmel erblickte man auch schon den Halbmond. Sie schlenderten Hand in Hand mit dem hinkenden Rotti neben sich die Promenade entlang.

»Ich habe auch Neuigkeiten für dich«, sagte Antonella.

Luca blickte von dem Asphalt auf.

»Ich habe einen fotografischen Auftrag erhalten, der eine fantastische Sache ist. Wie ein wahr gewordener Traum.«

»Klingt interessant«, antwortete Luca und wünschte sich in diesem Moment, er wäre selbst auch ein Fotograf.

»Ich muss dazu nach Florenz fahren.«

»Oh, Florenz, wie schön! Und wie lange bleibst du dort?«, fragte Luca und spürte, wie sich sein Herz zusammenzog.

»Etwa fünf Tage.« Sie lächelte. »Kommst du mit, Superman?«

ENDE

DIE NEUEN Lieblings-plätze

GMEINER KULTUR

WWW.GMEINER-VERLAG.D

Mensch, Kultur, Regio

Norbert Klugmann
**Bitte parken Sie nicht
in unserem Schaufenster**
Kriminalroman
283 Seiten
12,5 x 20,5 cm, Paperback
ISBN 978-3-8392-0237-1
€ 14,00 [D] / € 14,40 [A]

Dutzende Male kam es in der Waitzstraße zu spektakulären Unfällen beim Ein- und Ausparken. Fast immer saß ein betagter Mensch am Steuer, der nächste Crash liegt stets in der Luft. Er rauscht in ein Schaufenster oder prallt gegen eine Hauswand. Alle Schutzmaßnahmen versagen.

Doch dann der Bums in Poppenbüttel. Ein Pensionär im SUV brettert in den Eingang eines Kaufhauses. Konkurrenz für Othmarschen! Was die im wilden Westen können, können sie in Poppenbüttel auch. Von wegen »gebrechliche Senioren« – mit den mobilen Rentnern muss man jederzeit rechnen.

GMEINER SPANNUNG

WWW.GMEINER-VERLAG.DE
Wir machen's spannend